KB260145

# 거룩한 사자와 잿빛 문

The Holy Lion and the Grey Door

지식공감

# 차례

# 거룩한 사자와 잿빛 문

**The Holy Lion and the Grey Door**

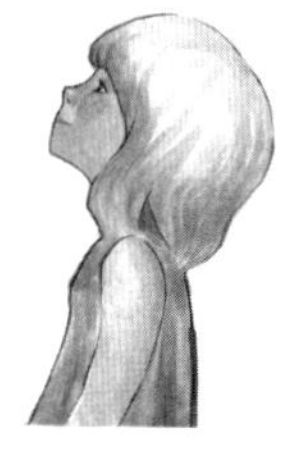

# 안나 셜릿

　지난 400년 동안 한 번도 성문(城門)이 열린 적이 없는 쿠로벨 성(城)으로 다가오는 필벗 하나가 쿠로벨 성에서 불어 나오는 바람이 약해시기를 기나리며 힘든 날갯짓을 하고 있다. 필빗은 요징의 일종으로 나오프 사자의 성(城)인 쿠로벨 성에 때가 되면 나타나는데, 몸집이 벌새만큼 작고 인간의 모양새를 갖추었으며 각각의 필벗마다 자신만의 색깔이 있다. 지금 쿠로벨 성으로 접근하고 있는 필벗은 파란색으로 날개까지 달린 상급의 필벗이다. 필벗의 고유한 임무 중의 하나는 때가 되었을 때 잠자는 나오프 사자를 깨우는 일이었다. 그밖에도 필벗들은 인간 아이들의 꿈속에 나타나 꿈속의 세계를 형성하거나 예기치 못한 사고의 위험에서 아이들을 구하곤 했다.

　성으로 가까이 올수록 바람이 세어져서 파란 필벗은 날갯짓을 더욱 세차게 한다. 그리고 마침내 바람이 불지 않는 공간의 좁은 통로를 발견한 필벗은 그곳을 이용해 성으로 접근했다. 성 전체는 잿빛이고 웅장하다. 파란 필벗은 잿빛의 높은 담장을 가볍게 넘어 어느 창문으로 다가가 창턱에서 움직이지 않고 잠시 쉰다. 창문 안의 방에는 어린이가 그린 듯한 그림이 벽에 걸려 있고 조그마한 침대가 하나 놓여있을 뿐이었다. 필벗은 성을 돌면서 성으로 들어갈 틈새를 찾는다. 필벗은 창문 하나가 조금 열려있는 걸 발견하고 그리로 쏙 들어가 그녀의 목적인 잠든 나오프 사자를 찾기 시작한다.

성의 가장 넓은 홀이다. 흰 연기가 뿜어져 나오는 거대한 사각의 얼음 속에 나오프 사자가 잠들어 있다. 나오프 사자는 언어의 사자로 언어의 신의 뜻에 따라 세상에 언어가 혼란할 때 자신의 사역을 시작하는 특별한 사자다. 이 나오프 사자의 이름은 캐러썬으로 보통 사자 덩치의 다섯 배는 족히 됨직하게 컸고 황금색의 갈기와 하얀 얼굴, 하얀 몸을 가졌다. 캐러썬은 자신의 임무가 마치면 자신의 성으로 돌아와 얼음 속에서 긴 잠을 잔다. 이번에 캐러썬을 깨우는 건 400년 만이다.

언어의 신이 자신의 일을 마치려고 하고 있었고 캐러썬이 새로운 언어의 신을 찾아 교육하기를 바라고 있었기 때문에 캐러썬을 깨우려는 것이었다. 언어의 신은 자신의 일을 마치려고 할 때 적합한 자질의 후임자를 찾아 교육할 수 있을 때 자유롭게 자신의 일에서 떠날 수 있었다. 이번 언어의 신은 지금으로서 세상에 언어가 혼탁하기도 하고 동시에 자신의 후임자를 찾기를 원했기 때문에 400년 만에 캐러썬을 깨우려고 필벗을 보낸 것이다.

파란 필벗은 언어의 신이 챙겨준 그녀의 팔뚝만한 조그만 두루마리를 안쪽 날개에서 꺼낸 후 그걸 쫙 펼쳐서 캐러썬이 잠들어 있는 사각의 얼음에 딱 붙였다. 처음에는 아무런 변화도 없었으나 점차 얼음의 차가운 흰 연기가 걷히고 두루마리가 붙어있는 부분부터 조금씩 얼음이 녹기 시작했다. 그때 집사인 폴라 이도넬 부인이 위쪽 계단에서 내려왔다.

“휴우, 400년 만의 호출이에요.” 파란 필벗이 말했다.

파란 필벗을 본 폴라 이도넬 부인은 다소 놀란 표정을 짓긴 했지만 캐러썬의 임무가 오랜만이기도 해서 반가운 표정으로 바꾸었다.

"이번에는 무려 400년이나 잠들어 있었어. 그동안 나도 늙고 젊고를 수차례나 반복했지."

폴라 이도넬 부인의 말이었다.

"이번 임무는 어떤 거니?"

폴라 이도넬 부인이 물었다.

"새로운 언어의 신을 찾고 교육하면서 동시에 세상 속의 언어의 혼탁함도 해결해야 해요."

"음, 두 가지를 동시에? 캐러썬이라면 할 수 있을 거야." 폴라 이도넬 부인이 고개를 끄덕끄덕했다.

어느 순간 얼음은 순식간에 다 녹고 제단처럼 생긴 돌로 된 두꺼운 단 위에서 털이 뽀송뽀송한 사자가 누워있었다. 폴라 이도넬 부인은 다시 캐러썬이 깬 것을 보는 것이 감격스럽다는 듯 그에게로 다가가 그의 등의 털을 만졌다. 캐러썬은 눈을 떴다.

"폴라?" 캐러썬이 말했다.

폴라 이도넬 부인은 고개를 끄덕이면서 캐러썬을 가볍게 안아주었다. 캐러썬은 몸을 일으키더니 가볍게 단 위에서 바닥으로 뛰어내렸다. 캐러썬은 임무를 달라는 듯이 파란 필벗을 쳐다보았다.

파란 필벗은 캐러썬을 처음 보는 터라 적잖이 긴장하고 있어서 날갯짓을 하는 걸 멈춰 바닥으로 떨어질 뻔하는 걸 캐러썬이 그의 앞발로 받쳐서 바닥에 놓았다. 캐러썬은 그런 파란 필벗에게 한 치의 적대감도 없는 것 같았다. 오히려 임무를 가르쳐 주기 위해 이곳까지 온 필벗의 노력을 가상하게 여기는 것 같았다. 쿠로벨 성을 찾기란 어렵고 또 세찬 바람이 이곳을 둘러싸고 있기 때문이다.

"임무를 말해 주시오." 캐러썬이 물었다.

파란 필벗은 폴라 이도넬 부인을 쳐다보았다. 아무래도 직접 말할 용기가 나지 않는 모양이었다. 파란 필벗이 망설이는 동안 폴라 이도넬 부인이 캐러썬의 귀에 대고 뭔가를 말했다. 그걸 모두 들은 캐러썬의 표정이 부드러워지고 그의 앞발을 파란 필벗에게 내밀었다. 필벗이 캐러썬의 앞발 위에 올라앉았다.

"임무를 말해 줘서 고맙단다." 캐러썬의 말이었다.

"당장 움직이실 건가요?" 파란 필벗이 물었다.

"물론." 캐러썬은 다시 파란 필벗을 바닥에 내려놓았다.

"어떤 구체적인 지령도 없는 데도요?" 파란 필벗이 궁금하다는 듯이 물었다.

"하나씩 찾아서 해나가면 돼. 원래 나오프 사자는 자신의 일을 찾아서 하지."

캐러썬이 대답해주었다.

캐러썬은 그의 황금색 갈기를 한 번 세차게 흔들었고 폴라 이도넬 부인이 전면의 유리창을 활짝 열자 파란 필벗이 지켜보는 동안 제자리에서 도약하고는 창문 밖으로 휙 하고 나갔다. 파란 필벗이 지켜보기로 캐러썬은 공중의 공간을 계단 밟듯 밟으면서 점점 위로 이동하고 있는 것처럼 보였다. 캐러썬은 그런 식으로 이동하면서 성에서 멀어졌다.

성에 남은 폴라 이도넬 부인은 꽤 놀란 파란 필벗에게 당근 주스를 내왔고 파란 필벗은 덩치가 작아서 당근 주스를 조금만 먹었을 뿐이었다.

"캐러썬이 찾아가야 할 소녀의 이름을 말해 주지 않았어요."

파란 필벗의 말이었다.

"캐러썬은 알아서 찾을 수 있어." 폴라 이도넬 부인이 그건 문제가 되지 않는다는 듯 말했다.

"그러한 존재가 바로 '언어의 사자'인 나오프 사자고 또 캐러썬인가요?”

파란 필벗은 당근 주스에 입을 대다가 그만 컵에 빠지고 말았다.

“물론, 그러한 존재가 바로, 특별히 캐러썬이지.” 폴라 이도넬 부인은, 저런, 하면서 파란 필벗을 컵에서 건져 올리고는 샤워실로 데리고 갔다.

캐러썬은 쿠로벨 성을 둘러싸고 있는 바람이 세어져 돌풍이 되고 마침내 폭풍이 되었을 때 문득 그곳에서 사라졌다. 캐러썬이 사라진 쿠로벨 성은 물에 빠진 생쥐 같은 필벗이 손수건을 돌돌 감고 침대 위에 앉아서 폴라 이도넬 부인의 잔소리를 듣고 있을 뿐이었다. 캐러썬은 초록의 숲 속 위의 공간을 밟아서 빠르게 지나가고 있다. 숲을 지나자 전체적으로 둥근 모양을 하고 있는 마을이 나타났고 마을은 저녁 무렵이어서 빛이 하나둘씩 켜졌다. 캐러썬은 구멍을 가진 100년 된 참나무를 찾고 있다. 그 나무는 언어의 신이 뽑은 다음 후임사의 창문으로 들어갈 수 있는 작고 붉은 열쇠를 가지고 있기 때문이었다. 그 열쇠는 참나무의 구멍 속에 있었다.

캐러썬은 마을 위로 좀 더 높게 날았고 마침내 참나무의 위치를 파악했다. 캐러썬은 그 늙은 참나무에게로 내려갔고 캐러썬은 그곳에 내려앉았을 때 바로 그 참나무가 있는 마당의 집에 바로 그 후임자가 살고 있다는 것을 직감적으로 알았다. 그럼에도 참나무의 구멍 안으로 앞발을 더듬어 두툼한 발가락 사이로 작고 붉은 열쇠를 꺼냈다. 올려다 보이는 집의 2층 창문을 여는 열쇠였다. 파란색의 집은 수많은 밝은 전구들로 장식되어 있었다.

‘크리스마스 시즌인가?’ 캐러썬은 잠시 그렇게 생각했다.

캐러썬은 벽을 뛰어올라 가볍게 2층 창문이 붙어있는 지붕에 앉아 안을 살펴보았다. 성냥만한 조그마한 빨간 열쇠는 굳이 필요 없을 것 같아서 던져버렸다. 곧 선물을 가득 안은 짧은 금발의 주근깨 소녀가 자신의 방으로 들어왔다. 뒤이어 함께 들어온 그녀의 부모에게 그녀는 가볍게 키스했다.

선물을 정리한 소녀의 방 벽에 걸린 소녀의 그림을 보고 캐러썬은 이 소녀가 바로 다음 차례의 언어의 신이라는 걸 알았다. 소녀는 수많은 모험 속에서 언어의 신으로 거듭나야 할 터였다. 그 과정에서 그가, 바로 캐러썬이 함께 할 터였다. 소녀의 그림은 캐러썬이 깊은 잠을 자는 동안 자주 보았던 그림이었다. 그건 언어의 신이 보여주는 것으로 후임자와 관련된 것이었다. 지금의 언어의 신과 함께한 시간도 어마어마했지만, 언어의 신은 지독한 자리인 것만큼 충분한 휴식이 필요했고 그래서 계속 새로운 언어의 신이 교육되고 또 나타나야 했다.

그 과정에서 언어의 사자 캐러썬의 역할은 지대했다. 재능은 비록 부족하지만 순수한 사람을 뽑는 것이 언어의 신의 후임자를 뽑는 기준이었다. 그리고 다른 모든 자질은 캐러썬이 맡아서 교육했다. 그 기간이 얼마가 되든 캐러썬은 지치지 않는다.

그래서 한 명의 언어의 신을 제대로 교육하고 나면, 그 언어의 신이 역할을 수행하는 동안, 깊이 자는 것이다. 다시 새로운 언어의 신을 교육하기 위해 움직일 때까지 소환은 없다. 그만큼 한 명의 언어의 신은 철저히 교육되고 철저한 능력을 가진다.

캐러썬은 소녀의 노트를 본다. 이름은 안나 셜릿. 10살 정도로 보인다. 캐러썬은 안나가 자신을 볼 때까지 창문 앞 지붕에 누워서 방 안을 보고 있다. 안나는 침대로 가려다 문득 창문 앞에 거대한 화이트 사자가 앉아있는 걸 본다. 안나는 깜짝 놀라지만 꿈을 믿는 나이이고 게다가 크리스마스이기도 해서 창문을 활짝 열며 굉장히 좋아한다.

"안녕?" 캐러썬이 말을 걸었다.

"화이트 라이언!"

“응. 하얀 사자.” 캐러썬이 부드럽게 자신에 대해 말한다.

“어떻게 해서 여기까지 왔어요?”

“안나 셜릿을 찾으러 왔어.”

“저요?”

“응.”

캐러썬은 문득 자신이 예전에 교육했던 지금의 언어의 신이 안나의 머리 윗부분에 나타나 특수한 표시를 하는 걸 보고 이 소녀가 이번에 교육해야 할 언어의 신이 될 아이임을 알았다. 지금의 언어의 신은 캐러썬에게 표시를 보여주고는 문득 사라져버렸다. 캐러썬은 자신의 목표를 어떻게 말할 지 잠시 고민했다.

“하얀 사자를 믿어?”

“네. 항상 그려왔어요.”

“말하는 사자는?”

“그런 사자를 항상 만나보고 싶었어요. 그리고 이렇게 만났어요!”

소녀의 눈에서 순수함 외엔 찾아볼 수 없었을 때 캐러썬은 왜 안나가 선택되었는지 알 수 있었다.

“하얀 사자의 등을 타고 하늘을 날아보고 싶지 않니?”

“가능해요?”

“그럼. 오늘은 크리스마스날 밤이니까. 어서 타. 내 황금 갈기를 꼭 잡아야 해.”

안나는 잠옷 차림으로 캐러썬의 등에 올라타고는 웅크리고서 캐러썬의 갈기를 꼭 붙들었다. 캐러썬이 공중 도움닫기로 하늘 위로 뛰어올랐을 때 안나는 소리를 지르면서 즐거워했다. 캐러썬은 점차 마을을 떠나면서 안나가 부모를 떠나야 하는 운명에 안나와 안나의 부모에게 잠시 미안해졌다. 하지만 언어의 신으로 발탁되는 자들은 모두 그런 운명 속에 놓여 있었다. 캐러썬은 언어의 신을 데리고 올 때마다 이러한 미안함을 느꼈다.

캐러썬은 재미있는 이야기를 해주기로 했다. 안나는 자신이 어디로 가고 있으며 어떤 운명에 놓여있는지 모르는 채 그저 즐거워만 하고 있다.

"필벗이라는 색깔 요정이 있는데 굉장히 쬐그만 요정이야. 그 애들은 두루마리를 가지고 다녀. 무슨 두루마리냐면 언어의 신이 적어주는 건데, 그것은 힘을 발휘할 수 있어. 가령 하얀 사자가 얼음 속에서 400년 동안 자도 그 두루마리 하나만 얼음에 붙이면 그 사자의 잠을 깨울 수 있을 정도야. 그 사자가 잠에서 깨어나야 하는 건……, 왜일까?"

"그 사자가 당신이에요?" 안나가 묻는다.

"응."

"이름은 뭐예요?"

"나의 이름은 캐러썬이야."

"설명해줘요. 내가 무언가를 해야 하죠? 이제 마을이 보이지 않아요. 하지만 두렵지는 않아요. 당신은 화이트 라이언이니까. 황금 갈기를 가진."

캐러썬은 또다시 설명을 해야 했지만 이번에는 망설여졌다. 안나에게서는 그동안 느껴보지 못했던 최상의 순수함이 느껴졌고 앞으로 겪게 될 몇몇 잔인한 루트를 어떻게 통과시킬지 고민되기도 했기 때문이다. 언어의 신이 되기 위해서라면 잔인한 경험을 분석하고 승화시킬 수 있어야 했고 이는 경험을 통해서만 길러졌기 때문에 이러한 순백의 안나에게 그가 시험이자 모험으로 제시할 모든 것이 머릿속에 지도처럼 떠올라 두려워졌기 때문이다. 그러나 캐러썬은 생각을 정리했다.

"앞으로 무슨 일이 있어도 내가 항상 함께 한다면 두렵지 않겠지?"

캐러썬은 날면서 고개를 돌려 안나의 표정을 살폈다.

"네. 화이트 라이언, 아니 캐러썬. 그러할 거예요."

캐러썬의 두려움이 가시고 그들은 밤하늘 어느 숲 위를 날아가고 있었다.

캐러썬은 안나를 등에 태우고 바람과 같은 속도로 달렸다. 굉장히 빠른 속도에도 불구하고 안나는 두려움을 느끼지 않았다. 안나는 단지 조금 빨리 달리는 구나, 그 정도로만 생각할 뿐이었다. 안나는 문득 그들이 어디로 가고 있는지 묻는다.

"우리가 지금 어디로 가고 있는 거죠?"

"쿠로벨 성. 나의 성이지. 언어의 사자가 잠을 자는 성."

"성에서 단지 잠만 자요?"

안나의 당돌한 질문에 캐러썬은 그저 미소를 짓는다.

"잠을 자는 동안 충전하는 거야. 그래서 성(城) 하나 정도는 집으로 가지고 있어야 돼."

안나는 캐러썬의 말을 이해한 것 같았다.

안나는 갑자기 느낀 돌풍에 캐러썬의 등에서 기우뚱했다. 캐러썬은 그걸 감지하고 안나가 그의 등에서 떨어지지 않도록 몸의 방향을 조정하고는 더 빠른 속도로 돌풍 속을 뚫고 지나갔다. 돌풍이 걷히고 잿빛의 쿠로벨 성이 나타났다.

캐러썬이 열린 창문으로 들어오자 빠른 걸음으로 나타난 폴라 이도넬 부인이 기쁨을 감추지 못한다. 캐러썬의 등에서 내린 안나에게 다가온 폴라 이도넬 부인이 그녀를 가볍게 안아준다. 안나도 썩 싫지는 않은 표정이다. 그녀는 중년의 인상 좋은 부인이었기 때문이다.

"여기가 캐러썬의 성(城)이에요?"

안나가 폴라 이도넬 부인에게 물었다.

"거룩한 사자의 성이지. 언어의 사자에게 붙이는 칭호란다."

“그럼 캐러썬이 거룩한 사자인 건가요? 무척 어울려요. 황금 갈기를 가진 하얀 사자.”

안나가 담뿍 들뜬 표정으로 대답했다.

“필벗은요? 두루마리가 하나 더 있을 텐데요.”

캐러썬이 다소 무표정하게 묻자 폴라 이도넬 부인이 입을 딱 벌리고 유감의 표정을 짓는다.

“당근 주스에 빠져서 샤워를 시키고는 다 말려서 집으로 보내버렸지.”

캐러썬의 표정이 다소 실망한 듯하다.

“현직 언어의 신이 후임자에게 내리는 교지를 물속에 빠뜨리다니. 흔적도 없나요?”

“워낙 두루마리가 작잖아.”

“하긴. 포기해야겠군요. 안나 셜릿은 교지도 받지 못하고 시작하게 되겠군요.”

캐러썬의 말에 안나가 의문을 단다.

“무슨 교지요? 제가 뭘 시작한다는 거예요?”

폴라 이도넬 부인이 안나에게 그녀가 되어야 할 무언가에 대해 설명하려하자 캐러썬이 쉬잇, 하며 부인의 입을 막는다. 캐러썬은 안나에게 천천히 설명해 준다.

“모든 것에 대해 다시 생각해서 그걸 새로운 언어로 표현하는 작업을 하려는 거야. 시대는 변하고 모든 것은 다시 표현되어야 하지. 그 과정이 나타날 것이 계속 필요한 거고. 이번에는 안나가 그 과정을 겪어야 해. 어때, 할 수 있겠니?”

캐러썬은 안나가 언어의 신이 되어야 한다는 무시무시한 의무감을 심어주지는 않았다.

“새롭게 생각하고 그걸 새롭게 언어로 표현하는 거 말씀이세요?”

캐러썬은 안나가 똑똑하게 말하자 만족한 표정을 짓는다.

“그래, 그것 말이다.”

“재미있는 일일 것 같아요. 저 하고 싶어요.”

“만약 그렇게 되었을 때 그 사람은 뭐가 되는 걸까?”

캐러썬의 말에 폴라 이도넬 부인은 캐러썬이 역시 언어의 사자답다고 생각했다. 안나가 자신의 운명을 받아들이기 쉽게 과정을 가지고 차근차근 설명하는 것이 그러했다. 폴라 이도넬 부인은 캐러썬을 보며 매우 만족했다.

“잘 모르겠어요. 국어 선생님이 되는 건가요?”

“그렇기도 하겠지만, 여기 이 세계에서는 그러한 존재를 ‘언어의 신’이라고 불러.”

“와아.”

안나의 감탄사가 나왔을 때 캐러썬은 안도했다. 이 정도면 안나가 언어의 신이 되는 과정과 언어의 신으로서의 운녕을 받아들이는 것에 거부감을 느끼지 않을 터였다. 매번 하는 일이었지만 인내심이 요구되는 일이었다. 이제는 안나를 낚아보기로 한다.

“언어의 신이 되려는 사람들이 굉장히 많이 있어. 하지만 캐러썬의 도움이 없이는 되기 어렵지. 나는 안나를 도와 안나가 언어의 신이 될 수 있도록 돕고 싶은데……”

캐러썬의 말이 떨어지자마자 안나가 캐러썬의 황금 갈기를 꽉 잡는다.

“하, 할래요. 하고 싶어요. 캐러썬이 도와주세요. 그건 진짜 멋진 일 같아요.”

폴라 이도넬 부인은 돌아서서 웃고는 오랜만에 있을 손님의 식사 준비를 위해 2층으로 올라갔다. 두 시간 후 안나는 폴라 이도넬 부인이 준비한 만찬이 모빌처럼 공중에 떠 있어서 그걸 한 접시씩 내려 먹고는 배가 불러 하품을 했다. 폴라 이도넬 부인은 그림이 있는 침실로 안나를 데려가 침대에 뉘이고 이불을 덮어주었다. 침실 위의 그림은 예전에 안나가 좀 더 어렸을 때 그린 하얀 사자였다. 그 방은 안나의 방문과 안나가 쿠로벨 성에 머물 단 하룻밤을 위해 준비된 방이었다.

"위키스들의 움직임이 어떠하지? 후임자가 깨어났다는 걸 파악했을 거야."

얼음물이 말끔히 닦인 단 위에 캐러썬이 앉아 있었다.

"위키스들이 이미 100년 묵은 참나무 아래까지 이동한 걸 파악했답니다."

폴라 이도넬 부인의 말에 걱정이 묻어 있었다.

"내일 바로 출발이야. 안나의 옷을 챙겨줘. 황금 써클의 블랙 팬츠에 황금 써클의 화이트 블라우스로 챙겨줘."

"알겠어요."

"폴라 이도넬 부인. 이번에는 일이 언제 끝날지 확실한 계산이 들지 않아. 어쨌든 내가 돌아왔을 때에는 안나 셜릿이 이 세계의 언어의 신으로서 혼자 설 수 있게 되었다는 걸 거야. 다시 임무가 왔으니 최선을 다하는 수밖에."

캐러썬은 담담하게 말했다.

"땅을 조심하도록 하세요. 위키스들은 언제나 땅 밑에 있으니까요."

폴라 이도넬 부인이 말했다.

"안나가 어느 정도 힘을 갖추기까지는 위키스들은 너무 위험해."

캐러썬의 걱정도 걱정이었다.

안나는 깊은 잠에 빠져있었다. 캐러썬이 잠시 잠든 안나를 보기 위해 방문을 열었고 캐러썬은 곱슬곱슬한 짧은 금발에 주근깨의 이 귀여운 소녀가 겪을 모험을 잠시 재보았다. 그가 모든 걸 감당해 줄 수는 없었다. 어떤 때는 혼자 이겨내야 할 터였다. 도와줄 수 없을 때가 분명히 있다는 것 - 그것이 캐러썬을 더 아프게 했다. 캐러썬은 문을 닫고 나왔다. 그도 자신이 자던 단 위로 올라가 잠들었다. 이번 잠은 단지 내일 아침까지만 이루어질 잠이었다.

폴라 이도넬 부인은 내일 아침 캐러썬을 보낼 생각을 하니 마음이 편하지만은 않았다. 언어의 신이 되기 위한 모험의 리더로서 캐러썬이 감당해야 할 것은 엄청난 것들이었고 시대가 발전할수록 생각의 범위도 넓어지고 새롭게 표현해야 할 것들도 더 복잡해지면서 언어의 신이 겪어야 할 모험도 상당히 폭넓고도 어려워졌기 때문에 이번 모험은 캐러썬에게도 가장 어려운 것이 될 것임에 분명했다. 캐러썬의 임무는 캐러썬도 모른다. 맞부딪힌 후 판단하고 해결해 나가야 했다. 하지만 캐러썬은 그러한 일을 두려워하지는 않는다. 어떻게든 나갈 방법을 찾았다. 이번 모험은 그런 캐러썬에게도 가장 어려운 것임에 분명하지만 캐러썬의 생각은 캐러썬이 할 일은 최소한이며 안나가 겪고 해결해야 할 것은 최대한이라는 것으로 결정났다.

밤이 깊어가고 있었다.

안나가 눈을 뜬 곳은 캐러썬의 등 위였다. 캐러썬은 공중을 조용한 발걸음으로 걷고 있었다. 마치 공중은 캐러썬에게 땅과도 같았다. 캐러썬은 공중에서 발돋움을 하기도 했고 뛰기도 했으며 천천히 걷기도 했다. 그녀는 그런 캐러썬의 움직임만을 보아도 그녀가 무언가 특별한 임무를 이루어내야 한다는 걸 알 수 있었다. 이 거룩한 사자는 그녀를 위해 움직이고 있는 것이 분명했다.

캐러썬이 공중에서 조금 낮게 날았을 때 땅이 일렁이면서 갈색의 벌레 같은 것들이 솟구쳤다. 캐러썬은 다시 고도를 높이며 안도의 숨을 내쉬었다. 이미 위키스들이 캐러썬이 움직이는 곳까지 따라온 것이었다.

"방금 전에 그것들은 뭐예요?" 안나가 물었다.

“위키스라고 해. 희망을 먹는 사냥꾼들이야. 특별히 새로운 언어의 신이 간택되었을 때 새로운 언어의 신이 힘을 가지기 전에 잡아먹고 싶어 하지. 그들에 의해 예전에 간택된 어느 소년이 잡아먹힌 적이 있어. 그 후 그들은 강해졌지만 결국 그 소년을 뱉어내긴 했지. 그 소년은 더욱 강력한 언어의 신이 되었는데 지금의 언어의 신인 헤라스 베니스토야. 내가 헤라스 베니스토를 교육시키기를 마쳤을 때가 지금으로부터 400년 전이니까 그는 400년 동안 언어의 신의 자리를 지킨 셈이지. 언어의 신이 되려면 엄청난 모험과 위기를 넘어야 돼.”

캐러썬의 설명에 부르르 떠는 안나다.

“징그러워요. 위키스. 그런 커다란 벌레들에게 둘러싸여 있는 것만 해도 싫어요.”

“하지만 헤라스 베니스토는 이겨냈어. 이번에 다시 400년 만에 언어의 신의 후임자로서 안나 셜릿이 결정되었고 그래서 위키스들이 때를 놓치지 않고 덤벼드는 거지. 하지만 나는 다시 실수는 하지 않아.”

안나는 캐러썬을 믿고 있었다.

“긴 꼬리를 가진 못생긴 감자들 같아요. 위키스들은 마치.”

“모습을 바꿔. 하지만 땅 위로는 올라오지 못해. 점프는 하지만 우리가 공중에 있는 한은 안심이지만 땅에 닿아야 할 때도 있어서 네가 어느 정도 힘을 갖출 때까지는 안심할 수 없어.”

캐러썬은 안나에게 충분히 설명해 주었다. 캐러썬은 공중으로 더욱 솟아오르더니 그러한 고도에서 계속 뛰어갔다. 안나는 그가 어디로 가는지 궁금해졌다.

“지금 우리는 어디로 가는 거예요?”

“언어의 좌표축이 있는 곳으로 가.”

“거기서 뭘 할 거죠?”

“언어의 좌표축을 확인할 거야. 아마 북쪽으로 기울어져 있을 거야.”

어느새 그들은 밤이 내린 하늘 속에서 뛰어가고 있었다. 바람은 상쾌했고 달은 밝았다. 안나는 그녀의 다리 밑으로 수많은 마을과 숲을 볼 수 있었다. 그럼에도 캐러썬과 함께 하늘 위에서 움직이는 건 두렵지 않았다.

"언어의 축이 있는 집에는 두 개의 축이 있어. 북쪽과 남쪽의 축이 바로 그거야. 북쪽이 의미하는 건 이 세계의 언어의 사용이 혼란하고 그래서 언어의 사용에 변화가 필요하다는 거야. 그리고 남쪽이 의미하는 건 언어의 사용이 비교적 괜찮고 질서가 있다는 거지. 내 생각에는 축이 북쪽으로 많이 기울어져 있을 거라는 거야."

"문제가 있다는 거네요." 안나가 대답했다.

"걱정하지 마. 나는 문제를 해결하기 위해 존재하니까." 캐러썬은 단번에 안나를 안심시켰다.

캐러썬이 부드럽게 말하고 안나는 졸립기도 해서 캐러썬의 황금빛 갈기를 부드럽게 쥐고서 캐러썬의 등에서 잠들었다. 캐러썬은 안나가 떨어지지 않도록 공중에서 조심스럽게 걷기 시작했다.

"저것 좀 봐. 섬에 조그만 헛간이 보이지? 저곳이 바로 언어의 축이 있는 집이야."

안나는 캐러썬의 목소리에 잠에서 깼다. 그리고 섬의 한 중간에 있는 스며나오는 불빛이 따스해보이는 헛간을 보았다. 캐러썬이 헛간 위에서 몇 바퀴를 돌자 헛간은 점점 더 밝아지며 마치 주위는 대낮같이 환해졌다. 안나가 놀란다.

"이제 내려갈 때야."

캐러썬은 부드럽게 땅에 닿았다. 위키스들도 아직 여기까진 침범하지 못한 듯 했다.

"정말 아름다운 불빛이에요." 안나가 캐러썬의 등에서 뛰어내리며 헛간과 헛간을 둘러싼 불빛을 둘러보면서 놀란 표정으로 말했다.

그러나 캐러썬의 표정은 썩 좋지 않았다.

"뭘 그렇게 자세하게 살펴보세요?"

"위키스들의 냄새야. 다시 내 등에 타야겠어, 안나."

캐러썬은 낮춘 자세를 하고는 안나는 캐러썬의 등에 탔다. 그때 땅이 꿈틀대더니 수많은 위키스들이 나타났다. 캐러썬은 그의 큰 발로 위키스들을 밟아 뭉개고서는 크게 뛰어 헛간으로 들어갔다. 집 안에는 두 개의 긴 막대가 있었다. 그 막대들은 마치 한 막대로 보이게끔 일렬로 서 있었다.

"이건 하나의 막대인가요?" 안나가 물었다.

"아니야. 막대들이 서로 균형을 이루고 있는 거야. 매우 드문 일이지."

그때 위키스들이 헛간 안으로 몰려들었다. 캐러썬은 안나를 그의 등에 태운 채로 헛간의 벽을 타고 올라가 마침내 헛간 위의 지붕까지 올라갔다.

"내 갈기를 꼭 잡아!"

캐러썬은 다시 공중 도움닫기를 하고는 공중에서 뛰기 시작했다.

"쿠로벨 성은 왜 잿빛인가요?" 안나는 문득 궁금해져서 물었다.

"내 임무가 끝나면 돌아오는 곳이지. 내 임무가 끝나면 내 앞에 잿빛 문이 나타나고 그때 비로소 그 문을 통과해 쿠로벨 성으로 들어가 그곳에서 휴식에 들어가는 거지. 지금 나는 임무를 시작했고 잿빛 문이 나타나기 전에는 쿠로벨 성으로 되돌아갈 수 없어."

"잿빛 문이요?"

"그래, 잿빛 문. 안나 셜릿을 언어의 신으로 만든 후 내게 허락되는 문이지."

"쿠로벨 성으로 다시 돌아가는 열쇠이기도 한 거군요."

"이를테면."

"왜 캐러썬은 언어의 사자인 거죠?"

"언어의 신으로부터 부름을 받은 나오프 사자라서 그렇고 동시에 언어의 사자로서의 내 길을 내가 선택했기 때문이야."

안나는 멋진 대답이라고 생각했다.

"그런데 두 개의 막대가 일렬로 있던 건 무슨 의미였죠?"

"내가 다크 메신저를 만나야 한다는 걸 의미해."

"다크 메신저요?"

캐러썬은 미소를 짓고 달빛 내린 밤을 낮게 날았다.

# 다크 메신저

"곧 어두운 물방울들이 도착할 거야. 이리 와."

캐러썬은 땅에 닿더니 그렇게 외쳤다.

안나는 캐러썬의 모든 행동에 대해 호기심을 가졌지만 묻지는 않았다. 괜히 캐러썬을 괴롭힐 것만 같아서다. 안나는 다만 캐러썬이 뭘 하고 있는지 지켜보고만 있었다.

"메시지를 보내기 위한 어두운 물방울들은 다크 메신저의 도구야. 다크 메신저는 그 어디에라도 살고 있지. 우리의 노력으로는 그를 찾을 수 없어. 그래서 우리는 그의 하인들인 어두운 물방울들을 부르는 거야. 잠깐만 기다려 봐. 곧 어두운 물방울들이 여기에 도착할 거야. 그것들이 우리를 다크 메신저가 있는 곳으로 이끌 거야."

캐러썬은 다크 메신저에 대해 안나에게 충분히 설명했다.

"그는 다크 메신저라고 불리고 그 어디에라도 살고 있는 건가요?" 안나가 물었다.

"응. 그가 살고 있는 곳은 어둡고, 정착된 곳이 아니며, 동시에 그는 어두운 물방울들을 그의 일에 사용하지."

"그래서 그는 다크 메신저인가요? 그가 주로 하는 일은 무엇이죠?"

"그는 나와 같은 특수한 존재에게 아직 알려지지 않은 사실을 전달해 줘."

"우리가 언어의 축에 대한 정보를 그로부터 얻을 수 있을까요?"

"아마 우리는 그의 도움으로 그것에 대해 알 수 있을 거야."

"와우, 저게 뭐죠? 검은 물방울들이 반짝거리고 있어요."

안나는 밤하늘을 보고 있었다. 수많은 검은 물방울들이 땅에 내려앉았다. 땅에 흡수되거나 모양이 흐트러지거나 하지도 않았다. 그 검은 물방울들은 잠시 동안 그들끼리 수다를 떨었다. 캐러썬은 말할 타이밍을 기다리고 있었다. 얼마 후에 물방울들은 조용해졌다.

"우리를 너희들의 주인이 있는 곳으로 인도해 줘. 가능하지?"

"오, 캐러썬이신가요? 정말, 정말 오랜만에 뵈어요."

그들이 한 목소리로 말했다. 그들은 그렇게 말하고 그들끼리 다시 수다를 떨었다.

"이 작은 소녀와 함께 저희 몸에 올라타시지요."

검은 물방울들은 다시 그렇게 한 목소리로 말하고는 더욱 탱탱하고 반짝거리는 몸을 만들어냈다. 캐러썬이 안나를 쳐다보자 안나는 조심스럽게 검은 물방울들 위로 올라섰다. 검은 물방울들은 천천히 공중으로 뜨더니 굉장히 빠른 속도로 이동하기 시작했다. 그들은 캐러썬과 안나를 작은 동굴 앞에 내려놓고는 또 수다를 떨며 어딘가로 가버렸다.

"수많은 양초에 수많은 책이에요." 안나가 동굴 앞에 서서 소리쳤다.

"그 책들은 모두 다크 메신저가 쓴 거야. 그는 그의 내면에서 새로운 메시지를 만들어내는 게 필요했지. 그래서 그는 그의 메시지를 그 어디에라도 보내왔어. 지금 그가 어디에 있을까?"

"오, 캐러썬 자네인가?"

동굴의 깊숙한 곳에서 남자의 목소리가 울려왔다. 어떤 노인이 그의 손님들을 만나기 위해 동굴 속에서 나왔다.

"다크 메신저, 자네 너무 늙었어. 괜찮은 건가?" 캐러썬이 말했다.

"400년이 지났어. 굉장해!" 그 노인은 캐러썬과 안나를 동굴 속으로 안내했다.

"문제가 뭔가? 혹 언어의 축을 확인해 본 건가?"

노인이 캐러썬에게 물었다.

"북쪽 막대와 남쪽 막대가 일렬을 이루고 있어. 몇몇 이유들을 말해 주게."

노인은 잠시 생각에 잠겼다.

"비교적 나쁘진 않군. 그건 막대의 두 편이 몇몇 긴장을 만들어내고 있다는 걸 의미해. 이 말은 언어의 사용에 있어서 이 세계에 몇몇 긴장이 존재한다는 거야. 그러나 그러한 긴장이 왜 만들어졌는지 알아내는 건 제법 어려울 듯 해. 그건 아마 자네가 풀어야 할 문제인 걸로 보여."

그 노인은 하나의 양초를 밝혔다. 캐러썬이 보기에 노인은 고뇌에 잠긴 듯해 보였다. 안나는 그들의 곁에서 조용히 서 있었다.

"동굴 속에서 별들을 보고 싶니?" 노인은 동굴 속을 좀 더 깊이 들어가며 안나에게 물었다. 그는 돌아보고는 한 가지를 더 물었다.

"오, 내가 생각 속에 빠져 있었나봐. 플라비 별들?"

"그래요. 그것들은 오늘 밤에 보기 좋을 겁니다." 캐러썬은 그렇게 대답하고 안나를 다시 그의 등에 태우고 노인을 뒤따라갔다.

"동굴 속에 별이 있나요?" 안나가 조용한 목소리로 캐러썬에게 물었다.

"있어. 동굴의 천장을 통해, 우리는 플라비라고 불리는 별들을 볼 수 있어."

캐러썬과 안나는 동굴의 좀 더 깊은 곳으로 들어가고 있었고 바람이 외부에서 불어 들어왔다. 위키스들이 이미 그들 앞에서 우글거리고 있었다. 그때 동굴 벽에 있던 수많은 양초들이 저절로 넘어지면서 위키스들을 불태웠다. 괴상한 비명소리들이 들리더니 그들은 모두 불태워졌다. 바깥에도 위키스들이 있는 것 같았지만 소리를 듣고는 땅 밑으로 사라졌다.

"무슨 비명 소리지요?" 아직 위키스들이 죽은 곳까지 도달하지 못한 안나가 물었다.

"아마도 다 죽었겠지?" 노인이 캐러썬에게 물었다.

"아마도요." 캐러썬이 간단하게 대답했다.

"오, 망할 위키스들!" 안나가 눈치를 채고 외쳤다.

"내 책들은 괜찮을 거야." 노인이 중얼중얼댔다.

깊은 동굴 속이었고 머리를 들어 위를 보았을 때 우물의 입구 같은 눌레가 하늘로 뚫려 있었다. 하늘로 뚫린 그 큰 눌레는 농굴의 천장의 일부였다. 안나는 짙은 파란 하늘 속에서 은빛 별들을 볼 수 있었다.

"아름답지?" 캐러썬이 안나에게 물었다.

"마치 캐러썬 당신처럼 아름다워요."

그 말에 캐러썬이 부드럽게 미소를 짓고 노인은 어디서 구했는지 긴 막대를 쥐고 있다가 하늘을 향해 난 구멍 속으로 막대를 쑤셔 올렸다. 노인은 하늘의 별들 중에 가장 빛나는 하나의 별을 막대로 살살 두드리더니 그걸 똑 하고 따서 막대의 끝과 함께 동굴의 천장에 난 구멍 속으로 내렸다.

"내 선물이란다. 귀여운 소녀야."

노인은 순식간에 그 별을 박아 넣은 머리띠를 만들었다. 별은 머리띠에서 은빛으로 반짝였다.

"와아, 정말 아름다워요. 제가 정말 이걸 받아도 되는 건가요?"

"그렇단다. 이건 너를 위한 거지. 플라비 별들은 순수한 어린이들의 희망을 의미한단다. 나는 너의 마음속에 있는 희망을 볼 수 있단다."

노인은 안나에게 부드럽게 말했다.

안나는 머리띠를 그녀의 손바닥에 매우 조심스럽게 받아들었다. 그녀는 머리띠를 그녀의 짧은 곱슬의 단발머리에 착용했고 그것은 굉장해 보였다. 캐러썬과 노인은 안나를 거기에 두고 좀 더 깊은 동굴 속으로 들어갔고 그들은 언어의 축에 대해 이야기를 좀 더 나누었다. 안나는 구멍을 통해서 보이는 밤하늘을 쳐다보고 있었다. 수많은 별들이 마치 투명하게 빛나는 화이트 다이아몬드들처럼 보였다. 잠시 후에 안나는 그녀가 숲 속에 있다는 걸 깨달았다. 캐러썬이 노인과 함께 숲 속에서 나왔다.

"우리가 동굴 속에서 여기로 이동한 건가요?"

"아, 이건 다크 메신저의 영역에 속한 공간상의 작은 변화야. 무서워할 것 없어."

캐러썬은 부드럽게 설명했다. 안나를 둘러싼 모든 것은 특별했고 독특했다. 안나는 그녀가 캐러썬으로부터 무언가를 받고 있다고 생각했다. 캐러썬은 충분히 나이가 들었고 그는 그를 둘러싼 모든 것을 알 수 있었다. 그때 몇몇 위키스들이 땅 밑에서 우글거렸을 때 캐러썬은 그녀를 그의 등에 태워 그의 뒷발로 땅을 박차고는 재빨리 하늘로 뛰어올랐다.

안나는 캐러썬의 등 위에서 그녀의 몸을 돌려 그 노인이 뭘 하고 있나 보았다. 다크 메신저는 불을 만들어내고는 수많은 위키스들을 죽이고 있었다. 안나는 캐러썬의 갈기를 더욱 세게 붙잡았고 캐러썬은 밤하늘로 날아올라 달렸다. 안나는 캐러썬과 노인이 동굴 속에서 무슨 대화를 나눈 건지 궁금해졌다.

"캐러썬?"

"응, 왜?"

"다크 메신저와 동굴에서 무슨 대화를 나눴어요?"

"뭔가 중요한 걸 찾을 수 있겠니?" 캐러썬이 안나에게 물었다.

"그게 그러니까 언어의 축을 바로 잡는 데 도움을 주나요?"

"물론, 도움을 주지. 그러나 땅에서는 수많은 위키스들이 있고 그래서 나는 너에게 『블루 스크림』이라는 액체 상태의 것을 주려는 거야. 위키스들이 너에게로 다가왔을 때 너는 그걸 그들에게 뿌릴 수 있어. 그리고 『보구스의 전설』을 구해야 돼."

"『보구스의 전설』요? 그건 뭐죠?"

"그건 하나의 상자인데, 보구스 곰들의 발톱이 담겨 있는 상자야. 보구스 곰은 잿빛 숲에 살지만 지금은 세상에 어떤 보구스 곰들도 없어. 그리고 보구스 곰들의 모든 발톱은 세상에 있는 모든 문자를 가지고 있어. 그건 언어의 균형을 이루는 데 힘을 발휘하지."

"와, 놀라워요. 그런데 제가 어떻게 그걸 가질 수 있나요? 전 그게 어디에 있는지도 모르는 걸요."

"지금 내가 잿빛 숲으로 갈 거야. 그건 꼭 거기에 있을 테니까. 그걸 가지고 올 수 있겠니?"

안나는 잠시 생각에 잠겼다. 그녀는 결심한 듯 했다.

"나는 나와 당신을 위해 그 일을 하겠어요."

"좋아. 나는 네가 용기의 길을 선택한 걸 확신한단다."

"오, 그렇게 생각하세요?"

"넌 정말 용기 있는 소녀이거든."

캐러썬은 천천히 아래로 내려가기 시작했고 그들은 마침내 잿빛 숲 앞에 도착했다. 캐러썬은 그녀를 땅에 내려놓고는 밤하늘로 사라져버렸다. 아주 조그만 푸른색의 액체가 든 병 하나가 바닥에 떨어져 있고 안나는 그걸 집어 들고는 그녀의 바지 호주머니에 넣었다. 밤의 끝에 있는 잿빛 숲은 음산해 보였다. 그녀는 잿빛 숲으로 들어가기가 망설여졌다. 안나는 아침이 되기까지 기다렸다. 밤에서 아침이 되는 시간은 매우 추웠다. 안나는 추위 속에서 떨었다.

마침내 아침이 오고 안나는 키 큰 나무들을 올려다보고는 잿빛 숲의 안개 속으로 들어갔다. 안나는 아무 것도 쳐다보지 않고 그저 숲 속을 달렸다. 문득 그녀는 자신이 어떤 목표도 없이 달리고 있다는 걸 깨달았다. 그녀는 달리는 걸 멈췄다. 그녀는 천천히 걸었다. 몇몇 검은 새들이 숲 속에서 날아다니는 게 보였고, 그 외에 숲 속에는 키 큰 나무들 외에 다른 건 없었다. 그녀는 점점 더 깊은 숲 속으로 들어갔다.

굴뚝이 있는 조그만 집이 숲 속에 있었다. 맛있는 수프의 냄새가 굴뚝에서 나오고 있었다. 불도 켜져 있었고 문도 열려 있었다. 눈이 먼 할머니가 나와서는 낯선 이의 냄새를 맡았다.

"거기에 누구유?"

안나는 어떤 소리도 내지 않고 그녀의 자리에 꼼짝하지 않고 서 있었다. 눈 먼 할머니는 그녀의 스커트 자락을 질질 끌고 안나의 곁으로 다가왔다. 안나는 어떤 소리도 내지 않고 천천히 뒤로 물러섰다. 눈 먼 할머니는 그녀의 눈을 문득 떴다. 둥근 황금색 눈들이 그녀의 눈꺼풀 속에 박혀 있었다. 안나는 두려웠지만 신중하게 행동했다.

그 눈 먼 할머니는 그녀의 영역에 침입했을 지도 모르는 누군가를 찾는 걸 포기했다. 그녀는 다시 그녀의 집으로 들어가 버렸다. 안나는 그 할머니의 집을 통과했지만 그녀는 굉장히 끔찍한 광경을 보고 말았다. 곰들의 수많은 털들이 걸려있는 장면이었다.

안나는 다시 앞으로 걸어갔지만 다시 나타난 것은 그 이상한 집이었다. 바로 전에 보았던 그 눈 먼 할머니가 또 있었다. 그 눈 먼 할머니는 다시 밖으로 나와 누가 그녀의 영역에 침범했는지 살폈다. 안나는 다시 침착하게 행동했고 그 집을 다시 지나쳤다. 그리고 그녀는 그 집에 곰들의 발이 걸려있는 이상한 장면을 보았다.

그녀는 뭔가 이상한 것이 일어나고 있다고 생각했다. 안나는 숲 속으로 다시 걷기 시작했다. 그리고 그녀는 다시 그 집을 만나게 되었고 그녀는 역시나 침착하게 행동하며 그 집을 지나쳤다. 그러나 이번에는 그녀는 테이블 위의 상자 하나를 보고야 말았다. 안나는 멈춰 서서 그것이 『보구스의 전설』일 거라고 생각했다. 그녀는 그 집의 앞에서 있다가 할머니의 신발 전부를 밖으로 내던졌다. 그리고 집으로 들어가서 상자를 낚아채 숲의 입구 쪽으로 내달렸다.

비명소리가 들렸으나 아무도 그녀를 쫓아오지 않았다. 안나는 잿빛 숲의 입구에 도착했고 숨을 내쉬었다. 땅이 움직이고 있었고 수많은 위키스들이 나타났다. 안나는 병뚜껑을 열고 그걸 그들에게 뿌렸다. 그러자 위키스들은 비명을 지르며 사라졌다. 곧 캐러썬이 나타났고 안나는 사자의 등에 타고 그들은 하늘로 날아올랐다. 해가 점차 어두워졌다.

"찾았니?" 캐러썬이 물었다.

"제 생각으로는 이게 보구스 곰들의 발톱인 것 같아요."

"오, 혹시 잿빛 숲에 사는 눈 먼 할머니를 만난 거니?"

"네. 제가 그녀의 테이블에 놓여있던 상자를 가지고 왔어요."

"그랬다면, 너는 굉장히 똑똑한 거다. 그녀는 보구스 곰들의 킬러거든. 그리고 그녀는 언어의 세계를 혼란스럽게 만드는 악한 마녀이기도 하단다. 그녀는 보구스 곰들의 발톱을 악한 방향으로 사용해서 언어 세계에 무질서를 만들지. 그녀는 다만 순수한 심장을 가진 어린이들만을 볼 수 없단다."

"오, 그래요? 어떻게 보구스 곰들의 발톱이 새로운 질서를 만드나요?"

"부드러운 목소리로 보구스 이름을 여러 번 부르는 것만으로도, 그 발톱은 모든 문자로 변해 온 세계로 퍼져 나가지. 그리고 그것들은 그 무질서를 치료하기 시작할 거다. 그러면 언어의 축은 균형을 보여 줄 테고."

"와, 굉장해요!"

"날 꽉 잡아!"

캐러썬은 갑자기 하늘로 치솟더니 공중에서 굉장히 빠른 속도로 달리기 시작했고 곧 언어의 축이 있는 집에 도착했다. 그 집의 지붕에서는 다크 메신저가 서 있었다. 캐러썬과 다크 메신저는 집안으로 들어갔고 그들은 두 영역으로 나뉜 일렬로 늘어 선 두 막대를 확인했다. 다크 메신저는 안나에게서 상자를 받아들었다. 안나는 그들이 뭘 하는지 지켜보았다. 다크 메신저는 그 상자를 조심스럽게 열었다.

이상한 냄새와 먼지가 상자 속에서 나왔다. 캐러썬의 표정은 읽기가 어려웠고 다크 메신저는 보구스 곰들의 발톱으로부터 깎여 나오는 문자들의 수를 세고 있었다.

"모든 글자들이 개수 면에서 정확해."

"와, 이 모든 게 보구스 곰들의 발톱인가요?" 안나가 물었다.

"그래, 이것들을 좀 보렴." 다크 메신저가 부드럽게 대답했다.

"지금, 리듬을 타며 보구스 이름을 부르기 시작해요." 캐러썬이 그들에게 제안했다.

"보구스, 보구스, 보구스……."

캐러썬은 천천히 보구스 이름을 부르는 걸 시작하고 다크 메신저는 그의 지팡이를 바닥에 천천히 쳤다.

"보구스, 보구스, 보구스……."

그 상자는 조금씩 흔들리기 시작했고 보구스 곰의 발톱은 공중으로 뜨기 시작했다. 안나는 그들을 따라 보구스 이름을 불렀다. 보구스 발톱은 날아가기 시작하더니 결국 세계로 퍼져나가기 시작했다.

"보구스, 보구스, 보구스……."

상자가 비었다. 캐러썬은 북쪽 축과 남쪽 축을 확인했다. 축의 막대는 움직이기 시작하더니 몇 번의 회전을 시작했다. 그리고 마침내 북쪽 축이 제로 포인트 지점에서 멈추고 남쪽 축이 꽉 찬 지점에 도달했다.

"이건 보구스 효과인가요?" 안나가 물었다.

"이건 안나의 효과야." 다크 메신저가 부드럽게 말했다.

"그럼 지금, 징거 랜드로 갈 건가?"

다크 메신저가 캐러썬에게 물었다. 캐러썬은 그의 고개를 끄덕였다.

"징거 랜드로 가는 길이 열려 있을까?" 다크 메신저가 한 번 더 물었다.

"남쪽 축으로 완전히 기울었고 그래서 그 길은 아마 열릴 거야."

캐러썬은 그렇게 대답하고 안나를 부드럽게 쳐다보았다.

"나와 함께 징거 랜드로 가지 않겠니?"

"제가 거기로 가야 하나요?" 안나가 물었다.

"아니, 그건 너의 선택에 달렸어."

캐러썬은 약간의 우울 속에 대답했다.

"제가 거기, 징거 랜드에서 무얼 하는 가요?"

"너는 언어가 무엇인지 경험할 수 있어." 캐러썬이 가볍게 대답했다.

안나는 잠시 생각했고 다크 메신저는 상자를 닫았다. 다크 메신저는 안나의 볼에 키스를 했는데 그건 그의 작별 인사였다. 안나는 그녀의 머리띠를 느끼고는 그들을 쳐다보았다.

"캐러썬, 난 당신을 따르기를 원해요. 난 언어를 잘 배우기를 또한 원하고요. 그리고 다크 메신저, 난 당신을 결코 잊지 못할 거예요. 당신은 저에게 별로 만든 특별한 머리띠를 주었거든요. 고마워요."

"오, 너의 감사하다는 말에 행복해지는 구나. 캐러썬, 지금이야, 열리고 있어. 징거 랜드로 통하는 길."

"오, 안나, 어서 내 등에 타."

캐러썬은 공중으로 높이 치솟고는 달빛 속으로 사라졌다. 다크 메신저는 그의 하인들인 어두운 물방울들을 부르고는 그 또한 어두운 물방울들과 함께 사라졌다. 그리고 캐러썬을 제외한 그 누군가도 그를 찾지 못할 터였다.

# 하급생을 위한 특별반

주변의 빛을 빨아들이는 이상한 길이 둥글고 넓은 구멍 속으로 빛나고 있었다. 안나와 함께 캐러썬은 그 빛 구멍 속으로 달려 들어갔고 그들은 나무가 있는 어느 언덕 위에 도착했다. 바람이 동쪽에서 불어오고 있었다. 안나는 캐러썬의 등에서 내렸다. 언덕의 동쪽에는 잿빛 벽돌로 지어진 아름다운 집들이 모여 하나의 작은 마을을 이루고 있었다.

"징거 랜드가 여기에 있나요?" 안나가 캐러썬에게 물었다.

캐러썬은 그 조그만 마을을 보자 얼굴을 찡그렸다.

"무슨 문제가 있나요?"

"여기가 어딘 줄 알겠어?"

"저는 여기가 징거 랜드인 것 같은 데요."

"아니야. 여긴 메키네키스 랜드야."

"왜 우리가 징거 랜드에 도착하지 못한 거죠?"

"다크 메신저가 실수를 한 것 같아. 메키네키스는 언어에 대해 꾸준히 노력하거든. 그들은 징거 랜드의 높은 문명을 동경해. 그들은 징거 랜드의 사람들을 닮으려고 애쓰지. 메키네키스 사람들은 언어를 배우는 걸 사랑하지만 그들은 언어에 있어 낮은 단계에 머물러 있을 뿐이야. 그들은 수학에는 능하지만 언어에는 약하지.”

“그들이 그러한 가요?”

“응, 그래. 메키네키스 사람들을 좀 더 알아볼래, 아니면 징거 랜드로 바로 떠날까?” 캐러썬이 물었다.

“저는 메키네키스에 대해 좀 더 알고 싶어요. 그들에 대해 좀 더 알고 난 뒤에, 그때, 징거 랜드로 가도록 해요.”

“좋은 생각이야. 그리고 다크 메신저의 의도도 좀 있다고 봐. 우리를 여기로 오게 한. 너는 어쩌면 하급생들을 가르쳐야 할지도 몰라.”

“제가 학생들을 가르친다고요? 굉장해요!”

캐러썬과 안나는 언덕에서 내려와서 숲으로 난 길을 따라 걸었다. 그들은 메키네키스의 마을에 도착했다. 거리의 몇몇 사람들은 잿빛 옷을 입고 있었는데 캐러썬과 안나의 주위로 몰려들었다. 캐러썬은 광장 중앙에 있는 연설대로 올라갔다. 사람들이 순식간에 구름처럼 몰려들었다. 그들은 캐러썬을 보고 시끄럽게 굴었다.

“나는 언어의 사자, 캐러썬입니다. 여러분들은 저에 대해 들으셨을 겁니다.”

캐러썬이 자신을 소개했을 때, 박수와 환영 소리가 광장을 채웠다. 그들은 캐러썬의 말을 들었다.

“언어는 마음의 소리입니다. 우리는 마음의 소리를 들어야 합니다. 그것은 고결하며 순결합니다. 만약 우리가 마음의 소리를 듣기를 원한다면, 우리는 감정이 무엇인지 표현할 수 있게 됩니다. 그리고 그러한 과정에서, 우리는 언어를 어떻게 쓸 수 있는지 정확하게 알게 됩니다. 이걸 기억하십시오. 언어는 마음의 소리라는 것을.”

캐러썬이 그의 짧은 연설을 끝냈다. 그리고 한 가지를 더 추가했다.

“저에게는 안나라는 친구가 있습니다. 그녀는 그녀의 일기를 잘 쓰죠. 지금, 우리는 어린 학생들에게 어떻게 일기를 쓰는 지 가르치기를 원합니다. 누가 이 수업에 참여하고 싶죠?”

어떤 노인이 군중들 속에서 나타났다. 그는 자신의 직업을 캐러썬과 안나에게 말했다. 그는 메키네키스의 시장이었다.

“캐러썬, 저는 저희 마을의 모든 사람들이 당신의 가르침을 듣기를 원합니다.”

“그러시다면, 나는 나의 보조 안나와 함께 일기를 쓰는 법에 대해 여러분들께 가르쳐 드리겠습니다.”

캐러썬이 그렇게 말하자 안나가 미소를 지었다.

“시장님, 사람들이 충분히 모일만한 공간이 있을까요?”

“네, 물론입니다. 우리는 건축에 있어서는 상당하니까요.”

“그리로 갑시다. 안나, 이쪽으로 와.”

안나는 캐러썬과 함께 걸었다. 그리고 수많은 어린이들이 안나를 질투했다. 캐러썬은 거대하기도 하지만 전설적인 존재였고 그는 황금색 갈기를 가진 아름다운 하얀 사자였기 때문이다. 안나는 잿빛 옷을 입고 있는 아이들을 쳐다보았고 그녀는 그들이 그녀를 싫어한다고 생각했다. 안나는 그들을 가르칠 자신감을 잃었다. 캐러썬은 그런 그녀를 부드럽게 바라보았다.

‘그래, 캐러썬이 내 곁에 있을 거야. 어떤 것에 대해서도 걱정하지 말자.’

캐러썬과 안나는 어떤 거대한 잿빛 건물 앞에 도착했고 그리로 들어갔다. 캐러썬은 계단을 올랐고 안나는 그를 따라 올랐다. 어른들과 아이들이 홀에 가득 차 있었다. 캐러썬은 그의 털에서 조그만 꽃을 만들어냈다. 그는 꽃잎을 입에 물고는 그의 머리를 세차게 흔들었고 꽃잎들은 홀의 전체로 퍼뜨려졌다. 그건 특수한 마술이었다. 사람들이 캐러썬에게 박수를 쳤다. 그리고 그때, 캐러썬은 안나를 그의 등에 태워 홀 위의 공간을 여러 번이나 빙빙 돌며 날았다. 아이들이 안나를 질투했기 때문에 캐러썬은 어떤 소년을 선택해 그 소년을 그의 등에 태우고 홀 위의 공간을 몇 번이나 날고 난 뒤 소년을 내려주었다.

캐러썬은 소년에게 가볍게 키스를 하고 다시 연단 위로 올라와서는 일기를 어떻게 쓰는 지에 대한 강연을 시작했다.

"우리 자신은 하나의 꿈꾸는 꿈입니다. 우리는 일기 속에 어떤 상상의 것을 적어야 합니다. 꽃잎들이 전체 홀에 흩뿌려지고 우리의 아이들이 하얀 사자와 날 수 있다는 것 말입니다. 오늘 이것은 우리의 실제 삶이었습니다. 우리는 글로 씌어진 세계 속에서 살 수 있어야 합니다. 글로 씌어진 세계는 우리에게 우리의 실제 삶과 상상된 삶을 보여줍니다. 우리는 이 두 세계를 분리하는 것을 포기해야 합니다. 우리의 실제 삶과 상상된 삶 사이에서 말입니다. 그러고 나면 우리는 우리가 우리의 생각과 의지 속에서 어떻게 있어야 하는지 일기라는 표현 수단으로 어떤 것을 표현할 수 있을 겁니다. 우리는 우리의 생각과 의지 속에 머뭅니다. 그것은 여러분을 여러분의 삶을 어떤 새로운 것으로 이끌 겁니다. 그리고 일기는 그런 여러분을 여러분의 새로운 숨겨진 상상의 세계의 영역으로 이끌 겁니다."

캐러썬은 수많은 사람들로부터 박수갈채를 받았다. 그리고 캐러썬은 안나를 연단 위로 밀어 올렸다. 안나는 그들에게 무얼 말할지 주저했다.

"저는 하얀 사자를 만나는 꿈을 꾼 적이 있습니다. 그건 불가능한 것이었지요. 하지만 저는 언제고 하얀 사자가 나타나기를 원했습니다. 그리고 저는 하얀 사자를 그림으로 그렸어요. 일기는 글자뿐만이 아니라 그림으로도 표현되는 거랍니다. 우리는 우리의 생각을 표현할 수많은 수단들이 있어요. 그리고 언어는 그런 수많은 수단들 중의 하나지만 보다 자유로운 마음에서 오는 것이고, 누군가가 자기 자신의 생각을 표현하려고 할 때 나타나는 거라고 생각해요. 생각을 표현하는 수단이 특별히 언어일 때 그것은 매우 중요하다고 생각해요. 고맙습니다.”

안나도 박수를 받았고 캐러썬은 그의 볼을 안나의 볼에 가볍게 댔다.

“정말 잘했단다, 안나. 나는 네가 정말 자랑스러워.” 캐러썬이 말했다.

어두운 물방울들이 홀에 나타났다. 그들은 캐러썬과 안나를 그들 위에 태웠다.

“우리가 이제 징거 랜드로 가는 건가요?”

안나가 캐러썬에게 물었다.

“응, 아마도. 다크 메신저로부터 받은 메시지는 없는가?”

캐러썬이 어두운 물방울들에게 물었다. 어두운 물방울들은 그들에게 짧은 메모를 주었다. 그것은 다크 메신저가 쓴 것이었다.

“안나, 그건 내가 지금껏 보지 못했던 최고의 강의였어.”

“와!” 안나는 즐거움에 소리쳤다.

그들은 어두운 물방울들 위에서 날고 있었다. 그리고 어두운 물방울들은 징거 랜드로 들어가는 밝은 구멍을 찾아냈다.

그들은 마침내 징거 랜드에 도착했다. 모든 어두운 물방울들은 그 공간에서 희미해져 버렸다. 캐러썬은 그의 몸을 한 번 흔들었다. 안나는 매우 큰 나무들과 나무들 사이로 쭉 뻗어 있는 길을 보았다.

“우리가 숲 속으로 연결된 이 길을 따라 들어가는 건가요?” 안나가 물었다.

“이 길은 징거 랜드의 문으로 통하는 길이야.”

“알겠어요. 들어가요. 그런데 이곳의 공기가 보다 가볍고 깨끗하다고 느껴져요.”

“이곳의 사람들은 언어를 거룩한 무언가로 간주하지.”

“오, 이해할 만해요.” 안나가 대답했다.

그들은 키 큰 나무들 사이의 길로 따라 걸어 들어갔다. 길은 두 쪽의 나무들 사이로 쭉 뻗어 있었고 깨끗했으며 충분히 넓었다. 길은 점점 밝아지고 있었다. 안나는 마침내 크고 두꺼운 나무 밑동에 자리 잡은 문 앞에 도착했다. 그 문은 나무의 아래편에 딱 붙어 있었다. 문은 조그맣고 아주 예뻤다. 안나는 문에 노크했다. 모자가 달린 붉은 외투를 입은 난장이가 나오더니 그들을 쳐다보았다.

“오, 캐러썬! 빛 때문에 당신을 알아볼 수가 없었어요. 오랜만입니다. 이번 일을 시작하신 건가요?”

“이번에는 내가 무얼 어떻게 할지 잘 모르겠어. 아직 언어의 신으로부터 어떤 특수한 임무도 받지 않은 걸. 그러나 나는 무언가가 일어날지는 기대하고 있어.”

“오, 그래요? 그나저나, 이 숙녀는 누구지요?” 난장이가 물었다.

“내가 찾던 안나예요.”

안나는 캐러썬을 잠시 응시했다. 그녀는 생각하기로 그녀가 캐러썬에게 중요한 존재가 될 거라는 걸 예상했다. 그녀는 그녀가 굉장히 중요한 존재라고 느껴졌다. 그 난장이는 잠시 자신의 생각에 빠진 것처럼 보였다. 잠시 후에 난장이가 안나에게 물었다.

“네가 정말 안나 셜릿이니?”

“어떻게 제 이름을 아세요?”

“너는 징거 랜드에서 매우 중요한 인물이기 때문이야. 너는 하급생들을 위한 특별반을 가르칠 수 있어. 넌 하급생들을 가르치면서 언어 공부에 있어서 특수한 흥미를 느끼게 될 거야. 우리는 하급생들을 위한 반들을 운영하고 있어. 만약 네가 안나 셜릿이라면, 너는 그들에게 언어에 대해 흥미를 줄 수 있을 거야.”

그 난장이는 안나에게 원하는 바를 설명했다. 그러나 안나는 난장이의 설명에 혼란이 왔다. 그녀는 도무지 그녀가 그들의 어린이들을 위해 무엇을 할 수 있을지 알지 못했다. 그녀는 또한 언어에 대한 어떤 지식도 없었다. 안나는 심히 당황스러웠다.

“언어에 대해 구체적인 목표를 세울 수 있니? 예를 들면, 우리는 그러한 일을 우리가 일기를 어떻게 쓰는가에 대한 일처럼 그것을 이 수업에서도 목표로 세울 수 있어. 내가 의미하는 바를 알겠니?”

캐러썬이 친절하게 설명해 줬다.

“저는 제가 언어를 잘 가르치는 것에 대해 어떤 걸 할 수 있으리라고 생각하지 않아요. 그렇지만 한번 해볼게요, 약속할 게요, 한번 해볼게요.”

캐러썬은 부드러운 눈으로 안나를 응시했다. 그 난장이는 문을 활짝 열었다. 캐러썬과 안나는 나무 아래로 뚫린 문 속으로 들어왔다. 문의 안쪽은 매우 넓었다. 그리고 그 나무 집의 중앙에는 매우 높은 곳까지 연결된 나무 계단이 있었다. 그 계단은 꼬인 채 위로 연결되어 있었다.

“우리가 저 계단 위로 올라가야 하는 건가요?”

“안나, 너는 나 없이 저 계단 위를 올라가야 한단다.”

캐러썬이 안나에게 미소를 지었다.

“캐러썬 없이 저 위로 올라가라구요?”

“그래, 너도 알다시피, 나는 이 좁은 계단을 올라가기엔 너무 크거든.”

안나는 캐러썬의 말에 수긍하면서 계단 아래에 잠시 서 있었다. 부엌에서 나온 그 난장이가 몇 개의 크랜베리를 안나에게 건넸다.

“여기서 기다리고 있을게. 너는 잘 할 수 있을 거야.” 캐러썬이 말했다.

안나는 당황했지만 혼자 계단을 오르기 시작했다. 그녀가 캐러썬이 있는 곳을 내려다보았을 때 거기에는 그가 없었다. 캐러썬은 어디론 가 가버린 듯 싶었다. 안나는 못된 아이들을 만나게 될까봐 걱정스러 웠다. 마침내 안나는 계단의 꼭대기에 도착했다. 그리고 거기에는 세 개의 문이 있는 하나의 방이 있었다. 하나의 문은 『붉은 괴물들』이라 고 씌어진 팻말이 붙어 있고, 다른 문은 『보름달』, 그리고 또 하나의 문은 『해골 방아쇠』라고 씌어진 팻말이 각각 붙어 있었다.

안나는 그녀가 만나게 될 아이들에 대한 걱정이 밀려왔다. 그러나 그녀는 호흡을 한 번 한 뒤 『해골 방아쇠』 문을 선택했다. 그녀는 노 크를 했고 그리로 들어갔다. 그녀는 눈을 감고 천천히 눈을 떴다. 다 섯 명의 아이들이 방에 있었다. 그들은 모두 보통의 평범한 아이들 같아 보였다. 그들은 안나를 쳐다보았다.

"누구세요?" 어떤 어린이가 물었다.

"나는 안나 셜릿이야. 나는 너희들에게 언어를 가르쳐야 한단다. 그 런데 사실은 나는 내가 정확하게 뭘 가르쳐야 할 지 모르겠어."

안나는 자신감을 잃었다.

학생들은 모두 일어섰다. 그들은 그들이 안나의 이름을 듣고 놀란 것 같았다.

"당신이 정말 안나 셜릿이에요?"

"응, 그래. 내 이름에 무슨 문제가 있는 거니?"

안나는 그들에게 되물었다.

"와, 다음 번 언어의 신이잖아요. 우리는 드디어 당신을 만난 거예 요. 당신은 이미 다크 메신저로부터 왕관을 받았다구요. 당신의 머리 띠가 바로 별로 만들어진 거고, 그것은 언어의 신의 왕관이에요."

어떤 학생이 그 방을 나가더니 다른 방의 아이들까지 데리고 왔다.

그들은 안나 앞에 모였다. 그리고 그들은 그들이 『해골 방아쇠』 이야기를 듣고 싶다고 소리쳤다.

안나는 끔찍한 『해골 방아쇠』에 대한 이야기를 만들어내야만 했다.

"알았어. 한 번 해볼게. 시끄럽게 굴지 말고 내 이야기에 집중해."

안나는 그녀의 손바닥에 놓인 붉은 크랜베리를 쳐다보았다.

"『해골 방아쇠』라는 이름은 어느 크랜베리 나무로부터 따온 거야."

안나는 이야기를 시작했고 아이들은 침묵 속에 이야기를 들었다. 그들은 눈빛을 빛내고 있었다. 안나는 긴장을 느꼈으나 이야기를 계속 끌어갔다.

"옛날에 자신의 환경에 대해 언제나 불평하는 크랜베리 나무가 있었어. 비가 내리면 불평하고 바람이 불면 또 불평하고, 또 햇볕이 쨍쨍 내리쬐면, 더운 날씨에 불평했지. 그리고 어느 날, 어떤 손님이 그를 찾아와 그의 열매를 확인했어. 그러나 그 나무는 열매를 만들어내는 데 어떤 관심도 갖고 있지 않았고 그래서 그의 나뭇가지에는 어떤 열매도 없었어. 그 손님은 바로 농업의 신이었지. 그래서 그 신은 그 게으른 과일 나무에게 매우 화가 났어. 그 신은 그 크랜베리 나무에게 저주를 내리고 그 나무는 점점 말라갔어. 마침내 그 나무는 뼈만 앙상하게 남은 듯 되어 버렸지. 농업의 신은 크랜베리 나무의 가지를 모으고는 그의 총을 꺼냈지. 그 총은 매우 특별했어. 그건 총알이 없이도 발사될 수 있는 총이었거든. 그 신이 소리쳤어. '나뭇가지들은 해골과 같고 그리고 나는 이 해골에게 총의 방아쇠를 당길 거야. 모든 나무들과 식물들은 『해골 방아쇠』라고 불리는 오늘의 심판을 기억해야 할 것이다.' 이게 이야기의 끝이야."

안나가 이야기를 마쳤을 때 안나는 아이들로부터 박수갈채를 받았다. 어떤 아이가 손을 높이 들었다.

"제가 있는 곳은 『붉은 괴물들』이에요. 『붉은 괴물들』에 대해서도 이야기를 해주실 수 있으세요?”

안나는 잠시 생각했지만 이야기를 이끌어가기 시작했다.

“제임스는 7살이야. 그는 붉은 과일을 무척 좋아했지. 그래서 그는 붉은 과일을 아주 많이 먹었어. 어느 날 그는 냉장고 문을 열었어. 거기에는 세 종류의 붉은 과일이 있었는데 그것들은 수박과 사과와 자두였어. 그는 자두 몇 개를 꺼내들고는 그걸 먹었지. 그리고 잠시 낮잠을 잤어. 꿈에서는 자두 괴물들이 그를 쫓아왔고 자두 괴물들은 제임스가 붉은 과일을 먹지 않도록 약속을 받은 거야. 제임스는 자두 괴물에게 그가 결코 붉은 과일을 먹지 않겠다고 약속했어. 그런데 깨어나서 제임스는 사과 한 알을 먹었지. 그리고 또 잠에 빠져들었어. 꿈에서는 사과 괴물이 그를 쫓아왔지만 이번에 제임스는 굉장히 빨리 달리고는 잠에서 깼어. 그는 뭔가가 이상하다고 느꼈고 그렇지만 수박 한 조각을 또 먹었지. 그걸 먹고 제임스는 현실에서 도망쳐야 했어. 붉은 괴물들이 그에게 붉은 과일을 먹지 말라며 쫓아오고 있었거든. 그게 이야기의 끝이야.”

안나는 기분이 좋았다. 그녀는 마치 자신의 자아가 한 단계 상승된 것처럼 느껴졌다. 그리고 그녀는 이야기에 대해 자신감이 생겼다. 그것은 이야기에 대해 그녀의 가능성을 발견한 것이었다.

어느 아이가 또 손을 들었다.

“저희 반은 『보름달』이에요. 그에 대한 이야기를 들려주실 수 있으세요?”

“물론이지. 그때는 내가 내 생애 처음으로 보름달을 본 날이었어. 내가 세 살 때였는데, 나는 달의 요정을 볼 수 있었어. 달의 요정은 어느 사람의 생애에서 처음으로 보름달을 본  때에만 나타나. 나는 운이 좋게도 그녀를 만났고 그녀에게 미소를 지었어. 그 요정은 반짝반짝 빛나는 노란색 날개와 보름달의 색깔과 같은 치마를 입고 있었지. 내가 그녀의 옷을 만졌을 때, 요정은 나에게 속삭였어. 보름달이 밤하늘에 떠 있었을 때 나는 내 감정이 아주 편안하다는 걸 느꼈어. 그리고 그녀는 또 다른 것에 대해서도 속삭였지. 그건 보름달이 뜨면 아무 것도 걱정하지 마라는 거였어. 보름달은 나에게 세상에 대한 용기를 준다는 거야. 그래서 그녀는 보름달 아래에서 내가 용기를 가지는 것에 대해 말했어. 나는 그걸 내가 자라는 동안 『보름달 효과』라고 부를 수 있었지. 내가 보름달 아래에 있었을 때, 나는 매우 편안했고 용기를 가질 수 있었어. 난 너희들이 너희들 자신만의 보름달을 가지길 원해. 이게 이야기의 끝이야."

모든 아이들이 안나에게 박수를 쳤다. 캐러썬이 아이들 뒤편에 서 있었다.

"캐러썬! 여기에 오시다니!" 안나가 소리쳤다.

캐러썬은 안나를 향해 무릎을 꿇고는 공손하게 말했다.

"저의 새로운 언어의 신, 안나 셜릿이시여, 저는 당신의 하인 캐러썬입니다."

캐러썬이 그렇게 말했을 때 안나는 그가 그녀 앞에서 장난을 치는 거라고 생각했다.

"뭐하시는 거예요? 연극을 하시는 거예요?"

안나는 화난 것처럼 보였다. 캐러썬은 그의 몸을 더욱 낮추었고 안나는 그의 등 위에 올라앉았다. 모든 아이들이 그들을 쳐다보았고 안나와 캐러썬은 그 방의 창문을 통해 밖으로 나와 날았다. 모든 아이들이 그들을 보았고 안나와 캐러썬은 그 방의 창문에서 멀어졌다. 캐러썬은 하늘에서 굉장히 힘차게 날았다. 안나는 징거 랜드의 아름다운 풍경들을 내려다보았다.

"와, 정말 멋져요!"

"당신은 새로운 언어의 신입니다. 그걸 기억하세요. 이전의 언어의 신께서는 그의 삶을 새로운 것으로 만들기에 충분할 만큼 완전해지셨습니다. 그리고 그는 당신을 새로운 언어의 신으로 지명하셨고요. 그래서 당신은 여기에 올 수 있었던 겁니다."

"정말이에요?"

"이번 차례에 언어의 신은 당신이죠. 천천히 언어에 대해 배우고 마침내 실제 힘을 가진 언어의 신이 될 수 있을 거예요."

"믿겨지지가 않을 만큼 놀라워요."

"안나 셜릿에게 제 충성을 맹세합니다."

캐러썬이 방향을 돌려 땅 쪽으로 내려왔다. 나무의 노랗고 붉은 잎사귀들은 그것들 자체로 빛나고 있었고 강은 은빛으로 빛나고 있었다. 안나는 징거 랜드의 아름다운 풍경들에 푹 빠져들었다. 집들은 색색깔이었고 그녀는 캐러썬과 함께 어느 마을의 넓은 길을 따라 걸었다. 몇몇 사람들이 집안에서 그들을 훔쳐보았으나 아무도 밖으로 나오지 않았다. 캐러썬은 어느 조그마한 집 앞에 섰다. 그 집의 간판은 『돼지 도축장』이었다.

"여기로 들어갈까?"

"여기로요? 도축장으로 들어가는 거예요?"

"응, 들어가자."

캐러썬은 안나를 그 집으로 밀어 넣었고 안나는 두려움을 느꼈다. 그녀의 발걸음이 집안으로 들어가고 그녀는 눈을 감았다. 음악이 흐르고 향기가 느껴졌다. 따뜻한 분위기가 그녀의 피부에 밀착되었다. 그녀는 천천히 눈을 떴다.

# 수상한 목소리

천장에는 돼지 몸통이 매달려 있지 않았다. 돼지 몸통 대신 천장에는 수많은 책들이 모빌처럼 매달려 있었다. 굉장히 뚱뚱한 사람이 그들 가까이로 다가왔다. 그는 친절해 보였고 안나와 캐러썬에게 미소를 지었다.

"어떤 책을 원하시오? 우리는 많은 종류에 속한 많은 책들을 준비해 놓았소."

"오, 그러세요?" 안나가 안도하며 말했다.

"캐러썬, 이곳은 어디예요?" 안나가 캐러썬에게 물었다.

"여기는 단순한 책가게이지만 진열방식이 도축장처럼 되어 있지."

캐러썬이 미소를 지었다.

"여기 앞에 서 있었을 때 굉장히 무서웠다구요." 안나가 투덜투덜 댔다.

"그런 것처럼 보였어." 캐러썬은 안나에게 무심한 척 굴었다.

"두 손님, 원하시는 책을 선택하지 않으십니까?"

책방의 뚱뚱한 주인이 그들에게 물었다.

"오, 나는 『수상한 목소리』라는 안나 셜릿이 쓴 책이 필요해요."

캐러썬이 주문했다.

그 뚱뚱한 남자는 사다리 위로 위태롭게 올라가더니 걸려 있는 책들 중에서 한 책을 골라냈다. 그는 책을 한 번 보고 다시 안나를 쳐다보았다. 그는 사다리를 내려와 그 책을 안나에게 건네며 말했다.

"혹시 네가 안나 셜릿이니? 이번 차례의 언어의 신이 된다는 그 안나 셜릿 말이다. 너의 관점과 너의 언어로 이 책이 벌써 씌어졌어. 이 책은 너를 위대한 언어의 신의 길로 이끌 거다."

안나는 안나 셜릿이 씀, 이라는 책 표지를 보고는 캐러썬을 쳐다보았다. 안나는 어떻게 해서 이 책이 나왔는지 궁금했다. 그녀는 책을 쓰지 않았다. 안나는 어지러움을 느꼈다.

"일단 언어의 신의 심장이 형성되면, 그 심장에서 나온 언어들이 하나의 관점을 형성해 하나의 책으로 고정되는데, 이것은 언어의 신이 되는 과정의 일이야. 이상하게 생각하지는 말거라."

"하지만 저는 제 손으로 책을 쓰지 않았는걸요. 이것은 그 언어들의 뜻에 의한 거예요. 그래서 저는 이 책에 제 이름을 넣을 자격이 없어요. 이 책에서 제 이름을 지워주세요."

안나가 그렇게 말했을 때 그 책의 저자 이름이 책의 표지에서 지워져 버리고 그 책은 대신에 그 어떤 저자도 표기하지 않았다. 안나는 그것이 바람직한 일이라고 생각했다. 그러나 캐러썬은 뭔가 못마땅해 보였다.

"모든 언어의 신들은 그들의 심장에서 나온 언어들로 씌어진 이 책에 자신의 이름을 붙이는 걸 허락했어. 그런데 넌 거부했어. 왜 언어의 신이 되는 과정 속의 전통을 거부하는 거니?"

캐러썬이 화를 냈다.

"제 생각과 손으로 씌어진 책이 아니니까요. 그건 단지 제 심장에서 나온 언어들, 즉 그들의 의지에 의해 씌어진 것일 뿐이니까요."

안나도 자신의 뜻을 굽히지 않았다. 다시 캐러썬은 안나를 부드럽게 쳐다보았다. 그들은 곧 그 『돼지 도축장』이라는 책방에서 나오고 마을의 길을 따라 걷기 시작했다. 부드러운 바람이 그들을 휘감고 지나갔으며 캐러썬은 안나에게 뭔가 할 말이 있는 것 같았다.

"넌 네가 한 일에 대한 굉장한 정직함을 가지고 있어. 그것은 굉장한 재능이야. 나는 네가 될 언어의 신의 모습이 기대돼."

"캐러썬, 저는 제 시야와 의지를 가지고 모든 걸 천천히 할 거예요. 지금 제 위치에서 너무 빨리 멀리 가지 말아요. 저는 당신과 함께 천천히 갈 거예요, 캐러썬."

"내가 도울게, 안나 셜릿, 언어의 신이여!"

그들은 계속 마을의 길을 따라 걸었다. 그들은 어느 조그마한 공원에 도착했고 안나는 벤치에 앉아 『수상한 목소리』를 펴들었다. 그녀가 책의 표지를 열었을 때 그녀는 어떤 비명 소리를 들었다. 공기의 흐름이 이상하게 바뀌고 안나의 곁에는 아무도 없었다. 그녀는 뭔가가 잘못되었다는 걸 느꼈다.

"캐러썬? 어디에 있어요, 캐러썬?"

안나는 길을 따라 걷다가 『돼지 도축장』이라는 책방으로 돌아왔다. 그녀는 그 가게의 문을 열었다. 그 안에는 피를 뚝뚝 흘리는 수많은 돼지 몸통이 천장에 매달려 있었다. 안나는 황급히 문을 닫고 급히 달렸다. 그녀는 달리고 달렸지만 자꾸 이전의 장소로 돌아오기만 했다. 안나는 다시 한 번 비명 소리를 들었다. 안나는 두려움에 질렸다. 그녀는 다시 달렸고 무언가 거대한 것에 부딪혀 넘어졌다. 캐러썬이었다.

안나는 캐러썬의 등 위로 올라탔고 캐러썬은 하늘 위로 날아올랐다. 징거 랜드는 풍경과 색깔이 이개지기 시작하더니 마침내 검은색으로 섞여버렸고 그 검은색으로부터 수많은 글자들이 캐러썬과 안나에게로 발사되어 나오기 시작했다. 그 글자들은 날카로웠기 때문에 캐러썬은 그 글자들 때문에 약간의 상처를 입었다. 캐러썬은 곧 그 글자들로부터 벗어나고는 징거 랜드의 입구를 찾아냈다.

캐러썬은 입구로 돌진했고 모든 것은 멈추었다. 캐러썬은 어떤 숲에 도착해서는 쓰러졌다. 안나가 캐러썬의 상태를 걱정했다.

"괜찮아요?"

"네 심장으로부터 나온 언어들의 공격이야. 네가 그들을 인정하지 않았기 때문에 그들이 너에게 복수를 한 거야."

"징거 랜드는 모두 파괴된 건가요?"

"아니. 변환의 한 형태라고 보면 돼. 네 심장에서 나온 언어들이 『수상한 목소리』라는 책의 형태로 너에게 인정을 받고 싶어 했지. 그러나 그건 사실 너의 책이 아니라 그들의 책이야. 징거 랜드는 아마 원래의 형태로 돌아올 거야. 그것에 대해서는 걱정하지 않아도 돼. 난 약간의 쑥이 필요해. 그건 아마 이 숲에 있을 거야. 그걸 좀 모아다 줄래?"

"그럴게요."

안나는 숲 속으로 달려 들어갔고 쑥을 쉽게 찾아내어 그걸 굉장히 많이 가지고 캐러썬이 누워있는 곳으로 돌아왔다. 캐러썬은 잠들어 있었다. 안나는 돌을 이용해 쑥즙을 내고는 쑥즙이 배어나오는 쑥을 캐러썬의 상처 여기저기에 붙였다. 그러면서 안나는 그의 몸에 박혀 있는 이상한 글자들을 떼어냈는데 그녀가 그 블랙 레터들을 만졌을 때 그녀는 손가락이 베이고 말았다. 캐러썬이 깨서 그녀의 손가락을 핥아주었다. 손가락의 상처는 곧 아물었다.

"블랙 레터를 조심해야 해. 이건 독을 갖고 있고 만지면 공격하는 특성이 있어."

안나는 고개를 끄덕이고 캐러썬의 몸 여기저기에 계속 쑥을 붙였다.

캐러썬은 다시 잠들었다. 캐러썬의 상처는 아물 때마다 빛을 내며 사라졌다. 그 빛은 노랗거나 초록이거나 했다. 안나는 그런 놀라운 치료의 과정을 지켜보았고 캐러썬의 배에 기대어 잠들었다. 안나는 『돼지 도축장』 그 가게에서 들었던 비명 소리를 한 번 더 들었다. 그녀는 몸을 돌려 눕더니 곧 잠에서 깼다.

캐러썬은 이미 일어서서 하늘을 날카로운 눈매로 쳐다보고 있었다. 그는 안나가 깬 걸 확인했다. 그는 안나 쪽으로 돌아서고는 그녀를 부드럽게 쳐다보았다.

"별의 변화가 이상해. 언어의 신의 별이 죽음의 신의 별 쪽으로 기울어져 있어."

"무슨 의미예요? 설명해 주세요."

"만약 어떤 별이 그 자신의 주인 즉 어떤 것의 신이라고 불리는 그 자신의 주인의 별이 죽음의 신의 별 쪽으로 기울어져 있으면 반드시 죽음의 신이 뭔가를 시험하게 돼. 굉장히 어려운 무언가지."

캐러썬이 한숨을 내쉬었다.

"왜 언어의 신의 별이 죽음의 신의 별 쪽으로 기울었나요?"

"그건 네가 언어의 신이 되는 전통적인 과정을 따르지 않아서야. 너는 네 심장에서 나온 언어들의 책을 거절했어."

"왜 그게 문제가 되나요? 자신의 책이란 건 그 자신이 직접 쓴 거라야 하잖아요. 만약 자신이 쓰지 않은 책은 자신의 책이 아니에요."

안나는 자신의 의견을 주장했다. 그때 갑작스러운 돌풍이 그들에게로 불어와 안나를 휘감았다. 캐러썬은 돌풍 속으로 뛰어올랐고 그들은 돌풍과 함께 위로 올라가기 시작했다. 그들이 어떤 장소에 도착했을 때 어떤 남자가 불을 피우고 있었다. 그는 신사처럼 보였다. 안나는 캐러썬 앞에 서 있었다. 안나는 이 남자가 죽음의 신일 거라고 생각했다.

“음, 도착했구나. 추운데 이리로 좀 오렴.”

어느새 모닥불이 피워져 있었다. 그 남자는 밤이 깊도록 좀처럼 말을 하지 않았다. 그는 마침내 자리에서 일어서서는 별을 확인했다. 그는 그의 막대를 쥐고서 밤하늘을 납작납작한 판의 형태로 자르면서 막대로 밤하늘을 쑤셔댔다. 안나는 그런 광경이 놀라웠다. 그는 죽음의 신의 별과 언어의 신의 별을 조정했다. 그 일을 마치고 그는 밤하늘을 원래의 형태로 밀어 넣었다.

“도대체 무얼 하신 건가요?” 안나가 물었다.

“오, 그래, 안녕? 나는 죽음의 신이란다. 이름은 필리코바 도리아스. 나는 너의 심장을 좀 지켜보고 있었단다. 넌 아무런 잘못이 없어. 그래서 나는 별들의 잘못된 위치를 수정한 거란다. 너는 나로부터 어떤 시험도 받지 않아도 돼.”

캐러썬은 무슨 일이 일어날 지 추측했고 그는 안도의 한숨을 내쉬었다. 죽음의 신은 안나가 가졌던 그 무언가가 정당한 것인지 판단했던 것이다.

“지금은, 『수상한 목소리』의 비명 저주를 제거할 때다.”

죽음의 신이 말했다.

“무슨 말씀이세요?” 안나가 물었다.

“네 심장으로부터 나온 언어들 자체는 굉장히 이기적이고 그들은 그들이 네가 언어의 신을 할 동안 너를 지배할 수 있을 거라고 믿었어. 그래서 그들은 어떤 불특정한 목소리를 설정했고 네가 그걸 들으며 두려움이 들게 만들었고 그래서 그들이 너를 쉽게 지배하려고 했던 거야. 비록 그들은 너의 심장에서 나왔다고 해도 그들 자체로 자신들의 의지를 가지고 있고 그들은 너의 전체를 지배하기 쉽지. 때때로 비명 소리가 들리지 않았니?”

안나는 몸을 움츠리며 고개를 끄덕였다.

“때때로 비명을 들었어요.”

죽음의 신은 고개를 끄덕였다. 그는 어떤 이상한 검은색 가루를 꺼내더니 모닥불에 그걸 뿌려 넣었다. 모닥불의 불꽃이 초록색으로 바뀌고 거대한 불꽃이 일더니 밤하늘로 날아올라 어딘가로 가버렸다.

“『판단의 불꽃』이야. 너의 심장에서 나온 모든 언어들 혹은 글자들을 다 태워버릴 거야. 그들은 사악하거든. 나는 이미 언어의 신이 되고자 하는 너의 선택의 과정을 파악했어. 넌 『수상한 목소리』를 쉽게 너의 책으로 받아들이지 않았지. 그건 너의 것이 아니고 그것은 그들이 너를 지배할 때 사용될 뿐이야. 지금 나는 『판단의 불꽃』을 보냈고 그래서 너는 결코 그러한 두려움에 빠지지 않을 거야. 무엇이든지 너의 판단대로 하길 바랄게, 조그맣고 새로운 언어의 신, 안나 셜릿!”

안나는 그의 설명을 듣고 너무나 놀랐다. 안나는 훌쩍거리면서 그에게 고맙다고 했다. 그 남자는 여전히 자상해 보였다. 그는 남아있는 모닥불을 마저 꺼버리고 일어났다. 그는 어딘가로 걸어가더니 곧 캐러썬과 안나 앞에서 완전히 사라져버렸다.

“안나, 비명을 들은 거니?” 캐러썬이 물었다.

“네, 때때로 비명이 들렸고 그건 저를 두려움으로 몰아갔어요. 무의식적으로요. 저는 좀 두려웠어요.”

“죽음의 신이 너의 무의식 속에 있는 두려움을 읽어냈구나. 그는 좀처럼 누군가를 돕진 않는데 이번에 그는 우리를 도와주었어. 굉장히 이상한 일이야. 그는 굉장히 차가운 자고 모든 걸 어떤 고려도 없이 즉각적으로 해치우지.”

곧 어둠 속에서 그 남자가 다시 나타났다. 그는 몇몇 날카로운 조각들을 가지고 있었는데 그것들은 이미 불에 태워진 상태였다. 그는 안나에게로 가까이 다가왔다. 그리고 그는 안나에게 머리카락 하나를 뽑아달라고 부탁했다. 안나는 그녀의 금발 한 올을 뽑고는 그것을 그에게 주었다. 그는 안나의 머리카락으로 태워진 글자 조각들을 뒤처리하고는 순식간에 그것들을 재로 만들었다.

"이들은 굉장히 집요해. 그래서 내가 이들을 완전히 제거하는 데 어려웠어. 이제 끝났어."

그는 한숨을 내쉬긴 했지만 다시 밝은 표정으로 안나를 쳐다보았다.

"넌 너의 심장에서 나온 언어들 혹은 글자들, 즉 너의 하인들을 잃었어. 그래서 앞으로 언어의 신으로서 모든 걸 어떻게 해내려고 하니?"

"그들이 원래 할 수 있는 일은 무엇이었나요?" 안나가 물었다.

"그들은 어린 언어의 신으로부터 스스로를 형성하고 언어의 신 대신에 언어에 대한 모든 것을 대신 수행하는 하인들이야. 그러나 너의 하인들은 상당히 사악했고 그래서 내 불이 그들을 제거했지. 그래서 너는 너의 일을 시킬 하인들이 없는 거고."

"제가 그들을 다시 형성할 수 있나요?"

"안 돼, 기회는 한 번 뿐이야. 언어의 신의 심장이 형성될 때, 단 한 번뿐이야." 그 남자는 냉정하게 대답했다.

"괜찮아요. 전 당신처럼 저의 판단으로 모든 걸 제 스스로 할 거예요. 저는 하인이 필요하지 않아요. 그리고 저에게는 캐러썬이 있는 걸요, 전 괜찮아요."

캐러썬은 미소를 지었지만 안나가 언어의 신으로 바로 설 때에 그는 잿빛 문으로 들어가 쿠로벨 성으로 가야한다는 사실을 안나가 잠시 잊은 건 아닌지 하고 잠시 생각했다. 안나는 완전히 혼자서 언어의 신으로서의 일을 해야 했다. 캐러썬은 그런 안나가 잠시 안쓰러워졌다.

어쨌든 죽음의 신은 이 조그맣고 당찬 소녀가 언어의 신으로서 그녀의 의무를 이미 시작했다고 느끼고는 미소를 지었다. 죽음의 신은

그의 고개를 끄덕이면서 다시 어둠 속으로 걸어 들어갔고 다시 사라
졌다. 캐러썬이 안나를 바라보고 있었다.

# 질리벗의 옷장

캐러썬은 안나에게 입힐 옷이 더 필요하다고 생각했다. 동시에 이미 징거 랜드의 하급생 아이들에게 언어에 대해 흥미를 불러일으킬 만한 능력을 안나 스스로 형성했다고 파악했으며 더군다나 자신의 심장에서 나온 언어들을 이길만한 능력까지 갖춘 안나가 언어의 신이 되는 다음 단계로 가는 건 당연하다고 생각했다. 그런 단계들을 겪기 전에 우선 캐러썬은 안나가 여자애인데다가 갖추어야 할 것이 보다 많을 거라고 생각했다. 모든 것을 잘 만드는 질리벗을 찾아갈 생각이다.

안나가 어느새 마음을 놓고 잠에 빠져 있어서 캐러썬은 안나를 들쳐 업고는 다시 밤하늘로 솟구쳤다. 캐러썬이 움직이고 있는 세계는 안나를 데리고 왔던 인간계와 동시에 언어의 신 및 각종 신들이 매순간 변환시키는 세계의 두 영역이었다. 그러한 신들의 수는 그렇게 많지는 않지만 수의 신과 언어의 신, 운명의 신 그리고 죽음의 신이 제법 강력한 신들이었다. 게다가 죽음의 신이 안나에 대해 취했던 보호와 관대함은 캐러썬으로서도 이해하기 어려웠다. 어쨌든 캐러썬은 변환의 공간을 통과하고 있었고 마침내 질리벗의 집 앞에 도착했다.

나이가 제법 든 질리벗은 그녀의 정원에서 체리를 따고 있었다. 그녀의 바구니에는 이미 체리가 수북했다. 질리벗이 그녀의 코안경을 내리고 누군가가 다가오는 걸 응시하더니 질리벗은 크게 놀라며 바구니를 떨어뜨리고는 캐러썬에게로 달려갔다.

“캐러썬!”

캐러썬은 질리벗이 열어 주는 정원으로 통하는 나무문으로 들어왔다. 안나는 아직까지도 캐러썬의 등 위에서 잠들어 있었다. 질리벗은 캐러썬을 보며 놀라서 아무 말도 하지 못하고 있다가 안나를 발견했다. 그리고 안나의 머리띠를 보고 고개를 끄덕였다.

“새로운 언어의 신이에요. 가능성은 충분히 확인된 상태예요. 그녀를 위해 필요한 것을 다 만들어줘요, 질리벗.”

“오, 캐러썬, 400년 만이야.” 질리벗은 다른 말을 잇지 못했다.

“나오프 사자의 운명이죠. 언어의 신을 위해 일하는 건. 그리고 언어의 신이 스스로 문제를 해결하고 독립하여 바로 서기 위해 언어의 신이 일하는 동안은 철저히 얼음 속에 갇혀 무의식 속에서 잠들어야 하는 것도 나오프 사자의 운명이죠.”

“잔인해, 캐러썬.” 질리벗은 캐러썬을 불쌍히 여기는 것 같았다.

“매번 느끼죠. 언어의 신을 형성할 때마다 그들이 저를 의지한다는 걸. 그리고 그 매번의 과정이 끝날 때 잿빛 문이 제 앞에 나타날 때마다 그건 오히려 잘 된 거라고 생각하죠. 언어의 신도 신인 것만큼 자신을 이끄는 건 자신이 해야 할 뿐이죠.”

“이번에도 힘든 과정을 겪고는 또 언제 깨어날지 모르는 깊은 잠 속으로 빠져드는 거니?”

캐러썬은 질리벗의 물음에 고개를 끄덕일 뿐이었다. 캐러썬이 고개를 끄덕일 때 안나가 캐러썬의 등에서 미끄러져 땅 위로 가볍게 떨어졌다. 안나가 깨어나는 듯싶더니 질리벗은 잔디밭을 푹신푹신한 이불로 만들어버렸다. 안나는 이불에 고개를 파묻고는 다시 잠들었다.

"나 같으면 나오프 사자의 의무를 포기하겠어. 매번 그 일을 어떻게 해? 이건 정말 끔찍한 일이야."

질리벗이 말했다.

"매번 같지는 않아요, 질리벗. 이번 언어의 신의 교육에 있어서는 제법 뒤에서 물러나 있을 거고. 솔직히 조금 그래왔고, 앞으로도 그럴 거예요. 그런데 이번 언어의 신은 제 생각보다 강한 것 같아요."

"그래도 캐러썬, 이 일을 해온지 몇 년이나 된 줄 아니?"

"잊어버렸어요."

"매번 이용당하고 얼음 속에 갇혀서 몇 백 년씩이나!"

"겨우 전 두 번째 나오프 사자인 걸요?"

"그러니까 첫 번째 나오프 사자가 만 년 동안을 죽음의 신들을 교육해 오면서 결국 프라이 베르노라는 죽음의 신에게 죽임을 당했잖아. 잿빛 문으로 들어간 뒤 얼음 속에서 잠들어 다시는 깨어나지 못했지. 그 이후 언어의 신 쪽에서 나오프 사자를 만들었고 바로 그 이가 너고, 언제고 너도 다른 언어의 신에게 죽임을 당하게 될지 몰라. 신들은 자신의 전문 분야에 특성화되어 있어서 그 분야의 일을 잘 처리하지만 궁극적으로 매우 잔인한 존재들이야."

캐러썬은 안나가 자고 있는 것을 한 번 더 확인했다.

"죽임을 당한다면 당하는 거겠지요."

캐러썬의 말에 질리벗이 깜짝 놀란다.

"이 아이가 언어의 신이 될 재목이라면, 난 이 아이를 위해 블라우스도 하나 만들어주지 않을 거야. 대신 약속을 하면 이 아이에게 필요한 모든 걸 만들어 드릴게."

"무슨 약속을요?" 캐러썬이 되묻는다.

"이 아이가 언어의 신이 되면 다음 나오프 사자를 이 아이 스스로 만들어서 너의 일이 이 아이 대에서 끝나도록 약속해 준다면.”

캐러썬은 잠시 고민했다. 언제나 모든 일이 끝나면 차가운 얼음벽에 갇혀야 했다. 그리고 자신을 둘러싼 모든 것에 정답을 알 수는 없었다. 캐러썬은 안나가 자신을 죽이지 않을 거라는 건 확신할 수 있었다. 그리고 안나의 힘이 나오프 사자를 만드는 데까지 이를지 잠시 생각해 보았지만 가능할 거라고도 믿었다. 캐러썬은 안나가 다음 대(代)의 나오프 사자를 만들 수 있을 거라고 믿었다. 캐러썬은 첫 번째 나오프 사자의 죽음을 알고는 있었지만 자신이 그렇게 되더라도 그건 운명일 뿐이라고 생각해 오고 있었다. 그러나 질리벗은 달랐다.

캐러썬은 어릴 때 남자 아이였다. 다섯 살이었고 하늘을 쳐다보았을 때 문득 눈이 부신 어느 날 그는 언어의 신 앞에서 무릎을 꿇고 앉아 글자들을 해독해 내야 했다. 세상에 존재하는 모든 글자들에 내한 해독이었나. 그걸 마친 캐러썬은 리퍼 도르노라는 인간 남자 아이의 이름을 버리고 캐러썬이라는 이름을 가진 채 형상이 나오프 사자로 변형되었다. 그리고 그는 자신이 신들이 소환하는 신을 교육하는 자로서 두 번째 나오프 사자라는 사실도 알게 되었다.

첫 번째 나오프 사자의 죽음에 대해 듣게 된 후 모든 사역이 마칠 때마다 그 어디에서든지 열리던 잿빛 문으로 들어가기 싫었던 적이 있다. 다시 얼음벽에 갇히면 눈을 뜨지 못할 수도 있다는 두려움이 들었다. 그러나 시간이 갈수록 캐러썬은 두려움을 이겨냈고 더 강인하게 언어의 신들을 교육해냈다. 그리고 잿빛 문으로 들어가게 되고 다시 눈을 뜰 수 없게 되더라도 괜찮다고 스스로에게 타일렀다.

질리벗은 언어의 신이 캐러썬과 함께 데리고 온 인간 존재였다. 친 할머니는 아니었다. 요리를 하거나 옷을 만들거나 가구를 만들거나 등등 솜씨가 좋은 질리벗은 언제나 캐러썬을 걱정했다. 그리고 이번에 다시 나타난 캐러썬을 다시는 놓을 수 없었다. 캐러썬은 할머니의 마음을 이해했다. 그는 비록 거구의 하얀 사자이지만 할머니는 언제나 할머니의 모습 그대로 이 세계에서 자신이 언어의 신을 교육할 때마다 필요한 것들을 공급해준 분이었다.

할머니와의 약속으로 캐러썬은 안나의 일에 새로운 나오프 사자를 만드는 일이 추가된 걸 알았다. 그리고 안나가 인간 아이 만큼은 데리고 오지 않기를 바랐다. 필벗이나 아니면 푸카이리 ―지능이 있는 동물로 두 발로 걸으며 언어 사용에 능함― 와 같은 존재를 사용해 나오프 사자를 만들었으면 싶었다. 왜 그런지는 몰라도 인간 아이가 나오프 사자가 된다는 건 그가 그때 언어의 신 앞에서 무릎을 꿇고 수많은 언어를 해독하던 때가 떠올라서인지도 모른다.

캐러썬은 안나를 그의 마지막 언어의 신이라고 결정 내렸다. 캐러썬의 결정과 함께 할머니의 표정도 밝아졌다. 질리벗은 집안으로 들어가 줄자를 꺼내 와서는 정원 바닥의 이불 위에서 잠든 안나의 치수를 재기 시작했다. 이것저것을 기록하고는 질리벗은 집안으로 들어갔다.

캐러썬은 잠시 후 질리벗으로부터 모형 옷장 하나를 받았다. 서랍장이 딸린 모형 옷장인데 조그마한 화장품 크기만 했다.

"안나에게 필요할 모든 게 다 들어있지요? 크기를 키우면 정확하게 들어맞기도 하고요?"

"물론이란다. 어서 일을 끝내고 이 할미에게로 오거라. 캐러썬. 아니, 리퍼."

"그러겠어요. 마지막 임무이니만큼 최선을 다할게요. 이번에는 잿빛 문으로 들어가지 않겠어요."

잿빛 문, 이라는 말이 나오자 질리벗의 얼굴이 다시 하얗게 질린다.

"신들의 명령을 어기는 건데 가능하겠니?"

"제가 섬기는 신은 언어의 신이고, 또 그 신은 곧 안나가 될 텐데, 안나가 허락해줄 거예요."

"혹 운명의 신이나 죽음의 신이 불합리를 느끼고 개입한다면?"

질리벗이 가능한 상황을 가지고 되물었다.

"안나를 믿어요."

캐러썬은 죽음의 신 앞에서도 당당했던 안나를 떠올리고 있었다. 그러나 나오프 사자가 임무를 마치고 잿빛 문으로 들어가지 않으면 일어날 일에 대해서도 두려움이 들긴 했다. 물론, 캐러썬 자신은 언어의 신과 관계된 자였지만, 다른 신들이 개입할 수도 있었다. 캐러썬은 질리벗에게 거짓말을 하기로 했다. 그는 잿빛 문의 소환에 응할 생각이었다. 그의 마지막 모든 순간까지 언어의 신을 교육하고 그 외의 시간에는 차가운 얼음벽에 갇혀 있을 생각이었다. 그러나 질리벗에게는 거짓말을 하기로 했다.

"안나를 믿어요. 할머니, 돌아올게요."

캐러썬은 조그만 모형 옷장을 입에 물고는 안나를 들쳐 업고 다시 하늘 위로 솟구쳤다. 질리벗은 그러나 캐러썬의 생각을 모를 리 없었다. 그럼에도 400년 만에 보는 캐러썬의 요청에 최선을 다해 그녀의 일을 해주었다. 다시 혼자서 보낼 오랜 시간이 돌아온 것 같았다. 질리벗은 모든 걸 체념하고 정원에 둔 체리 바구니를 들고 집안으로 들어갔다.

변형되는 공간들을 모두 통과해 어느 한적한 숲 앞에 도착했을 때 캐러썬은 가볍게 앞발을 닿으며 바닥에 안착했다. 안나가 문득 눈을 떴다. 캐러썬은 『질리벗의 옷장』을 물고 있었고 안나는 캐러썬이 물고 있는 무언가를 문득 보았다.

"『질리벗의 옷장』이야. 언어의 신이 되려는 자들이 가지게 되는 것들을 정리해둔 곳이란다."

"이건 어떻게 해서 얻은 거지요? 이 속에 제가 쓸 것들이 들어있다구요?"

"목록을 꺼내보마. 마음에 들었으면 좋겠구나."

캐러썬은 『질리벗의 옷장』을 잔디 위에 두고는 옷장 위로 삐죽이 빠져 나온 영수증 같은 종이를 물고는 쭉 뽑아 올렸다. 영수증이 뽑혀 나오듯 종이에는 무언가가 빼곡하게 적혀 있었다. 캐러썬은 영수증이 어느 정도 나오자 고개를 홱 돌려 영수증을 옷장 틈새에서 찢어냈다. 캐러썬은 영수증을 안나에게 건넸다.

안나는 영수증을 읽어 내려가기 시작했다. 처음에는 이것들이 무엇인지 파악을 하지 못하다가 점차 안나의 얼굴은 놀라움으로 바뀌었다.

"심부름을 하는 토끼요?"

"어떤 독도 해독하는 벌레요?"

"비상시에 불러내는 난장이 군대요?"

"그리고 이건 뭐죠? 언어의 두루마리?"

안나는 계속해서 말하다가 언어의 두루마리에서 멈춰 캐러썬을 쳐다보았다.

"네가 언어의 신으로서 언어를 좀 사용할 수 있게 되면 지령을 내릴 수 있어. 그 지령을 담는 두루마리야. 마치 필벗이 얼음을 녹여 나를 깨웠던 두루마리처럼."

캐러썬이 그렇게 설명하자 안나는 고개를 끄덕인다.

"아직 믿고 있진 않았어요. 제가 언어의 신이 된다는 사실을요. 하지만 이젠 정말 이 운명을 받아들일래요. 징거 랜드의 하급생 아이들을 가르치면서 저는 제 안에 잠재되어 있는 언어에 대한 갈망을 스스로 읽을 수 있었고 제 심장에서 나온 언어들과 대치하면서 언어 사용에 있어서의 정직성에 대해 스스로 배웠어요. 그리고 정말 열심히 해서 언어를 제대로 사용할 수 있는 힘을 기르고 싶어요. 지금은 언어의 두루마리에 그 무언가도 쓸 힘이 없지만 언제고 쓸 수 있을 때까지 정진하겠어요."

캐러썬은 안나의 말을 듣고 있다가 뭔가가 생각난 것처럼 말했다.

"그건 그렇고 이 문을 열어 보아야지. 처음 문을 연 사람이 『질리벗의 옷장』의 주인이야."

안나는 조그마한 『질리벗의 옷장』 문을 열었다. 그 안에는 옷장보다도 작은 캡슐들이 진열되어 있었다. 그 캡슐들 속에 안나가 필요한 것들이 잠들어 있는 것이다, 안나는 그렇게 생각했다.

"사용법은요?"

"말로 하면 돼. 영수증을 잘 말아서 넣어두고, 영수증을 보고 필요한 것을 옷장 문을 열고는 말하면 필요한 것이 든 캡슐이 열릴 거야."

"사용법도 간단하네요?"

"이제 너 외에 이 옷장을 사용할 수 있는 사람이 없을 거야. 당장 사용하고 싶은 건 있니?"

"언어의 신의 성에 있는 『언어의 서(書)』를 읽고 싶어요. 언어에 대해 빨리 배우고 싶어요."

"그게 영수증의 목록에 있다면 읽을 수 있을 거다. 게다가 지금의 언어의 신이 천천히 자신의 일을 정리하고 있어서 목록에 없더라도 가서 빌려 읽는 것도 가능할 거다."

안나는 인상을 쓰고 영수증을 읽기 시작했다. 몇 번을 읽어도 영수증에는 『언어의 서(書)』따윈 없었다. 안나의 표정을 읽은 캐러썬이 그의 등을 낮추었다.

"어딜 가는 거예요?"

"헤라스 베니스토의 성(城)으로 가는 거야."

"정말요?"

"나는 네가 옷이나 목걸이, 반지 따위에 관심이 있을 줄 알았어. 진정한 언어의 신이 되어 언어의 두루마리를 쓸 수 있는 일에 관심이 있을 줄은 몰랐거든. 어쨌든 감동이야, 안나.”

캐러썬은 안나에게 옷장을 열어서 옷장을 펜던트로 하는 목걸이를 꺼내달라고 부탁하라고 했다. 안나가 그러자 은빛의 목걸이가 옷장을 꽉 잡고는 안나의 목에 걸렸다. 그건 무척 가볍고 시원한 느낌이 났다.

“심부름하는 토끼에게 부탁하는 건 어떨까요? 나 헤라스 베니스토의 성에 가는 건 아직은 두려워요.”

“네가 머물 성(城)이 될 텐데도?”

“아직은 헤라스 베니스토가 이 세계의 언어의 신이니까 그를 존중하는 게 필요해요. 제가 문득 그의 앞에 나타나 『언어의 서(書)』를 보여 달라고 하는 것보다 토끼에게 부탁하는 게 그가 자존심을 상하지 않는 방법이에요.”

“그럴까?”

안나는 캐러썬의 등에 타는 것보다 옷장이 펜던트로 걸린 목걸이를 벗어들고는 옷장을 열어 “토끼를 보내주세요.”라고 했다.

심부름을 하는 토끼는 커다란 앞니에 파란색의 털에다 분홍색 조끼를 입고 있었다. 귀의 안쪽은 흰 털이 소복하게 난 귀여운 토끼였다.

“주인님, 뭘 원하세요?”

말도 또박또박 잘 하는 토끼였다.

“언어의 신의 성(城)에 있는 『언어의 서(書)』를 빌려다 줘.”

토끼는 그의 조끼 안에서 동그란 물체를 꺼내더니 무언가를 계산했다. 안나는 토끼가 뭘 하는지 궁금했다.

“심부름을 잘하기 위해 쓰는 물건이랍니다. 주인이 원하는 물건의 현재 상황을 조사하는 물건이지요. 원래 『언어의 서(書)』는 언어의 신의 성(城)에서 나오지 않아요. 하지만 헤라스 베니스토에게 전갈을 보낸 결과 자신은 『언어의 서(書)』를 외우고 있고 또 안나 셜릿이 원하는 이상 그걸 아예 준다고 하는 군요. 대신 『언어의 서(書)』를 해독하고 언어의 두루마리를 쓸 수 있는 능력을 키우기를 바란다고 전해주라는 군요. 여기 계세요. 당장 다녀올게요.”

안나는 헤라스 베니스토의 배려에도 고마웠다. 그리고 토끼가 똑똑한 것도 마음에 들었다.

“너의 이름은 뭐니?”

“언어의 토끼, 플루벳입니다.”

토끼는 자신의 손에 든 동그란 물체를 몇 번 더 확인하더니 바로 앞의 숲 속으로 자취를 감추었다. 토끼가 다시 나타났을 때에는 캐러썬이 깊이 잠들었을 때였다. 토끼는 거대한 낡은 책을 두 손에 든 채 총총 뛰어 숲 속에서 나타났다.

“이게 『언어의 서(書)』니?”

“네. 그럼 저는 다시 『질리벗의 옷장』 속으로 들어갈게요. 캡슐 속은 불편하지 않아요. 그 속은 작은 세계와도 같거든요. 들어가라, 플루벳, 이라고 해주세요.”

안나는 『질리벗의 옷장』이 달린 목걸이를 풀고는 옷장을 열었다.

“들어가라, 플루벳.”

그러자 플루벳은 옷장 속에서 둥근 플라스틱 캡슐 속에 든 파란 토끼 인형이 되었을 뿐이었다. 캐러썬이 잠에서 깼다.

“역시 거룩한 기운이로군.”

캐러썬은 안나 앞에 놓인 『언어의 서(書)』를 지켜보았다.

“이제 어떻게 해야 하나요?”

“언어들은 낯설 거야. 새로운 문자들이고. 하지만 그것들을 연결하는 법칙을 스스로 찾아내도록 해. 그러면 언어를 사용하는 힘을 내부화할 수 있을 거야. 그렇게 내부화한 힘으로 언어의 힘을 담은 두루마리를 쓸 수 있어. 그러면 『질리벗의 옷장』에 든 수많은 두루마리들을 너의 힘으로 채울 수 있게 될 거야. 그럼, 나는 운명의 신을 만나고 올 테니, 여기서 숙제를 잘 해내고 있도록 해."

"혼자 두고 가실 거예요?"

"신들이 변형한 공간 속이다. 적어도 내가 표시를 해둔 이상 안전할 거다."

"네, 열심히 공부하고 있을 게요."

캐러썬이 주저 없이 하늘로 솟구치고 안나는 홀로 남아 갈색의 낡은 두꺼운 표지를 열었다. 도무지 알 수 없는 문자들이 수식처럼 배열되어 있었다. 안나는 그러나 읽을 수 없어도 열심히 읽었다. 저녁이 되고 『질리벗의 옷장』에서 불을 꺼내 공중에 띄워놓고는 다시 밤이 가도록 안나는 『언어의 서(書)』를 읽었다.

# 나오프 사자 컬레인

캐러썬은 분명 운명의 신의 소환에 응했건만 그가 도착한 곳은 죽음의 신의 성(城)이었다. 성 앞으로 통하는 통로 주변의 검은 안개들 밑에 깔린 서무직직한 잔니들이 지껄이는 건 운명의 신은 캐러씬이 잠들어 있을 때 죽음의 신에게 죽임을 당했다는 수군거림이었다. 캐러썬은 운명의 신의 성(城)을 탐지해 보았으나 그곳은 이미 죽음의 신의 성(城)과 같은 장소로 탐지되었다. 무슨 일이 일어났는지 알아야 했다.

성으로 들어선 캐러썬의 모습이 비장해 보였다.

죽음의 신 필리코바 도리아스는 어두컴컴한 정원에서 깊은 생각에 잠겨 있었다.

"오, 캐러썬."

"혹시 저를 부르신 건 당신이셨습니까?" 캐러썬이 물었다.

"설명해야 할 것이 있다는 건 알지만 신들의 질서가 재편되고 있다는 건 자네가 잘 모르는 일이야."

"신들의 질서가 재편되고 있다는 말은?"

"비슷한 영역을 주관하는 신들 사이에 보다 강한 자만이 살아남는 거지. 곧 수의 신과 언어의 신 사이에서도 비슷한 일이 벌어질 걸세.”

“운명의 신을 어떻게 하셨습니까?” 캐러썬이 눈을 부릅뜨며 물었다.

“죽음 속에도 세계는 만들어 놓았다고 했지. 다만 그 세계가 죽음이라고 불릴 뿐이라고.”

필리코바 도리아스는 그가 운명의 신을 죽였다고 말하지는 않았지만 캐러썬은 그 정도로도 충분했다. 돌아서서 안나에게로 가려는 순간 죽음의 신이 말했다.

“캐러썬, 언어의 신을 버리고 나에게로 오지 않으련? 안나에게도 좋은 자리를 줄 수 있고 말이다.”

캐러썬의 뛰어오르려는 발이 굳은 채로 캐러썬은 그를 돌아보았다.

“수의 신과 언어의 신 사이에서 또 강한 자가 남는다면 그 다음에는 당신과 또 겨루어야 하겠군요.”

캐러썬이 빈정대고는 하늘로 뛰어올랐지만 어디에서엔가 몰려온 수많은 까마귀 떼가 캐러썬의 앞을 가로막고 캐러썬을 다시 죽음의 신의 정원으로 처박았다.

“한 번 더 말하겠다. 죽음의 신을 위해 일하겠느냐? 쓸데없는 언어의 일을 하고 또 곧 제거될 언어의 신을 위해 일하겠느냐? 안나의 운명까지. 아니, 나는 너는 잃어도 안나는 내 곁에서 일하게 할 것이다. 가장 마음에 드는 재목이지. 모든 면에서 성장이 가능하다는 뜻이다. 나는 네가 승낙하지 않는다면 첫 번째 나오프 사자의 부활을 실현시킬 생각이다. 내가 그를 죽인 프라이 베르노를 죽인 죽음의 신이므로 그의 복수를 해준 죽음의 신이 된 셈이다.”

“첫 번째 나오프 사자인 컬레인을 부활시키겠다 이겁니까?”

캐러썬의 목소리가 높다. 컬레인은 첫 번째 나오프 사자이자 죽음의 신들을 만 년 동안 교육시킨 존재로 죽음을 직접 경험한 데다 복수의 피까지 입고 나올 터이므로 두려운 존재였다. 컬레인은 얼굴과 몸이 검은색이고 갈기만이 찬란한 은색인 나오프 사자였다.

필리코바 도리아스는 더 이상 기다릴 생각이 없는 것 같았다. 순식간에 죽음의 인을 캐러썬의 이마에 찍은 필리코바 도리아스는 캐러썬이 비명을 지르며 그의 정원에 있던 깊은 검은 연못 속 무저갱 속으로 사라지는 걸 지켜보았다.

'저 문이 닫히기 전에……. 저 문이 닫히기 전에…….'

캐러썬은 그의 황금 갈기에서 작은 링을 형성해 아직 열려 있는 죽음의 통로로 내보냈고 그것을 감지한 죽음의 신은 그걸 붙잡으려다 그냥 두었다. 링은 연한 금빛을 띠며 안나에게로 날아갔다. 동시에 죽음의 통로는 닫히고 검은 연못물은 출렁일 뿐이었다. 캐러썬은 죽음의 무저갱 속으로 떨어지고 말았다.

죽음의 신은 너를 대신해 복수해준 자의 소환에 응하라, 라는 간단한 말로 죽음 속에 있는 컬레인을 불러왔다. 컬레인은 붉은 눈동자를 굴리다가 다시 황금 눈동자로 바꾸었다.

"내가 프라이 베르노를 죽인 죽음의 신이다."

필리코바 도리아스는 노련한 조련사처럼 캐러썬보다 큰 컬레인을 다루었다.

"언어의 사자가 있었는데, 설명을 많이 해야 해서, 우선 중간계 죽음의 영역에 놔두었다. 필요할 때 데려올 수는 있지만 그 녀석은 훈련을 좀 받아야 해."

필리코바 도리아스는 노곤하게 말했다. 그의 말을 그저 듣고만 있는 컬레인은 이 세상의 냄새를 맡고 있는 것 같았다.

"사역은 무엇입니까?"

"잿빛 문에 들어가라고 하지는 않겠다. 하지만 모든 신들을 없앨 때까지 내 곁에서 나를 위해 일해 주겠나?"

단도직입적인 성격을 가진 듯한 컬레인은 그저 고개를 끄덕였다.

“약하디 약해빠진 언어의 신부터 없앨 차례야. 두려움을 느끼고 숨어버리려는 수작을 부리려는 데 뜻대로 해줄 수는 없지. 수의 신은 아직 좀 더 두고 봐야 해.”

“헤라스 베니스토라고 알려져 있군요.” 컬레인이 자신의 계산을 끝내고 말했다.

“지금의 언어의 신은 역대 언어의 신들 중에 가장 약해. 고작 400년 밖에 일을 하지 못하고 안나를 불러들였지. 그런데 이 안나 셜릿이라는 열 살짜리 소녀는 꽤 쓸모가 있어. 나도 아직 장담은 하지 못하지만 중간계 죽음의 영역에 있는 캐러썬이라는 언어의 사자에 대해 협상을 한다면 뭔가 나를 위해 큰일을 해줄 수 있는 존재지. 하지만 그 일을 해준 뒤에라도 제거하고 싶진 않아. 그만큼 마음에 이상한 느낌을 주는 존재야.”

컬레인은 죽음의 신이 감정을 느끼는 걸 다소 어색하게 받아들이고 있었다. 하지만 그렇기에 이 필리코바 도리아스라는 죽음의 신은 컬레인 자신을 죽인 죽음의 신을 죽이고 이렇듯 오래도록 혼자 죽음의 신의 자리에 있을 수 있는 것이다. 수많은 감정을 느끼되 철저히 일을 처리하는 그런 죽음의 신일 거라고 컬레인은 짐작했다.

“안나 셜릿을 데리고 오는 게 임무입니까?”

“물론.”

컬레인은 그의 머릿속 지도를 펼치고는 안나 셜릿을 찾아냈다. 그리고는 캐러썬이 그렇듯 공중 도움닫기를 하면서 하늘 위로 치솟았다.

아침이 되고 안나는 피곤함을 느끼면서도 『언어의 서(書)』를 해독하고 있었다. 전체 흐름과 원리가 이해될 듯 되지 않았다. 그때 아침의 엷은 기운 속에 도망쳐, 안나, 라는 말이 희미하게 들려오더니 그건 굉장히 큰 소리가 되어 울려왔다. 곧 안나 앞에 캐러썬의 황금 링이 도착하고 그건 캐러썬의 모습으로 변하더니, 도망쳐, 안나, 라고 말하고는 사라져버렸다.

안나는 재빨리 목걸이에 걸려 있는 『질리벗의 옷장』을 열고 플루벳을 소환했다. 플루벳은 자신의 손에 든 물건으로 무언가를 계산하려다 얼굴이 하얗게 질렸다.

"신들의 일이에요. 개입할 수가 없어요."

플루벳은 다시 캡슐 속으로 들어가 버리고 안나가 두려움에 질려있을 때 하늘에서 독수리의 길게 우는 소리가 들려왔다. 커다란 독수리 한 마리가 그녀를 향해 내려오고 있었다. 안나는 무심결에 커다란 『언어의 서(書)』를 꼭 안고는 눈을 꼭 감았다. 독수리가 그녀를 가볍게 낚아채는 느낌이 나고 그녀가 눈을 떴을 때 그녀는 하늘 위로 날고 있었다. 독수리가 하늘을 날면서 안나를 내려다보았다.

"안녕? 나는 수의 신의 하인이야. 죽음의 신이 컬레인을 소환했고 방금 전에 죽음의 신이 언어의 신 헤라스 베니스토의 이마에 죽음의 인을 찍었어. 한 번 저항해보지도 못하고 끝난 거야. 이제 이 세계에 남은 신은 수의 신, 리카르토 아모리지와 죽음의 신, 필리코바 도리아스지. 어떻게 될지는 알겠지?"

독수리가 그렇게 말하자 안나가 다급하게 물었다.

"캐러썬은 어떻게 되었나요?"

"잠시 파악해 보마."

독수리는 캐러썬이 그렇게 하듯 마음속 지도로 이 세계를 샅샅이 살피는 것 같았다. 그리고는 고개를 갸웃했다.

"이 세계에는 없어."

"네?"

안나가 급속히 절망으로 빠져들던 순간 틱, 하는 둔탁한 소리가 나더니 무언가 검은 물체가 독수리 위를 덮친 것 같았다. 독수리는 목이 물린 채로 추락하고 있었다. 독수리의 발에서 안나도 떨어지고 안나는 공중에서 떨어지며 비명을 질렀으나 곧 푹신한 무언가 위에 떨어졌다. 그것이 하늘에서 공중 도움닫기를 하며 뛰다가 땅에 이르러 안나를 내려놓았을 때 안나는 깜짝 놀라고 말았다.

컬레인이었다.

안나는 캐러썬보다도 큰 덩치의 나오프 사자를 처음 보았다. 그녀는 그 사자가 나오프 사자라는 사실은 알 수 있었다. 그러나 언어의 신과 관련된 사자라고는 생각되지 않았다.

"당신도 나오프 사자인가요?" 안나가 물었다.

"나오프 사자에 대한 포괄적 정의는 신들이 다음 신에게 임무를 물려줄 때 사용하는 교육을 위한 충실한 하인이야. 이 세계에 존재하는 신들은 나오프 사자를 만들 수도 있고 자신이 보다 오래 혹은 영원히 임무를 감당할 수도 있어. 영원히 임무를 감당할 경우에 나오프 사자는 불필요해지지. 내가 이 세계에 첫 번째로 존재했던 나오프 사자 컬레인이야."

"컬레인……."

컬레인은 자신이 죽음의 신을 교육하던 나오프 사자였다는 사실은 말하지 않았다.

안나는 문득 『언어의 서(書)』를 찾았으나 그건 안나와 조금 떨어진 곳에서 펼쳐져 있었다. 안나가 책 앞에 가 섰을 때 책의 페이지가 어지럽게 넘어가면서 그 속에서 언어들이 솟구쳐 올라 안나 주위로 회전하기 시작했다. 그러더니 그 글자들은 안나의 몸으로 흡수되었다. 안나는 문득 그녀가 언어의 신의 마지막 목소리를 들었다고 생각되었다.

'……너는 이제부터 언어의 신이다. 너의 대(代)가 끝날 때까지 너의 자리를 지키라……. 그리고 끝까지 자신을 지키라…….'

안나는 다시 책을 내려다보았지만 그 책에는 아무 것도 씌어있지 않았다. 컬레인이 다가왔다. 안나는 캐러썬에 대해 물어야 했다.

"캐러썬이 어떻게 되었는지 혹시 아세요?"

"내가 죽음 속에 있을 때 알게 된 정보지만 그 사자가 두 번째 나오프 사자로 언어의 신을 위한 하인이었던 걸로 기억한다. 지금은 죽음의 신을 따르지 않아 중간계 죽음 속에 갇혀 있다. 놀라지 말렴. 죽음의 신이 주관하는 죽음은 하나의 세계이자 죽음의 신의 허락이 있으면 나올 수 있는 곳이니까."

안나가 훌쩍이기 시작했다.

"죽음의 신은 나쁘지 않았어요. 그런데 캐러썬을 죽음 속으로 보내다니. 이해할 수가 없어요."

컬레인은 문득 신의 표지인 황금색 일렁임이 안나의 표면에 이는 것을 보았다.

'벌써 언어의 신이 되었나?'

컬레인은 그의 내부의 계산 결과 안나가 벌써 불안정한 상태이긴 하지만 언어의 신이 된 걸 확인했다.

'빠르군. 아니면 캐러썬의 힘이 대단하던가. 캐러썬이 안나를 다시 보지 않는 한 안나는 자신이 언어의 신이 된 줄 모를 거야.'

컬레인은 자신이 모실 주인은 지금의 죽음의 신 필리코바 도리아스밖에 없다고 생각하고는 있었지만 그는 이번에는 완전히 죽음의 신을 믿을 생각은 없었다. 다만 잿빛 문으로 들어가는 과정을 생략해준다면 그로서도 지금의 죽음의 신과 일을 같이 하는 게 썩 나쁘지는 않았다. 컬레인은 그 자신으로서도 죽음의 신을 교육하는 것에 익숙해서 다른 일을 하는 것은 꽤 쓸모가 없다고 생각하고 있었기 때문이다. 그러나 이 안나라는 소녀에게서 이는 거룩한 언어의 표지는 문득 그를 죽음의 신의 편에도 그렇다고 안나의 편에도 속하지 않도록 마음의 변화를 일으키긴 했다.

안나를 결국 언어의 신에 도달하게 해주고 캐러썬은 중간계 죽음으로 내려간 것이다. 캐러썬에 대해 일던 이상한 경쟁의식도 느껴지지 않는다. 컬레인은 죽음의 신과 안나 사이에서 줄다리기를 할 모양으로 안나가 모든 글자가 사라져버린 『언어의 서(書)』를 들고 훌쩍이고 있자 그녀를 들쳐 업고는 하늘 위로 솟구쳤다.

도착한 곳은 죽음의 신의 성(城)이었다. 물론, 필리코바 도리아스는 안나의 몸에 이는 신으로서의 황금색 표지를 읽어냈다. 죽음의 신은 제법 당황했다. 이미 신의 단계에 들어선 안나였다. 그가 자질구레한 일을 시킬만한 상대는 아니었던 것이다. 아직 그 힘이 불안정하고 약하긴 했지만 분명히 언어의 신의 표지였다. 문제가 복잡해지고 있었다.

한없이 상냥하고 순수하기만한 이 소녀를 죽음의 세계 속에 처넣을 수는 없었다. 그럴 근거가 없었다. 아직 완전한 언어의 신으로서의 각성이 남았겠지만, 이렇게 빨리 언어의 신이 된 그녀에게 그건 아무런 문제도 되지 않을 터였다. 필리코바 도리아스는 수의 신이 근접해오는 것을 느끼면서 컬레인에게 무언가를 지시했다.

컬레인은 안나를 들쳐 업고 다시 어두운 대기를 뚫고 하늘로 솟구쳤다. 저 멀리서 수의 신의 막강한 군대가 죽음의 신의 성으로 다가오고 있었다. 컬레인은 재빨리 변형 공간을 찾아내 그 속으로 들어갔다.

어느 숲으로 들어가 안나에게 먹을 것을 찾아주었다. 안나는 더 이상 캐러썬에 관한 건 묻지 않았다. 그렇다고 컬레인에게 마음을 연 것도 아니었다. 안나는 다만 컬레인이 자신에게 해를 끼칠 것 같지는 않았고 또 이제 캐러썬을 찾아가는 것도 그의 도움이 있어야 할 것만 같아서 그에게 못되게 굴지 않아야겠다고 생각한 것뿐이다.

안나는 나무 열매를 좀 먹고 한숨을 내쉬었다. 컬레인과 안나는 숲 속에 난 길을 함께 걸었다.

"지금 수의 신과 죽음의 신이 맞붙고 있을 겁니다."

"언어의 신은 어디에 간 거죠? 또 운명의 신도 있다고 들었어요." 안나가 말했다.

컬레인은 모든 걸 적당히 말해 줄 때라고 생각했다. 수의 신과의 싸움에서도 죽음의 신은 이대로라면 이길 것이다. 죽음 속으로 모든 걸 처넣을 것이고 이 세계는 수에 관한 한 어리석은 세계가 될 터였다. 다만 죽음의 신이 수의 능력을 갖추게 된다면 그 문제는 해결될 터였다.

"언어의 신은 수명을 다해 죽었고, 운명의 신은 그 자신의 운명에 따라 죽음 속으로 들어갔습니다. 수의 신과의 싸움에서 죽음의 신이 이길 겁니다. 곧 자잘한 신들이 여전히 이곳에 있겠지만 실질적으로 힘을 행사하는 신은 죽음의 신이 유일할 겁니다."

"아니요. 여기 언어의 신, 안나 셜릿도 있어요."

안나는 당당하게 그 자리에 서서 말했다.

"아, 안나."

컬레인이 자리에 얼어붙은 듯 아무 말도 하지 않았다.

"나 언어의 신 안나 셜릿이 명하노니, 나오프 사자 컬레인은, 나를 언어의 신의 성(城)으로 데리고 갈진저."

컬레인은 그대로 따르기로 했다. 그녀는 명백히 신이었다. 나오프 사자는 어떤 신이든 그 명령에 복종하는 것이 그 임무였다. 언어의 신의 성(城)에 도착하자 잿빛 생쥐들이 성문을 열었고 안나는 성의 곳곳에 촛불을 켰다. 성의 냉기도 어느 정도 가셨을 때 컬레인에게 말했다.

"나를 위한 나오프 사자가 되어줘. 캐러썬도 친구가 필요할 거야. 나는 캐러썬을 잿빛 문으로 넣지 않을 거야. 나는 아주 오랫동안 아니면 영원히 언어의 신일 테니까. 세계가 죽음의 신만 존재하는 어두운 곳이 되지 않게 할 거야. 나는 지금 당장 수의 신을 지원할 거야."

안나는 넓은 서재로 세상의 모든 책들이 꽂혀 있는 책장들 사이로 걸어가면서 명령했다.

"언어들이여! 도와다오, 죽음의 신에게 보낼 군대를 나에게 다오!"

안나는 책 속의 언어들이 들썩이는 것을 느낄 수 있었다.

그리고 자신의 자리로 돌아와 『질리벗의 옷장』 속에 든 두루마리에 수많은 언어의 질서를 써내려가기 시작했고 그것을 컬레인에게 전했다.

"죽음의 신의 성(城)에 붙여줘. 부탁해."

컬레인은 머뭇거렸지만 조그맣고 긴 두루마리를 물고 창문을 통해 날아갔다. 다시 컬레인이 돌아왔을 때 컬레인이 안나에게 한 말은 언어의 신이 쓴 두루마리에서 나온 수많은 군대가 죽음의 구멍을 다 막아버렸고 수의 신을 보위했다는 것이었다. 수의 신이 만족하고 돌아가고 세상의 질서는 다시 세 명의 강력한 신에 의해 재편되었다는 것이다. 안나는 컬레인에게 물었다.

"넌 죽음의 신을 교육한 나오프 사자지?"

"그걸 어떻게?"

"난 언어의 신이야. 내 내부에서 언어에 관련한 모든 것이 보였을 때 난 알았어. 이제 내가 언어의 신이 되었구나, 라는 걸. 너에 대해서도 보여. 자, 지금은 죽음의 신의 허락 없이 죽음 속으로 들어가려고 해. 나의 캐러썬을 구하러. 너도 같이 가야 해. 너도 이제는 언어의 신의 사자니까."

컬레인은 무릎을 꿇었다. 영광이었다. 신의를 준 신이었다. 컬레인은 죽음의 세계를 잘 알고 있었고 그리로 통하는 통로도 잘 알고 있었다. 죽음의 신과 완전한 이별을 택한 이상 나오프 사자는 오직 언어의 신의 사자일 뿐이라고 생각했다.

# 죽음의 신들

　안나는 주저 없이 컬레인의 등 위에 올라탔다. 언어의 신의 성(城)은 멀리서도 수많은 촛불 때문에 빛나는 성으로 보였다. 안나는 컬레인의 등에 타고 있었고 그들은 수많은 변형 공간들을 통과했다.

　"넌 가장 싫어하는 자가 있니?"

　안나가 컬레인에게 물었다.

　"가장 싫어 한다기 보다는 왜 그랬는지 이유를 묻고 싶은 자는 있습니다."

　"그가 혹시 너를 죽인 프라이 베르노라는 죽음의 신이니?"

　"네."

　"넌 그를 훈련시켰잖아."

　"그래서 더더욱 이유가 궁금합니다."

　안나는 문득 그를 둘러싼 이 진실에는 무언가가 더 있음에 분명하다고 생각했다. 곧 죽음의 세계 속으로 진입한다는 컬레인의 목소리와 함께 안나의 숨이 턱 하고 막혔다. 숨을 쉴 수가 없는 순간이 지속되고 지독한 어둠과 함께 두려움이 몰려왔다. 그리고 점차 그곳은 밝아졌다. 넓은 동굴에 사람들이 몇몇 모여 있고 그들은 낡은 옷을 입고 여기저기에 모여 작은 목소리로 이야기를 나누고 있었다. 컬레인은 그들을 통과하고는 계속 땅과 공중을 발돋움하면서 좁거나 넓은 통로를 잽싸게 통과하고 있었다.

'……컬레인, 컬레인……'

안나는 무슨 소리를 들었다. 내면의 목소리였다. 그러나 컬레인은 계속 복잡한 구조의 동굴 속을 달리고만 있었다.

"컬레인, 당신의 이름을 부르는 소리가 나요."

"네?"

"분명, 컬레인이라고 두 번 외쳤어요. 누군가가."

컬레인은 물이 뚝뚝 떨어지는 동굴 속 어딘가에 멈춰 섰다.

"두 번요?"

컬레인이 재차 물었다.

"네, 두 번, 컬레인이라고 불렀어요. 목소리는 가느다랗고 약했어요."

"프라이 베르노예요. 그가 이 근처에 있어요."

컬레인은 안나를 쳐다보았다. 안나는 그 의미를 이해했다.

"그부터 만나고 가도록 해요."

컬레인은 프라이 베르노의 냄새를 찾기 시작했다. 희미하게 코로 스미는 냄새, 오래 전에 그가 가르쳤던 프라이 베르노의 냄새였다. 컬레인이 도착한 곳에는 깡말라 뼈밖에는 없는 프라이 베르노가 촛불 앞에 웅크리고 있었다. 그가 입은 옷도 낡아서 떨어질 듯 했다. 이전에 죽음의 세계에 있을 때 컬레인이 프라이 베르노를 만나는 건 금지였다. 그러나 이번에는 그를 만난 것이다.

컬레인은 그의 앞발로 프라이 베르노의 목을 움켜쥐고는 그를 번쩍 들고 노려보았다. 안나가 저지하자 그는 프라이 베르노를 동굴 구석으로 내팽개쳐 버렸다. 프라이 베르노는 숨을 쿨럭쿨럭 힘들게 내쉬었다.

"자네가 알고 있는 게 뭔지는 모르겠지만, 나를 죽인 자는 더 이상 그 이후의 죽음의 신을 원하지 않았어. 그래서 그 이후의 죽음의 신을 교육하는 자네가 얼음 속에서 쉴 때 그가 자네의 숨을 끊은 것 그것밖에는 몰라. 난 자네를 죽이지 않았네. 지금까지 죽음의 신을 하고 있는 필리코바 도리아스가 자네의 숨을 끊고 그리고 곧 나를 죽인 걸세. 그는 죽음의 의미를 이해하지 못하고 있는 잔인한 죽음의 신이지."

황망하고도 놀라운 사실에 깜짝 놀라 제자리에 굳어버린 컬레인이다. 안나도 사실을 확인하기 시작한다. 그녀는 이미 언어를 사용하는 힘을 내면화했다. 언어들의 구성 결과 지금의 죽음의 신 필리코바 도리아스는 자신이 마지막 죽음의 신이 되기 위해 그 다음 죽음의 신을 교육하는 컬레인을 얼음벽 속에서 그 숨을 끊어버리고 당시 막 죽음의 신이 되었던 프라이 베르노를 살해했던 것이다. 안나는 그녀가 확인한 사실을 컬레인에게 들려주었다.

컬레인은 몸을 웅크리고는 사자의 토하듯 우는 소리를 여러 번 냈다. 컬레인은 프라이 베르노를 안아주고는 안나를 다시 등에 태웠다. 컬레인이 뛰어가는 속도가 느리다. 안나는 결국 오해를 푼 컬레인이 더 강한 자가 될 것이라는 것을 알 수 있었다. 컬레인은 안나가 사랑하는 언어의 사자 캐러썬을 위해 달리는 것 외에 다른 일은 중요하지 않았다. 그러나 중간계 죽음의 영역은 컬레인의 예상 밖으로 좀처럼 나타나지 않았다.

컬레인은 희미한 확인으로 필리코바 도리아스가 죽음의 세계를 변형하고 있다는 것을 확인했다. 이를 이길 수 있는 방법은 그와 같은 레벨에 속한 신의 세계변형술이었으나 이곳은 죽음의 세계이니만큼 죽음의 신의 영역을 넘어서기란 다른 영역의 신에게 어려운 거나 마찬가지였다. 그러나 컬레인은 안나에게 이야기를 꺼냈다.

"지금 필리코바 도리아스가 중간계 죽음의 영역을 변형하고 있어

요. 이를 막아서 그 순간에 캐러썬의 위치를 파악해 그를 데리고 와
야 합니다. 이는 신의 영역에 속한 자 외에 할 수 없는 거예요.”

안나는 당황스러웠지만 정신을 집중했다. 그녀의 내면에서 죽음의 신과의 신경전이 벌어졌다. 안나는 스토리의 연결로 그를 끌어들이고는 반전을 거듭하면서 그의 신경을 손상시키기 시작했다. 그가 마침내 이해할 수 없는 이야기의 흐름에 접어들면서 중간계 죽음의 영역이 원래대로 돌아오기 시작했다. 이를 파악한 컬레인은 캐러썬의 냄새를 맡고는 그쪽으로 달려갔다. 어느 단 위에 꽁꽁 묶인 캐러썬은 잿빛 먼지를 덮어쓴 채 축 늘어져 있었다. 안나가 줄을 풀려고 하자 컬레인이 그의 강한 이빨로 캐러썬을 묶은 줄을 다 물어뜯어 버렸다. 다시 안나가 정신을 집중해도 필리코바 도리아스는 아직 중간계 죽음의 영역을 변형시킬 만한 힘은 오늘은 바닥난 게 확실해 보였다.

한편, 필리코바 도리아스는 막 신이 된 안나 셜릿에게 강한 공격을 당한 후 그 충격으로 자리에 앉아 숨을 내쉬고 있었다. 이 정도로 강한 언어의 신은 처음이었다. 언어를 자신의 것으로 사용하되 동시에 언어의 무한 변형에 대해서도 명령을 내릴 수 있는 신이었다. 필리코바 도리아스는 컬레인의 변심을 확인하고는 곧 두 사자에 대한 두려움이 일었다. 게다가 선량하고 강한 언어의 신까지 그들과 함께 하고 있는 것이었다. 그의 계획 −유일신이 되려는− 은 물거품이 되기 직전이었다. 그러나 더 두려운 것은 안나가 죽음을 이해하는 것이었다. 아직 그도 완전하게 이해하지 못한 죽음을 안나가 이해하게 된다면, 죽음의 세계를 해방시키는 것쯤은 안나의 힘으로 완전히 가능해질 것이고, 동시에 자신의 유일한 권위마저 없어지게 되는 것이다.

컬레인이 잿빛 캐러썬을 들쳐 업고 안나와 함께 중간계 죽음의 영역을 벗어났을 때 컬레인은 프라이 베르노에게로 가서 그 또한 들쳐 업었다. 컬레인은 캐러썬, 프라이 베르노, 안나까지 세 존재를 들쳐

업어도 충분히 덩치가 큰 나오프 사자였다. 그는 미친듯이 빠른 속도로 죽음의 통로를 벗어났다.

변형된 세계를 통과해 언어의 신의 성(城)에 도착하자 생쥐들이 부랴부랴 성문을 열어 주었다. 컬레인은 언어의 신의 성(城)에 한 발자국씩 디딜 때마다 그가 있어야 할 곳에 대한 안도감과 동시에 주인의 선량함에 감사했다. 안나와 생쥐들이 캐러썬을 깨끗하게 씻기고는 잠재웠다. 캐러썬은 이곳이 언어의 신의 성(城)이라는 것을 알고 또 안나를 보고는 깊이 잠들어 버렸다. 동시에 프라이 베르노는 뜨거운 물에 몸을 한 번 씻고 제대로 된 식사를 한 번 하고는 자신의 남아있는 약한 힘으로 죽음을 바라보고 있었다.

언어의 신의 성(城)의 정원에서 컬레인과 프라이 베르노가 서 있었다.

"필리코바 도리아스를 끝내는 건 내 몫이지 저 자그마한 소녀의 몫이 아니다."

프라이 베르노가 말했다.

"그러하셔야 합니다."

컬레인의 말이었다.

"자네나 나나 죽음 속에 있어 보았네. 그러나 정녕 저 자는 죽음 속에 있어본 적이 없네. 오히려 모든 존재를 죽음 속으로 처넣었지. 저 자가 죽음을 이해하는 순간은 분명 저 자가 죽음의 세계 속에 홀로 갇히는 일이라고 생각되네."

프라이 베르노의 말이었다.

안나가 언어의 신의 성좌(聖座)에 앉아 있을 때 예쁜 옷을 입은 생쥐들이 둘씩 줄지어 오면서 옷과 쓸 거리들을 가져다 안나의 성좌 앞에 놓았다. 그리고는 모두들 모여 절을 한 뒤 몰려갔다. 그들은 언어의 신을 위해 성(城) 안에서 일을 하는 하인들이라고 했으며, 언어의 신의 서재에서 울려나오는 모든 언어들의 한 목소리에 의해 안나 셜 릿이 새로운 언어의 신이 된 것을 알았다고 했다.

'문득 내가 언어의 신이 된 걸 알게 되었어.'

안나는 그렇게 생각했다.

그녀의 정신 내부에 거대한 언어의 체계를 느꼈으며 자신의 뜻대로 그것을 이용해 새로운 힘을 형성할 수 있다는 것도 알게 되었다. 그녀 는 자신의 정신을 시각으로 보는 것처럼 볼 수도 있고 읽을 수도 있었 고 부분적으로 구성해서 사용할 수도 있었다. 어느새 모든 언어는 그 녀 자신의 것이 되어 있었다. 어디쯤에서 그런 일이 가능하게 되었는 지는 그녀도 몰랐다. 다만 캐러썬과의 모든 과정이 좀 이른 시간에 그 걸 가능하게 한 걸 거라고 생각했다. 그리고 죽음에 대해서도 두려움 을 몰아냈다.

캐러썬이 잠든 방으로 갔다.

캐러썬은 곤히 잠들어 있다. 그 어두운 공간에서 묶인 채 재를 뒤 집어쓰고 버둥거리다가 힘이 빠져 쓰러져 버렸던 캐러썬이었을 것이 다. 안나는 이미 운명의 신을 필리코바 도리아스가 죽였다는 것을 알 고 있었다. 그러나 캐러썬을 가도록 내버려둔 후 알게 된 일이었다. 안나는 웬만한 일들에 대해 언어의 사용을 통해 이전과 이후를 알 수 있었다. 그럼에도 안나는 신이 되기 이전과 이후가 그리 달라질 건 없다고도 생각하고 있었다. 다만, 이제 임무와 의무 그리고 책임이 더 늘어난 것뿐이다, 그렇게 생각할 뿐이었다.

방을 나오니 컬레인이 방 앞에서 기다리고 있었다.

"컬레인도 좀 쉬세요."

"괜찮습니다. 드릴 말씀이 있습니다."

"뭔가요?"

"언어의 신의 성좌(聖座)에 앉으셔서 들어주십시오."

안나는 계단을 내려가 넓은 홀의 성좌에 앉았다. 그녀는 『질리벗의 옷장』이 펜던트로 있는 목걸이도 벗어서 성좌 옆 조그마한 단에 두었다. 그건 이미 아무런 소용이 없었다. 쓸 거리는 생쥐들이 가지고 왔으며 언어의 신으로서의 일은 두루마리조차도 필요가 없을 만큼 그녀 내부에서 단단해졌던 것이다. 안나는 그녀의 앞에 무릎을 꿇어앉은 컬레인을 지켜보고 있었다.

"프라이 베르노가 떠났습니다."

컬레인이 말을 꺼냈다.

"아직 너무 이른 것 아닌가요? 몸이 무척 안 좋은 걸로 아는데요."

안나가 말했다.

"죽음의 신들의 일은 그들이 해결해야 할 일이라며 하루도 지체할 수 없다고 했습니다."

"흠……. 결과는 어떻게 될까요?"

"죽음에 오랜 시간 동안 놓여 그것 자체와 일치된 자와 그것을 오히려 두려워하는 자 사이에서 누가 이길 것 같습니까?"

"그러니까 프라이 베르노는 죽음을 이해한 자고, 필리코바 도리아스는 오히려 죽음을 겪어보지 못했기 때문에 죽음을 두려워한다는 거예요?"

"죽음의 신이 될 자질이 무엇이라고 생각하십니까?" 컬레인이 안나를 떠보았다.

안나는 생각에 빠졌다. 그녀의 정신 내부에서는 알파벳이 붕붕 떠다니며 단어를 맞추며 이야기를 만들어내고 있었다. 그런 정신 내부의 흐름을 끊고는 다시 죽음에 대해 생각했다.

"컬레인은 알고 있겠지요? 죽음을 겪어 보았으니."

"답을 듣고 싶으십니까?"

컬레인이 안나에게 되물었다.

“네, 저는 죽음을 겪지 못했기 때문에 감히 안다고 할 수가 없어요. 들려주세요. 그 답을.”

“그 답을 실현하기 위해 프라이 베르노는 다시 죽음의 신이 될 거고, 죽음의 세계 속에 갇혔던 자들은 풀려날 것이며 동시에 필리코바 도리아스만이 죽음의 세계 속에 홀로 갇히게 될 겁니다. 그것이 죽음을 겪은 죽음의 신의 행동입니다.”

안나가 그녀의 내부에서 확인한 사실은 단순히 몇 마디의 힘이 실린 말로 프라이 베르노가 필리코바 도리아스를 제거했다는 것이었다. 자신이 겪은 것에 대한 진정한 이해가 죽음이라는 이름에도 작용한 것이라 생각했다. 죽음을 겪었기에 죽음을 지배할 힘마저도 나타난 거라 생각했다.

“그래서 말입니다.”

컬레인이 다시 말했다.

“컬레인, 얘기하도록 해요.” 안나가 부드럽게 말했다.

이미 안나 셜릿은 죽음에 대해서도 그 언어적 진실함을 나눌 정도로 강인한 언어의 신이 되어 있었다. 그리고 그러한 힘에 의해서 안나의 외모는 순식간에 이십대의 여인으로 바뀌었다. 안나가 입고 있던 옷도 동시에 커졌고 안나가 끼고 있던 머리띠도 동시에 커졌다. 그러나 안나는 정작 그러한 자신의 외모의 변화에 놀라지 않았다.

컬레인은 이미 성숙하고 아리따운 언어의 신을 바라보고 있었다.

“저는 다시 죽음의 신의 나오프 사자가 되기를 원합니다. 잿빛 문으로 다시는 들어갈 일이 없는 매순간 죽음의 신과 함께하는 나오프 사자가 될 수 있기를 원합니다.”

순간 안나가 들은 것은 죽음 속에서 들려오는 필리코바 도리아스의 괴성이었다. 그걸 가볍게 듣고 넘긴 안나는 필리코바 도리아스를 작은 생쥐로 만들고는 다시 돌아온 운명의 신의 발밑에 놓았다. 그 생쥐의 정체를 당연히 알고 있는 운명의 신은 그 생쥐의 앞으로의 만 년 동안의 운명을 파란만장하게 짜놓고는 그 생쥐를 성(城) 밖 강물로 던져버렸다.

실질적으로 죽음의 세계가 닫혔으나 죽음의 신은 프라이 베르노로 존재하는 이중성이 세워졌다. 안나는 성좌에서 내려와 컬레인을 안아 주었다. 컬레인은 황금 눈동자로 부드럽게 안나를 쳐다보았다.

"다시 볼 수는 있는 거죠?"

"물론입니다."

"이제 세계는 어떻게 재편되는 거죠?"

"파악하시는 대로입니다."

안나는 죽음의 세계에서 나온 존재들이 수의 신이 형성한 변형 세계로 들어갔음을 파악했고, 웬만해서는 이들이 수의 신의 계산에 의해 이 세계의 자들과 섞이지 않으리라는 것도 알았다. 그리고 그녀 이전의 언어의 신 헤라스 베니스토가 보내오는 메시지를 내면으로 읽어냈으며 그가 또한 수의 신이 형성한 변형 세계로 들어가는 것도 확인했다. 그리고 이곳은 수의 신, 언어의 신, 운명의 신, 그리고 죽음의 신이 움직이는 세계가 된 것을 확인했다. 수의 신은 리카르토 아모리지이며, 언어의 신은 안나 셜릿이며, 운명의 신은 파울로 레비안이며, 죽음의 신은 프라이 베르노였다. 이 중 운명의 신과 죽음의 신은 죽음을 한 번 겪은 자들이었다.

안나의 배웅을 받으며 컬레인은 열려진 창문을 통과해 날아갔다. 어두운 하늘 위로 검은색의 컬레인이 완전히 배경에 묻혀 사라질 때까지 안나는 컬레인을 바라보고 있었다. 그리고 창문에 비친 자신의 모습을 쳐다보았다. 아름다웠다. 그리고 그녀의 뒤에 서 있는 캐러썬을 돌아보았을 때 캐러썬이 눈물을 흘리는 것까지 모든 것이 아름다운 밤이었다.

# 잿빛 문의 소환

안나의 눈에 들어온 것은 캐러썬 뒤에 있는 세로로 기다란 커다란 직사각형이었다. 잿빛의 직사각형이었다. 그것의 손잡이가 눈에 들어온 순간 안나는 캐러썬을 꽉 껴안았다.

"들어가면 안 돼요. 절대. 허락할 수 없어요."

캐러썬은 안나가 이미 언어의 신이 되었고 자신은 잿빛 문의 소환을 받은 걸 알아챘다.

"컬레인에게도 잿빛 문이 열렸을지도 몰라요." 안나가 말했다.

안나는 캐러썬이 컬레인에 대한 모든 것도 이미 알고 있는 걸 파악했다.

"언어의 신처럼 죽음의 신도 이 운명을 막아보려고 하겠지만 지금으로서는 다른 두 신의 허락 없이는 잿빛 문의 소환에 응해야 해요."

캐러썬의 말이었다.

"수의 신과 운명의 신." 안나가 되뇌이듯 말했다.

안나는 오른손을 펼쳐서 두루마리를 공중에 만들고는 재빨리 두 신에게 띄우는 편지를 썼다. 그리고 그것을 둘둘 말고는 『질리벗의 옷장』에서 플루벳을 소환해 두루마리를 두 신들에게 전달하도록 시켰다. 플루벳은 곧 다녀오겠다고 말하고는 성을 벗어났다.

다시 저녁이 돌아온 날, 플루벳이 가져온 두루마리를 펴 본 안나는 수의 신은 안나의 뜻을 존중하지만 운명의 신은 잿빛 문의 소환을 거스를 근거는 없다고 단호하게 말할 뿐이었다. 죽음의 신도 운명의 신의 뜻을 받아든 상태에서 컬레인은 머뭇거림도 없이 그의 앞에 놓인 잿빛 문을 열고 들어갔다. 컬레인의 성(城)은 레이오 성(城)이라 불리며 오래 전부터 아무도 살지 않았던 성이었다. 컬레인이 얼음벽에 갇히고 그는 잠들었다.

캐러썬도 망설이지 않고 자신의 운명을 받아들이려는 듯 잿빛 문 앞에 섰다. 그런데 그 문을 열고 그곳으로 들어간 이는 바로 안나 셜릿이었다. 문이 닫히고 안나는 혼돈의 어지러운 통로를 통과해 쿠로벨 성(城)에 도착했다. 그녀를 맞아주는 건 폴라 이도넬 부인이었다. 안나는 우선 이곳까지 연결된 잿빛 문을 꽉 닫고는 그걸 언어의 힘으로 봉인해 버렸다. 어쨌든 캐러썬은 언어의 신의 성(城)에서 움직이지 못할 것이라고 그녀는 생각했다.

그리고 예상대로 운명의 신, 파울로 레비안이 화난 얼굴을 하고 쿠로벨 성으로 들어섰다. 안나는 오히려 성으로 들어서는 그를 보면서 여유 있는 얼굴을 하고 캐러썬이 자는 단 아래에 조그맣지만 우아한 벨벳 의자를 만들어 내고는 거기에 앉아 긴 치마에 다리를 꼬고 앉아 단에 한 쪽 팔을 걸치고 있었다.

"언어의 신, 하나의 운명을 거스르면 다른 운명들도 흔들리게 되오! 다시 잿빛 문을 여시오!" 파울로 레비안이 안나를 본 순간 내뱉은 말이었다.

"흔들리게 되는 다른 운명들도 제자리에 두지 못할 바에는 난 운명의 신이라는 이름을 달지 않을 거예요. 단 하나의 운명이 흔들렸을 때 다른 운명들을 흔들리지 않게 잡아주는 것이 운명의 신의 일이죠."

안나는 자신의 주장을 똑똑하게 말했다.

"운명이 그렇게 만만해 보이는 거요?" 운명의 신은 다소 성질이 급한 듯 싶었다. 안나는 오히려 그런 그를 이겨볼 심산으로 싸움을 건다.

"아니오. 운명은 운명을 이기는 자에게만 허락되는 고귀한 거라고 생각하는 데요?"

파울로 레비안이 잠시 주춤한다.

"그대는 무얼 위해 운명을 수호하는 거죠?" 안나가 천천히 공격을 시작한다.

"운명 자체의 네트워크를 잘 엮는 것, 전체가 연결되어 개별 운명이 서로에게 달라붙은 것, 그게 운명의 질서라고 불리는 건가요?"

안나의 또 하나의 공격이다.

"개별 운명 하나도 전체에서 분리해 내지 못하고 개별 운명 하나가 다른 방향으로 흘러갔다고 해서 전체가 흔들린다면 당신의 능력에 문제가 있는 게 분명하지 않겠어요?"

안나의 마지막 공격이었다.

파울로 레비안은 머뭇거린다. 역시 언어의 신이었다. 운명의 신이 하는 일을 해석하는 데 능했다.

"나는 운명을 바꾸겠어요. 내가 사랑하는 캐러썬을 그렇게 오랫동안 얼음벽 속에 가두는 일 따윈 그런 운명 따윈 거부하겠어요. 그리고 그로 인해 다른 운명이 흐려졌다면 세 가지의 길이 나타나겠죠. 다시 그 전체가 저절로 새로운 질서를 찾아가든지 혹은 당신이 운명들 각자를 조정하든지 혹은 나처럼 자신의 운명을 스스로 잡아채든지."

"하지만 이전에는 나오프 사자에 대한 잿빛 문 소환에 불응한 사례가 없어요."

파울로 레비안의 목소리가 가느다랗고 조그맣다.

“이건 내 운명이에요, 파울로.”

안나는 그를 레비안이라고 하지 않고 이름을 불렀다.

“내가 내 운명을 쟁취하겠다는 데 무슨 문제죠? 이 작은 역반응에 의해 전체가 흐려졌다면 그건 무슨 문제가 되는 가요? 당신이 직접 나설 수도 그냥 놔둘 수도 있는 건데 왜 나에게 그것까지 문제 삼으며 나에게 내 운명에 대해 방관하라고 하는 거죠?”

안나는 갈수록 운명의 신인 파울로 레비안을 몰아댔다.

“휴우, 좋습니다. 단, 이미 잿빛 문의 소환에 응한 컬레인은 그대로 두는 겁니다. 캐러썬에 대한 잿빛 문 소환은 없던 걸로 하죠. 캐러썬은 주인을 잘 만났군요. 아주 강한 인상을 주시는 군요, 언어의 신이여! 그만 잿빛 문을 거두겠습니다. 당신의 언어로 봉인한 잿빛 문도 저에게로 넘겨주시지요.”

안나는 봉인을 해제한 잿빛 문을 그에게로 넘겨주고 다시 언어의 신의 성(城)에 도착했다. 캐러썬은 안절부절하지 못하고 있었다. 안나는 다시 캐러썬의 목을 꽉 껴안았다.

“해결되었어. 운명의 신이 잿빛 문의 소환을 거두었어.”

“그렇다면 다음 언어의 신을 교육하는 문제는 어떻게 됩니까?”

“캐러썬, 이번에 날 교육한 시간이 짧았다는 거 알지?”

“압니다.”

“그만큼 다음 언어의 신이 나타날 때까지 내 옆에서 봉사나 열심히 해.”

안나 셜릿은 홱 하니 돌아서서는 계단을 올라 사라져버렸다.

캐러썬은 컬레인의 상황을 살펴보고서 죽음의 신이 통곡하고 있다는 것도 알아챘다. 캐러썬은 컬레인의 얼음을 녹이기 위해 가능한 방법을 모두 생각하고 있었으나 특별히 생각나는 게 없었다. 다시 안나가 계단에서 내려오고 안절부절하지 못하는 캐러썬의 심중을 읽은 안나는 다시 플루벳을 소환했다.

엄청난 협박의 메시지였다. 플루벳은 가방까지 메고 그 두꺼운 두루마리를 가방에 넣고 운명의 신의 성으로 향했다. 운명의 신이 요구한 것은 차라리 신을 교육하는 나오프 사자의 사명에 대한 해지였다. 그 사명을 엄격하게 두지 말고 좀 더 자유로운 상태에서 이어져 내려가는 전통을 세우는 것이 보다 바람직할 거라고 생각한다고도 말했다. 그렇게 된다면 컬레인이 얼음벽 속에서 긴 잠을 자야할 필요도 없고 죽음의 신의 곁에서 컬레인이 그를 보위할 수 있을 거라는 메시지였다. 안나는 수의 신과 죽음의 신에게 이 일에 대해 플루벳을 통해 메시지를 주고받으면서 의논했고 신들의 합의로 나오프 사자의 의무에 대한 건 이번 대(代)의 언어의 신을 교육한 캐러썬을 마지막으로 더 이상 제도로 두지 않기로 했다. 그리고 운명의 신이 아이디어를 낸 대로 보다 자유로운 분위기 속에서의 후계자 교육에 대해 천천히 생각하기로 했다.

컬레인은 곧 깨어났다. 그리고 죽음의 신과 다시 재회를 했다. 컬레인은 죽음 속에서 오랜 시간을 프라이 베르노에 대한 오해와 증오로 어둠 속에서 지내왔지만 모든 의문이 풀린 지금 그와 가장 친한 사이가 되었다.

며칠이 지나고 다시 캐러썬이 언어의 신의 성(城)의 정원을 걸어 다닐 때 다시 잿빛 문이 나타났다. 잿빛 문은 저절로 열리더니 캐러썬을 한순간에 빨아들였다. 안나가 비명을 지른 것도 그 순간이었다.

안나가 이미 쿠로벨 성에 도착했을 때에는 캐러썬은 거대한 얼음벽 속에 잠들어 있었다. 폴라 이도넬 부인이 다가왔다.

"결국 잠든 건가요?"

"잿빛 문이 여기서 열릴 때 무슨 이상한 일은 없었나요?"

안나가 재빨리 확인해 본 바에 의하면 이번 일에 운명의 신이 개입

하지는 않았다.

"기분 나쁜 시끄러운 소리가 들렸었어요." 폴라 이도넬 부인의 증언이었다.

안나는 쿠로벨 성의 홀을 샅샅이 뒤졌다. 동물의 꼬리의 털이 잡혔다. 본 적이 있다. 못생긴 감자 같이 생긴 꼬리가 달린 위키스들의 것이 분명했다. 안나는 위키스들을 추적하기 시작했다.

안나가 순간 알아낸 사실은 그동안 캐러썬이 안나를 보호하면서 수많은 위키스들을 몰아냈고 이에 그들이 캐러썬을 없애기 위해 운명의 흔적을 찾아내 잿빛 문을 완성한 거라는 사실이었다. 가짜 잿빛 문의 제조였던 셈이다.

안나는 이 얼음벽도 가짜일 거라는 데 생각이 미치고 그녀의 지령이 담긴 두루마리를 형성해 얼음벽에 붙였다. 그리고 얼음이 녹기 시작했다. 곧 털이 뽀송뽀송한 캐러썬이 다시 눈을 떴다.

"위키스들 때문이었어."

안나가 설명했다.

"지능이 상승하고 있다는 건 알고 있었지만, 운명의 신의 일을 흉내 낼 줄은 몰랐어요."

캐러썬이 말했다.

"컬레인도 위험할까?"

안나는 캐러썬과 함께 언어의 신의 성(城)으로 돌아와 컬레인에게 보내는 문서를 작성한 후 플루벳에게 그걸 컬레인에게 전하도록 시켰다. 컬레인의 답변은 그에게도 잿빛 문이 나타났지만 이상한 냄새와 이상한 소리 때문에 그걸 박살냈다는 답변이었다. 안나는 답변 서신을 읽고 미소를 지었다.

한편, 운명의 신은 일이 바빠졌다. 잿빛 문의 소환이 사실상 폐기된 지금 흔들린 다른 운명들을 바로잡기 위해 분주해졌던 것이다. 그리고 한편으로는 안나의 말을 생각하면서 전체의 운명 속에 자신의 운명을 찾아가는 자들이 있을 테고 동시에 모든 흔들림은 저절로 질서를 잡을 거라는 말도 운명에 해당되는 말이었기에 최소한의 혼돈만을 정리하고자 했다.

자신의 나오프 사자를 위해 어떻게 될지도 모르는 잿빛 문으로 성큼 들어선 젊은 언어의 신, 안나 셜릿이 끝까지 자신의 나오프 사자를 지키기 위해 애썼던 건 분명 그가 처음 본 놀라운 일이었다. 안나 셜릿은 분명 운명의 신이 엮어 놓은 운명에 휘둘리지 않을 것이며 자신의 운명을 스스로 개척하고 쌓아갈 것임에 분명했다.

그리고 운명의 신은 이상하게도 언어의 신의 운명이 점쳐지지 않는 일에 대해서도 신기해 했으며 그만큼 언어의 신이 어디로 튈지 모른다는 데 갑자기 웃음이 나왔다. 죽음을 겪은 그에게 당차게 자신의 주장을 펼쳤던 언어의 신은 결국 그녀의 나오프 사자를 위해 운명을 바꾼 셈이었다.

이제 파울로 레비안 그 자신으로서도 나오프 사자를 그 임무를 끝낸 후 잿빛 문으로 소환해 얼음벽에 가둘 생각은 추호도 없었다. 모든 게 자신의 편견이었음을 안 파울로 레비안은 안나 셜릿이라는 새로운 언어의 신의 질서가 시작된 지금 모든 새로운 일들이 일어날 거라는 걸 예감했다.

# 흰 곰들과 붉은 링들

안나는 세상의 모든 책들이 꽂혀 있는 끝이 보이지 않는 세로로 긴 원통형의 서재 계단을 내려가고 있다. 안나는 책들의 냄새를 맡으며 언어의 질서를 생각했고 그때 보구스 곰들의 발톱이 깎이면서 모든 문자를 나타내 언어의 균형과 질서를 이루던 모습을 생각해냈다. 그녀가 알기로는 보구스 곰들은 멸종 상태였다. 안나는 계단을 올라와 다시 책장이 나열되어 있는 넓은 홀을 지나 캐러썬을 찾았다.

캐러썬은 언어의 신의 성좌(聖座) 밑에서 누워 잠들어 있었다.

캐러썬은 안나가 캐러썬의 귀를 잡아당기자 마지못해 일어나는 척하면서 바로 앉아 안나를 부드럽게 쳐다보았다.

"보구스 곰들을 복원할 수 있겠어?"

"있다면 뭘 하실 생각이십니까?"

"발톱만 좀 잘라낸 뒤 흰 곰으로 바꿔 자유를 주고 싶어. 왜 그 발톱을 깎아서 세상의 모든 문자를 만든 뒤 그걸 제대로 진열해서 컬렉션처럼 장식하고 싶어. 언어의 신이 그런 거룩한 표지 하나쯤은 가져야 된다고 생각하지 않아? 동시에 언어의 축이 혼란한 상태에 있으면 바로 조정이 가능하잖아."

“하하, 그러세요?”

“그러니까 가능해, 가능하지 않아?”

캐러썬은 잠시 생각에 잠긴 듯하더니 고개를 끄덕였다.

“그때, 기억하시죠?”

캐러썬이 눈썹을 살짝 치켜들면서 물었다.

“보구스 곰들의 발톱이 세상으로 퍼져나간 거.”

“응. 기억에 나. 그래서?”

“다크 메신저에게 부탁하면 퍼져나간 발톱 즉 문자들을 다 구해올 수 있을 겁니다.”

“그게 가능해?”

“이미 이번 언어의 혼란은 치료가 끝난 상태고 세계의 곳곳에 발톱들 즉 문자들이 퍼져있을 겁니다. 다크 메신저도 좋아할 겁니다. 그것들이 모아져서 언어의 신의 성(城)에 아름답게 진열되어 있는 걸요.”

“부탁해. 캐러썬.”

“다녀오겠습니다.”

캐러썬은 성(城)의 늘 열려 있는 넓은 창문을 통과해 밖으로 나갔다. 그는 언제나 자신이 할 일이 무엇인지 잘 알고 있는 것처럼 보였다. 안나는 그러나 보구스 곰들이 멸종되었다는 사실이 안타까웠고 다시 서재로 들어가 보구스 곰들에 관한 책들을 찾아보았다. 그들은 황색이거나 검은색의 성미가 사나운 곰으로서 역대 언어의 신들이 그 발톱을 얻기 위해 철창 안에서 사육했다는 기록이 있었다.

안나는 마음에 보구스 곰들의 모습이 일렁이기 시작했고 그 곰들을 새하얗게 흰 온순한 곰들로 만들어 언어의 성 주변에 불러내기 시작했다. 안나는 그녀의 작업이 끝났을 때 밖에서 웅성웅성하는 소리를 들을 수 있었다. 하나의 창조 때문에 힘이 빠지긴 했지만 안나는 책을 책장에 꽂아 넣고 치맛단을 들고 밖으로 뛰쳐나갔다.

보구스 곰들이 보구스, 보구스, 보구스를 외치고 있었다.

그들의 기억은 그대로, 털의 색깔과 성격만 바뀐 채였다. 그들은 온통 새하얀 목화솜을 광장에 펼쳐놓은 것처럼 보였다. 그들 중의 한 마리가 다가왔다.

"우리 보구스 곰들은 마음이 아름다우신 언어의 신 안나 셜릿을 위해 언제나 모든 새로운 문자로 기능할 발톱을 제공할 것입니다."

그리고 곰들이 일제히 안나를 향해 절을 올렸다.

그리고 그들이 바람처럼 사라진 자리에는 하나의 상자가 놓여 있었다.

그것은 『보구스의 전설』이었다. 안나는 뚜껑을 열어 보았다. 끝이 보이지 않는 깊은 통로까지 수많은 잘 깎여진 새로운 문자가 깔끔하게 잘 진열되어 있었다. 안나는 새로운 『보구스의 전설』을 가지고 성으로 돌아왔다. 그리고 곧 캐러썬도 도착했다. 캐러썬은 새로운 『보구스의 전설』을 한 눈에 알아보았는데 뚜껑을 열어 보고는 감탄했다. 그도 그럴 것이 그가 가져온 『보구스의 전설』은 먼지투성이에 지금까지 존재한 문자들만 들어있었기 때문이었다.

"공부를 해야 해. 문자 해독에 관한한 아직 알아야 할 게 많아."

안나가 말했다.

"캐러썬, 구(舊)『보구스의 전설』과 신(新)『보구스의 전설』을 서재 입구 양 옆에 올려 두자구. 그건 꽤 의미가 있을 거야."

캐러썬이 서재의 입구의 높은 곳의 양 옆에 두 개의 『보구스의 전설』을 올려놓았다. 캐러썬은 그게 어디에서 났는지 꽤 궁금한 눈치였지만 안나는 이미 새로운 『보구스의 전설』 속에 담긴 언어를 모두 해독한 뒤였다. 그걸 눈치 챈 캐러썬이 안나를 떠본다.

"아직 공부해야 할 것이 남았다면서 높은 곳에 전시부터 해둔 이유는 무엇인가요?"

"나는 투시력이 있거든."

안나의 대답이었다.

안나가 속으로 키득키득 웃으며 캐러썬에게서 멀어졌을 때 캐러썬은 그저 미소만 지었다.

캐러썬은 넓은 창가의 창턱에 두 앞발을 올리고 저 멀리 구름처럼 흰 곰들의 무리가 떠나는 모습을 지켜보고 있었다.

'순수한 언어의 신이 존재함으로써 언어를 지킬 수 있는 힘이 더 강해졌군. 보구스 곰들이야. 영원히 그들의 터전을 지키며 살 수 있을 거야. 그들에게서 영원히 새로운 문자를 얻을 수 있을 거고 세상에 근본적으로 큰 언어의 혼란은 오지 않을 테지. 안나 셜릿, 대단해.'

캐러썬은 문득 흰 곰들이 멀리 그의 시야에서 사라지자 다시 언어의 신의 성좌(聖座) 밑으로 와서 누웠다. 솔직히 얼음벽에 갇혀 깰 기약 없이 자는 것보다 이렇게 쉬는 것이 훨씬 나았다. 그리고 그렇게 되기까지에는 안나의 투쟁이 있었다는 걸 그는 잘 알고 있었다. 그리고 그가 죽음 속으로 묶여 들어갔을 때 안나는 혼자서 신으로서의 성장을 이루어냈다.

'안나의 언어의 신으로서의 임무를 지켜볼 행운이 내게 왔군.'

캐러썬은 편하게 잠들었다.

안나는 언어의 신의 성(城)에 들어와서 캐러썬을 잿빛 문의 사슬에서 구한 후 줄곧 서재에서 수많은 책들을 읽고 있었다. 모르는 언어로 씌어진 책은 『언어의 서(書)』를 해독할 때처럼 전체와 부분의 상관을 파악하면서 결국 그 의미를 완전히 알 수 있었다. 그녀가 아직 『언어의 서(書)』를 해독하지 못하며 밤새 그것을 뚫어져라 쳐다보고 있을 때 이미 그녀는 그 책을 해독한 셈이었다. 아직 불완전한 이해일지라도 모든 정신을 쏟아 한 부분을 읽어냈다면 그 마음의 뜻에 따라 전체도 읽어낼 수 있는 것이라는 『언어의 서(書)』의 정신에 따라 안나는

『언어의 서(書)』가 그녀의 몸에 흡수되는, 언어에 대한 재능을 선물 받은 것이었다.

안나는 그녀가 본격적으로 일을 하기 전에 필요한 책들을 선별해서 읽는 중이었다. 한 책을 읽고 그 책이 제시하는 다음 방향이 담긴 책을 찾아 읽고를 반복했다. 그리고 수많은 언어를 섭렵했다.

안나가 서재에서 사는 동안, 캐러썬은 언어의 신의 성좌(聖座) 밑에서 실로 오랜만에 찾아온 평화 속에 얕은 잠을 자고 있었다.

안나는 언어로 가능한 수많은 마법에 대해서도 읽고 있었는데, 하늘의 색을 바꾼다든가 혹은 디자인한대로 생물체를 형성할 수 있다든가 혹은 식자재를 바로 요리로 바꾼다든가 혹은 어떤 생물체를 다른 생물체로 바꿀 수 있다든가에 대해서도 자세히 공부해두었다. 보다 많은 세세한 부분에 있어서 언어를 이용해 기존의 존재 방식을 변형시키는 방법은 굉장히 많았다. 그러나 그것은 정신에 언어의 지도를 형성한 언어의 신에게만 허락된 일이었다.

서재에서 나온 뒤 안나는 캐러썬이 잠들어 있는 언어의 신의 성좌(聖座)로 갔다. 캐러썬은 안나의 발자국 소리에 귀를 세우고는 눈을 떴다. 그리고 벌떡 일어서서 몸을 흔들어댔다. 안나는 눈을 흘기고는 지나가면서 속으로 언어를 사용해서 캐러썬을 쥐로 바꾸었다. 캐러썬이 제자리에서 펄쩍펄쩍 뛰며 불만을 나타냈고 그건 점차 하얗고 몸이 커지며 마침내는 목 주위에 황금빛 갈기가 있는 흰 나오프 사자가 되었다. 캐러썬이 안나에게로 다가와 부드럽게 말을 건다.

"『레이파소드』까지 해내셨다는 겁니까?"

"난 그런 것에 대해선 몰라."

"언어를 자유자재로 활용하는 신의 능력을 칭합니다."

"난 그런 것에 대해서는 모른다니깐."

안나는 신경질을 내면서도 웃고 있다.

"오랜만에 식사를 하고 싶어. 캐러썬은?"

"전 괜찮습니다."

"그러고 보니 난 캐러썬이 뭘 먹는 걸 본 적이 없어."

"저는 공기의 흐름을 먹습니다."

"어떻게?"

"하늘을 밟아 올라가면서 공기를 마시죠."

"음, 그렇단 말이지? 하지만 나는 재료를 준비해서 식사를 하겠어. 때로는 인간답게 때로는 언어의 신답게."

안나는 식당이 있는 곳으로 내려가고 캐러썬은 창턱에 발을 올리고서 하늘의 움직임을 지켜본다. 죽음의 신의 별과 언어의 신의 별이 균형을 이루고 있다. 죽음의 신의 별을 주위로 컬레인이 회전하고 있고 곧 그 영상도 사라져버렸다.

안나는 식당에서 채소들을 직접 요리해서 빵과 함께 먹었다. 조용한 식탁, 아무도 함께 하지 않는 식사 자리, 문득 외로움이 올라왔다. 그러고 보니 식당 밖에서 쥐들이 그녀를 훔쳐보고 있는 것 같았다. 쥐들을 인간으로 바꿀까하고 문득 생각하다가 그럴 이유를 찾지 못해 그저 그들을 그들의 형상대로 내버려 두었다. 마법은 어떤 면에서 아무 이유도 없이 이루어질 때 그건 풀리는 법이라고 생각했다.

안나는 식당 밖에서 돌아다니는 쥐들에게 감자바구니를 선물하고는 식당 밖으로 나왔다. 다시 서재에 틀어박혀 이야기책들만 주구장창 읽어댔다. 붉은 링에 담긴 전설을 읽다가 문득 그녀의 눈앞에 전설 속의 그 붉은 링을 만들어냈다. 투명한 붉은 링들이 서로 휘감기며 찰랑찰랑 소리를 냈다. 그걸 가지고 밖으로 나갈 수는 없었다. 안나는 붉은 링을 없애고 다시 서재 밖으로 나왔다.

캐러썬은 어디에 갔는지 보이지 않았다. 다만 안나는 위키스들에 대해 잠시 생각하고는 성 안의 정원으로 들어갔다. 위키스들은 이곳까지 침범하지 못하는 듯 했다. 더군다나 이제 안나는 그저 안나 셜릿이 아니라 언어의 신이었다. 그리고 문득 하늘이 낮이 되었다가 밤이 되었다가를 반복하는 걸 확인했다. 밤 속의 별들 속에서 그녀 자신의 별을 찾아냈을 때 안나의 머리띠에 있던 별이 문득 떠올라 하늘 속의 별로 돌아간 것도 알 수 있었다. 안나는 머리띠를 뺐고 그녀의 머리가 문득 웨이브진 긴 금발머리라는 것도 알 수 있었다.

그녀의 옷은 은빛의 드레스에다 목걸이며 귀걸이 그리고 조그마한 은빛 왕관도 그녀를 장식하고 있었다.

"언어의 신은 그 내면의 격식에 따라 외모를 치장하는 것들도 변하지."

그녀가 돌아보았을 때 다크 메신저가 지팡이를 짚고 걸어오고 있었다.

"다크 메신저!"

"이만큼의 성장을 해냈구나. 방금 전 내 별이 하늘로 돌아온 걸 보고 여기로 왔단다. 그건 진정한 언어의 신으로서 독립한 표지이지."

다크 메신저는 흐뭇한 미소를 지으며 다시 말했다.

"이제 네가 해야 할 일은 세 가지로 요약된단다. 첫째, 새로운 시야로 끊임없이 너만의 저서를 써갈 것, 둘째, 언어적 창조로 세계의 변형에 동참할 것, 셋째, 언어가 혼란할 때 적극적으로 언어의 질서를 세울 것, 바로 이것이란다."

"네, 확실히 알아들었어요."

"그럼, 됐다. 나는 그만 가야할 데가 있다."

"혹시 붉은 링이 필요하지 않으세요?"

안나는 다크 메신저의 내부에서 붉은 링이 빛나는 걸 읽어냈다. 다크 메신저가 돌아보았다.

"붉은 링이 어디에 사용되는지 알고 있니?"

“아니요. 이야기책에는 그 내용은 없었어요.”

“온순한 흰 곰이 된 보구스 곰들에게서 더 이상 새로운 문자를 얻지 않아도 되는 새로운 방법이지. 붉은 링을 언어의 질서대로 형성한 다음 보구스 곰들의 발에 채워서 하루를 둔 후 빼내면 붉은 링에 문자를 형성하는 구조가 담기게 돼. 그래서 더 이상 보구스 곰들의 발톱 채취는 불필요한 일이 되지.”

“정말요?”

“그래. 붉은 링을 형성해 줄 수 있겠니?”

“네. 잠시만 기다리세요.”

안나는 마음속으로 붉은 링을 형성해내 여러 링이 겹치면서 움직이는 그 묶음을 다크 메신저에게 건넸다.

“하루가 지나면 된다. 다시 붉은 링을 가져오마. 보구스 곰들의 문자 형성 원리가 담겨있는 링이 될 거다. 너를 더 강하게 만들어줄 것이고 네가 쓸 책들을 더 강하게 만들어 줄 것이고 언어의 질서를 이 세계에 세우는 데 지속적으로 기여할 것이다.”

안나 셜릿은 고개를 끄덕였다.

다음날 다크 메신저와 함께 캐러썬이 돌아왔을 때 캐러썬은 붉은 링들을 언어의 신의 성벽 입구에 걸어놓았다. 찬란하게 빛나는 붉은 빛의 링들이 성벽의 중앙에 걸려 있었다. 거기에서 형성되는 수많은 문자와 언어들이 모든 세계로 저절로 퍼져 나가고 있었다. 세계는 새로운 언어의 창조 및 습득에 놓여 있었고 그리고 언어로 인해 발전해 갈 터였다.

안나는 붉은 링들이 형성하는 문자들의 형성 질서를 지켜보면서 그 원리를 생각했다. 그리고 곧 그로부터도 자유로워졌다. 안나는 그로부터 무언가를 파악한 것이다. 안나는 집필을 시작해야 할 시기라고 생각했다. 언어의 신은 근본적으로 조용한 신이라는 걸 그녀는 알았다.

안나는 그녀의 책상이 있는 방으로 연결되어 있는 복도에 걸려있는 수많은 언어의 신들의 초상화를 보았다. 어떤 신은 돼지의 얼굴을 초상화에 박아놓기도 했는데, 어쩌면 놀랍게도 진주목걸이를 하고 있었다. 안나는 돼지도 물론 각성한다면야 얼마든지 언어의 신이 될 수 있을 거라 생각했지만 그 돼지 형상을 한 언어의 신 초상화 가까이에 가서 설명을 읽었을 때 안나는 경이로움을 더 느꼈다.

설명은 신이란 어떤 형상에 대해서도 편견을 가지지 않아야 하며 자신의 모습이 어떠하든지 상대방의 모습이 어떠하든지 그 중심과 본질을 형성하고 또 보는 것이 중요할 뿐이라서 자신의 모습을 돼지의 모습으로 남긴다고 적혀 있었던 것이다.

안나는 그러나 그 돼지 목에 있는 진주목걸이에 손을 뻗어 그걸 초상화에서 빼낸 후 그걸로 팔찌를 만들어 왼쪽 손목에 꼈다. 역시 안나의 예상대로 그 진주목걸이는 희미한 빛을 내며 알알이 새로운 문자들이 나타났다. 안나는 그 진주목걸이가 성벽에 걸려 있는 붉은 링들과 교감을 하고 있다는 걸 알 수 있었다. 이를테면 진주목걸이의 각 알들은 필요한 경우 안나에게 사전을 제공할 수 있었다.

'사전만 있으면 돼. 필요한 건 이제 세우기 시작하는 내 지성일 뿐이야.'

안나는 『언어의 서(書)』로부터 받은 재능을 바탕으로 좀 더 스스로의 노력이 필요한 언어의 신의 자리에 서 있었다. 아직 자기 자신의 인식이랄까 힘이랄까 스스로 판단을 내리는 힘은 캐러썬이나 다크 메신저에 비하면 철저히 부족한 편이었다. 안나는 다크 메신저가 말한 언어의 신의 역할을 되새기며 진주 팔찌 사전을 바탕으로 저서를 써 냄으로써 일차적으로 필요한 지성의 완성을 이룩할 생각이었다.

안나는 급한 마음에 복도를 재빨리 지나 깃펜에 두루마리가 잔뜩

있는 책상이 있는 방으로 들어섰다. 깃펜을 쥐고 잉크를 묻힌 다음 두루마리를 쭉 펼치고 하나의 논리로 이어진 긴 글을 써내려가기 시작했다.

일주일 정도의 시간이 흐르고 안나가 사전을 계속 사용하는 동안 성벽의 붉은 링들은 서로 겹쳐지고 움직이며 그 빛이 연해지며 진해지기를 반복했다. 안나가 두루마리 백 개를 완성했을 때 그녀의 손목에 채워져 있던 진주 팔찌가 툭 하고 떨어져 나가더니 곧 그 알들을 쥐들이 와서 가져가버렸다.

캐러썬이 그 방으로 잠자코 들어왔다.

"몸 상하십니다."

"괜찮아. 하지만 좀 어지럽기도 한 걸. 나 철학에서 『인식의 역사』를 주제로 긴 글을 완성하는 데 성공했어. 이제 시작이겠지? 혼란에서 조금 정리된 것 같은데 이걸 가지고 다시 앞으로 나아가야 하겠지?"

캐러썬은 두루마리를 투시하더니 곧 그걸 다 읽었다는 듯이 고개를 끄덕였다.

"성벽에 붉은 링들이 고정되고 쥐들이 언어의 사전을 선물로 받았다길래 왔습니다."

"그게 무슨 의미야?" 안나가 물었다.

"붉은 링들은 언어의 신이 스스로 새로운 문자와 언어를 형성할 힘을 가졌다는 것을 파악하고는 그들의 역할을 중지하고 하나의 상징으로써 고정되었습니다. 그리고 언어의 사전을 쥐들이 선물로 받았다는 것은 언어의 신이 보다 하위의 것을 베풀 수 있으실 정도가 되셨기 때문에 언어의 사전은 더 이상 필요하지 않으시다는 증거입니다."

캐러썬은 안나가 쓴 두루마리의 결과에 대해 설명해 주었다.

"놀라워."

"놀라움을 만들어가는 건 바로 당신이셨습니다." 캐러썬은 아주 담백한 미소를 지었다.

"그런데 쥐들은 언어의 사전 그러니까 진주알로 뭘 하는 거야?"

"언어의 신의 성(城)에 사는 쥐들은 특수합니다. 철저히 복종하고 또 철저히 기대하지요. 이를테면 언어의 신이 새로운 인식으로 무언가를 이룩하고 남은 것을 그들에게 줘서 그들도 발전하기를 바라고 있습니다. 그런 거지요."

"캐러썬은 나에게 바라는 게 없어?"

"왜 없겠습니까?"

"뭘 바라는데?"

"언제라도 위기가 닥칠 때마다 끝까지 힘내주시는 것 − 오직 그것을 바라고 있습니다."

"캐러썬이 곁에 있어야 돼. 언제까지나."

"저는 저의 힘을 잘 알고 있습니다. 컬레인은 알다시피 죽음의 신의 나오프 사자고 그 힘은 어마어마하지만 그걸 제어할 수 있는 신은 오히려 죽음의 신이라기보다는 안나 당신입니다. 그걸 기억하십시오. 이제 보구스 곰들은 붉은 링들을 사용하지 않고서도 자유롭게 되었습니다. 왜냐하면 언어의 신이 『인식의 역사』라는 백 개의 두루마리를 만드는 중에 사용한 언어의 사전이 언어의 신의 인식과 결합되는 과정에서 언어의 신에게 문자와 언어 형성의 자유를 주었고 그래서 붉은 링들이 계속 내보내는 문자와 언어에 대한 새로운 방식은 더 이상 필요가 없게 된 것이지요. 그런 당신을 보는 컬레인의 당신에 대한 존경이 어떠할 지는 제가 더 잘 이해할 수 있지요."

캐러썬의 설명이 안나는 문득 이해가 잘 되지 않았다.

"캐러썬은 컬레인을 이길 수 없어?"

"컬레인이 더 강합니다. 싸워보지 않아도 알 수 있습니다. 컬레인은 저와 싸우려 들지도 않을 겁니다."

안나는 그럼에도 미소를 짓고는 책상 앞으로 나와 손의 여기저기에 묻은 잉크 자국으로 하얀 사자의 얼굴을 여기저기 쓰다듬었다. 잉크 자국이 묻긴 했지만 동시에 털은 더욱 하얗게 변할 뿐이었다.

"이런, 캐러썬은 더러움도 타지 않네?"

"목욕이 굳이 필요하지 않지만 때때로 물속에 잠겨 있으면 기분은 좋습니다. 하지만 신들이 벌을 내릴 때는 털이 다 깎이거나 재를 뒤집어쓸 수도 있습니다. 그때처럼."

안나는 캐러썬이 중간계 죽음의 영역에서 묶인 채로 재로 뒤덮여 있던 장면이 기억에 났다.

안나는 캐러썬의 등 위에 옆으로 앉아서 역대 언어의 신들의 초상화가 그려진 복도를 지났다. 그리고 더 이상 돼지가 그려진 초상화는 없고 제법 나이가 들고 엄격하되 품위가 있는 언어의 신들만이 그려져 있었다.

"이들은 자신의 사역을 마친 후 다 어디로 갔을까?"

안나가 문득 조용히 발걸음을 옮기고 있는 캐러썬에게 물었다.

"언어의 신들은 자신의 사역을 다음 대(代)의 언어의 신에게 물려준 후 그야말로 자기 자신의 세계를 창조해 그 속으로 들어가 영원히 삽니다. 그곳은 허락되어야 열리고 안나 셜릿 당신도 그렇게 되실 겁니다."

"그런 실력을 갖추려면 정말 엄청나게 노력해야 할 것 같아."

"노력도 노력이지만, 순수한 마음이 제일 중요합니다. 그리고 중요한 것을 지키고자 하는 용기와 의지 이런 것들도 그러한 힘을 기르는 데 기여하고요. 그런 면에서 당신은 모든 좋은 조건을 갖춘 언어의 신이죠."

캐러썬의 칭찬에 안나는 구두굽으로 캐러썬의 갈비뼈 있는 곳을 툭툭 찼다. 가볍게 느껴지는 진동이 캐러썬으로서는 싫지 않았다. 안

나는 노래를 부르고 캐러썬은 성을 통과해 정원으로 내려갔다. 어느
새 리아스 꽃들이 정원에 가득 차 있었다.

# 난장이의 주머니

리아스 꽃들 사이에서 뭔가가 움직이더니 곧 토끼의 귀가 솟아올랐다. 그리고 모습을 드러낸 토끼는 플루벳이었다. 플루벳은 가방에서 두루마리 한 장을 꺼내 안나 셜릿에게 내밀었다. 그리고 다시 리아스 꽃들 속으로 들어가 버렸다.

'언제『질리벗의 옷장』에서 나갔담?'

안나는 두루마리를 펴보지도 않고 그저 손에 쥔 채 그녀의 성좌(聖座)로 가서 그 옆에 놓여있는『질리벗의 옷장』을 열어 보았다. 그 속에는 아무 것도 없이 그저 텅 비어있었다.

'전부다 놀러 나가 버렸네.'

안나는 어이없는 사실에 속으로 웃으며 문득 두루마리를 펴들었다. 그때 캐러썬도 천천히 홀로 들어서고 있었다. 안나는 운명의 신이 보낸 암호를 해독하고는 두루마리를 떨어뜨렸다. 안나의 얼굴이 잿빛으로 변했다.

"필리코바 도리아스의 복수가 시작되었어."

캐러썬이 안나가 보고 있던 두루마리를 펴 보았다. 그러나 그로서는 그 언어를 해독할 수 없었다.

“정확하게 읽어주십시오.”

“언어의 신의 성에 사는 생쥐들 중의 하나와 거래를 한 모양이야. 어느새 여기에 들어와서는 진주목걸이에서 떨어져 나간 진주알 하나를 가지고 그의 힘을 원래대로 형성한 모양이야. 그리고는 운명의 신의 성에 저장된 그의 운명이 적힌 두루마리를 갉아먹어 버렸고 그래서 앞으로의 그의 운명은 그의 하기에 따라 달라질 거야. 일차적으로 운명의 신인 파울로 레비안과 죽음의 신인 프라이 베르노가 그의 공격 목표가 될 거고, 언어의 축도 동시에 혼란해질 거야.”

“당신이 위험해지지는 않습니까?” 캐러썬이 걱정했다.

“절대 그렇진 않아. 죽음의 신이 가진 인간성은 나에게는 상대적으로 너그러운 편이니까.”

“아닐 겁니다. 이미 당신이 언어의 신이 된 이상은 그에게 적(敵)이 될 뿐이니까요.”

캐러썬은 안나에게 상황을 환기시켰다.

“그럼에도 난 죽음의 신을 이길 수 있어.”

“어떻게요?”

“여봐, 캐러썬. 죽음의 신이 이번에 자신의 힘의 근거로 삼은 힘은 언어의 힘이야. 그것도 내가 성립시킨. 그러니까 내가 질 수는 없잖아?”

캐러썬이 하긴 그렇겠다고 고개를 끄덕였지만 이 젊은 여인의 내부에서 어떤 그런 당찬 용기가 나오는지 알 수 없었다. 캐러썬 자신을 구하기 위해 안나가 시도했던 모든 순간들을 생각하면 그럴 수도 있겠다는 생각을 한 것뿐이다. 캐러썬은 안나가 좀 더 강해진 걸 느꼈다.

안나는 『질리벗의 옷장』을 열고 당장 두루마리가 튀어나올 것, 이라고 소리쳤다. 그 외침이 채 끝나기 전에 조그만 옷장에서 두루마리가 끝도 없이 길게 나오기 시작했고 적당한 지점에서 안나는 그걸 홱 하고 잘랐다. 안나는 노트 크기 정도로 두루마리들을 접어서 제법 몇 십장을 쌓아둔 뒤 운명의 신과 죽음의 신에게 보내는『보구스 트로이드』라는 문서를 써주었다.『보구스 트로이드』는 언어 퍼즐인데 언어의 신이 형성한 힘이 담긴 것으로 가짜 언어의 사용자와 싸울 수 있는 무기였다.

안나는 그 퍼즐이 일단 위협 속에서 열리면 가능한 상황에서의 가짜 언어의 힘을 지속적으로 집어삼킬 수 있음을 알고 그걸 형성했다. 죽음의 신이었던 필리코바 도리아스는 가짜 언어의 사용자이기 때문에 진짜 언어 형성의 주인이 만든『보구스 트로이드』를 깰 수 없었다. 여기까지가 안나의 생각이었다.

안나는『질리벗의 옷장』을 열고 플루벳, 튀어나와, 라고 소리쳤고 어느새 플루벳이 꽃범벅이 되어서는 나타났다. 안나는 플루벳에게 운명의 신과 죽음의 신을 방문해 각각 두루마리를 한 장씩 건네고 오라고 명령했다. 곧 플루벳은 두루마리를 가방에 넣고 총총 홀에서 사라졌다.

캐러썬은 안나가 두루마리를 쓰던 과정을 지켜보고 있었다. 그로서도 이해할 수 없는 암호 퍼즐이었고 그 두루마리들이 자신의 운명에서 벗어난 필리코바 도리아스의 복수에서 운명의 신과 죽음의 신을 벗어나게 해줄 수 있는 무언가 쯤 될 거라고 생각했다. 캐러썬의 생각을 읽은 안나는 한숨을 내쉬었다.

"저건 꽤 어려운 퍼즐이야. 필리코바 도리아스가 음모를 짤수록 그는 나오지 못할 변형 세계로 자꾸 들어가게 돼. 예를 들면, 세계 속에 또 다른 세계가 있고 그 속에 또 다른 세계가 이어지는 그 연쇄의 연결고리 속에서 나오지 못하게 되는 거야. 하지만 그 세계의 연쇄도 어느 정도 한계가 있긴 해."

안나는 다시 플루벳이 나타나기를 기다리고 있었다. 플루벳이 지쳐서 돌아왔을 때 안나는 운명의 신과 죽음의 신의 안부를 물었다.

"다들 괜찮으셨어?"

"조금이라도 늦었으면 컬레인은 통구이 바비큐가 되었을 거예요."

"그게 무슨 말이야?"

"생쥐가 말이지요. 그러니까 필리코바 도리아스가 죽음의 신의 성(城) 바로 앞까지 접근했었어요. 그런데 마침 제가 언어의 신께서 써주신 두루마리를 들고 지나가는 중에 두루마리가 저절로 생쥐를 목표물로 생각하고 생쥐를 둘둘 감아 어디로 데리고 가버렸어요. 그리고 동시에 운명의 신께 보내려던 두루마리도 생쥐를 감싼 두루마리를 둘둘 감고는 함께 사라져버렸지요. 지금 제 계산으로는 필리코바 도리아스는 이 세계에는 없어요."

"변형되는 가짜 세계 속에 갇힌 셈이지. 계속 제자리를 맴도는 그런 세계. 늘 새로운 것이 나타나지만 그건 늘 반복되는 변형의 일부일 뿐인 세계. 언어가 장난치며 만들어낸 그런 세계 속에 빠진 거야."

안나가 플루벳에게 상황을 해석해 주었다. 그걸 듣고 있던 캐러썬도 고개를 끄덕였다.

"문제는 언어로 형성된 그 가짜 세계가 힘을 가지고 이 세계와 연결되는 거야. 필리코바 도리아스는 곧 언어의 힘이 아닌 자신의 힘을 형성하게 될 거야. 원래 신은 모든 걸 잃어도 모든 걸 새롭게 다시 생성할 수 있는 힘을 지녔거든. 어쨌든 이번 위기는 막았지만 다시 더 큰 위기가 올 수도 있어."

캐러썬의 두 눈이 심상치 않다. 플루벳도 가슴에 두 앞발을 모으고 안나의 말에 귀를 기울인다.

"그럴 때 어떻게 해야 하나요?" 플루벳이 물었다.

"나도 똑같은 방법으로 강해질 수밖에."

안나는 그녀의 왕관을 내려놓고 그녀의 옷장으로 갔다. 종류별로 진열된 옷들 중에서 노란색 반바지와 파란색 짧은 반팔 셔츠를 찾아냈다. 그리고 구두도 벗고 가벼운 운동화로 갈아 신었다. 목걸이도 벗어서 보석함에 넣어두었다. 생쥐들이 와서 왕관을 보석함 속에 함께 두었다.

"신(神)인 체 하기보다는 평범함 속에서 더 강해질 거야."

안나가 옷을 갈아입고 다시 성좌(聖座)가 있는 홀로 돌아왔을 때 안나는 다시 10살짜리 꼬마숙녀가 되어있었다. 동시에 안나의 옷장이 들썩이더니 꼬마숙녀의 사이즈로 다 고쳐졌다. 안나는 자신이 다시 꼬마숙녀가 된 사실도 신경 쓰지 않았다. 그리고 동시에 캐러썬이 그녀에게 영광의 인사를 올리는 걸 그녀가 맞서야 할 일들에 대한 거룩함으로 받아들이고 있었다.

안나는 가짜 세계에 떨어진 필리코바 도리아스가 벌써 인간의 형상을 형성한 걸 확인했고 그곳과 이곳을 연결하기 위한 시도를 시작한 것까지 알아냈다. 모든 건 매순간 다시 시작임을 확인한 순간이었다. 캐러썬은 아무 말도 하지 않고 그저 고민하고 있는 안나의 모습에서 이전에는 본 적이 없는 언어의 신의 표지를 느끼고 있었다.

안나는 적(敵)이 필리코바 도리아스라기 보다는 세계와 존재를 위협하는 그 누군가로 인식하고 있었다.

그리고 지금 그러한 적(敵)으로서 그녀의 눈에 들어온 자는 필리코바 도리아스였다. 필리코바 도리아스는 역시 안나의 언어 퍼즐을 하나씩 풀고 있었다. 노련한 신이었던 그를 묶어두기에는 아직 어린 신인 그녀의 수완은 처음에만 유효할 뿐이었다. 필리코바 도리아스가 언어 퍼즐을 푸는 걸 지켜보던 안나는 문득『질리벗의 옷장』에 있던『난장이의 주머니』를 떠올렸다.

상황이 상황이니만큼『질리벗의 옷장』안에는 모든 물품들이 얌전하게 놓여있다. 『난장이의 주머니』에 대한 설명서를 뽑아보았다. 이를 테면 『난장이의 주머니』란 것은 난장이들이 키도 작고 볼품도 없지만 언제나 자신들만의 특수한 능력을 갖고 있어서 위기를 모면하고 또 모든 난장이들은 자신만의 특수한 능력을 담고 다니는 주머니를 하 나쯤은 가지고 다닌다는 설명이었다.

안나는 그녀가 필리코바 도리아스를 묶었던 언어 퍼즐이 거의 풀리 고 있고 그가 다시 이 세계로 나타나려하고 있을 때쯤 수많은 난장이 들을 언어의 질서 속에서 불러냈다. 그리고 그들에게 주머니를 내놓 으라고 으름장을 놓았다. 물론 어느 난장이도 거드름을 피우며 내놓 지 않았지만 안나가 갑자기 시퍼런 구렁이로 변신해서 그들 중의 하 나를 휘감아 조여서 주둥이를 크게 벌리고 이빨에 날을 세운 순간 난 장이들이 그들의 주머니들을 자진 납부했다. 구렁이로 변신한 안나는 재빨리 자신의 모습으로 돌아와서 주머니들을 모았다.

언어의 성이 주머니로 가득 찼고 안나는 그 모든 걸 엮어서 다시 하 나의 완전한 언어 퍼즐 두루마리를 형성했다. 매 순간마다 위기를 모 면하는 동시에 위기를 만들 수 있는 난장이들의 특수한 비법이 모두 담긴 쓸모 있는 두루마리였다. 난장이들의 재능을 모두 모아놓은 두 루마리라고 부를 수도 있었다. 안나는 『보구스 트로이드』의 마지막 언 어 퍼즐, 즉 필리코바 도리아스가 마지막으로 풀어야 이 세계로 진입 할 수 있는 문제에 이 새로운 언어 퍼즐을 엮어서 공중으로 띄워 보 냈다.

두루마리는 공중을 몇 번 날더니 반짝하고 사라져버렸다.

이어서 안나는 필리코바 도리아스의 괴성을 듣고는 미소를 지었다. 난장이들의 꾀가 연쇄적으로 그를 공격하기 때문에 빠져나오기란 이 번에는 상당히 어려울 거라는 전망이었다. 하지만 미소를 지은 것도 잠시 필리코바 도리아스를 이미 사명을 마친 신들에게 보내는 것에 대한 생각이 떠올랐다. 어쨌든 그도 쫓겨나긴 했지만 죽음의 신이었던 것이다. 그가 궁극적으로 갈 자리로 그를 보내주는 것이 옳겠다는 생각이 들었다.

안나는 캐러썬을 불러 직접 지금의 죽음의 신인 프라이 베르노의 성(城)으로 갔다. 프라이 베르노는 안나가 꼬마숙녀인 것에 조금도 놀라지 않았다. 그는 안나를 능력 있는 언어의 신으로 평가하고 있을 뿐이었다. 그도 필리코바 도리아스의 재등장에 대해 이미 어느 정도 각오가 된 상태에서 안나가 제대로 처리했기 때문에 안나의 방문은 반가운 것이었다.

"오, 언어의 신이여! 어서 오시오."

프라이 베르노의 말이었다.

"컬레인은요?"

"상황을 수의 신과 운명의 신에게도 상세하게 전하기 위해 갔다오."

"파악하셨어요? 필리코바 도리아스를 묶은 새로운 방법이 유효해지기 시작했다는 걸요."

안나가 물었다.

"죽음의 신에 대한 건 죽음의 신이 가장 잘 파악하고 있는 거요. 잘하셨오. 대단하오."

"수의 신과 운명의 신에게는 좀 더 구체적으로 설명하기 위해 컬레인을 보낸 거예요?"

"이미 당신이 온 이유를 알고 있소."

"필리코바 도리아스의 궁극적 처리 말인가요?"

"그렇소. 컬레인은 수의 신과 운명의 신에게 지금의 상황에 대해서도 알려주겠지만, 필리코바 도리아스도 죽음의 신이었던 것만큼, 우리들이 해야 할 일이 있겠다는 판단으로 또한 컬레인을 보낸 것이기도 하오."

"제 의견과 같겠죠? 물론? 죽음의 신께서도."

휙 하는 바람 소리가 들리고 컬레인이 창문을 통과해 두 개의 두루마리를 물고 왔다. 컬레인과 캐러썬은 가볍게 눈인사를 주고받았다. 컬레인은 두루마리를 프라이 베르노에게 전달한 다음 안나에게도 정중하게 인사를 올렸다.

흑 사자와 백 사자, 그리고 죽음의 신과 언어의 신이 함께한 자리에서 필리코바 도리아스의 처리에 대한 수의 신과 운명의 신의 의견 또한 함께한 자리였다.

두 신 모두 안나에게 마지막 처리를 요청했다.

『난장이의 주머니』를 하나 더 구해서 마지막 퍼즐은 필리코바 도리아스를 신들의 안식처로 가도록 이끄는 길을 열어 달라는 부탁이었다. 안나는 프라이 베르노의 설명을 듣고 그를 쳐다보았다. 그가 고개를 끄덕였다.

안나는 프라이 베르노와 컬레인에게 인사를 하고 자신의 성(城)으로 돌아왔다.

『질리벗의 옷장』을 열고 다시 주머니를 뺏기지 않으려는 난장이에게 『기본 언어 마법서』를 주고 주머니를 겨우 얻어내고는 생각에 잠겼다. 안나는 이전의 언어의 신을 떠올리고 있었다. 그가 희미하게 안나에게 반응했다. 안나는 그에게 이전에 이곳을 거쳐간 신들의 터가 있는 곳을 조심스럽게 물었다. 곧 신들의 안식처에 거하는 신들의 반응이 느껴졌다. 그들은 기꺼이 필리코바 도리아스를 신들의 안식처로 오도록 그 길을 여는 암호를 보여주었다. 안나는 암호를 짜서 주머니에 넣고는 그걸 두루마리로 바꾸어 다시 창가로 가서 공중에 띄웠다.

두루마리는 하늘을 날다가 문득 사라졌다.

며칠이 지나고 필리코바 도리아스가 난장이들의 수많은 주머니 퍼즐도 다 풀어버렸을 때 마지막으로 남은 두루마리 속의 안나가 형성한 암호를 푼 순간 그는 바로 신들의 안식처로 들어가 버렸다.

안나의 성에 사는 생쥐들이 축포를 쏘아 올렸을 때, 언제 나타났는지 컬레인은 캐러썬과 함께 언어의 신의 성(城) 위에서 공중 도움닫기를 하며 서로 뛰어놀았다. 안나는 그들이 서로 어울린다고 생각했다. 그리고 이미 애어른이 되어버렸지만 동시에 앞으로 천천히 키도 클 것이고 어른도 될 것이라고 생각하니 지금 애어른인 것이 꽤 나쁘지만은 않았다. 알아야 할 것을 조금 더 빨리 알게 되고 또 짊어져야 할 짐을 조금 더 빨리 짊어진 것뿐이라는 데 생각이 미쳤을 뿐이다. 플루벳이 공중에서 뛰어노는 나오프 사자들을 부러워하는 것 같아서 잠시 플루벳의 등에 조그마한 하얀 날개를 달아주었는데, 곧 날아오른 플루벳은 나오프 사자들과 공중에서 즐거운 시간을 보냈다.

곧 그걸 부러워한 성 안의 생쥐들이 떼로 몰려왔을 때 안나는 짐짓 모르는 체 하며 서재로 들어갔을 뿐이다. 서재 안에서 안나는 이전에는 눈에 들어오지 않던 책들을 골라 읽으며 다시 서재에서 시간을 보냈다. 컬레인을 돌려보낸 후 캐러썬은 안나를 방해하지 않고 홀의 창턱에 앞발을 올리고 하늘의 별을 관찰했다.

# 워드 웜

안나는 서재에서 꽤 흥미로운 책들을 읽어 내려가는 중이었다. 그 중에서도 과거에 존재했던 특수한 생물체들에 대해 계속 읽어 내려가고 있었다. 핑키라는 조그맣고 날아다니는 돼지도 있었고, 레그쏘라는 말을 잘하는 무지개색의 조랑말도 있었다. 그러나 지금은 핑키나 레그쏘나 모두 멸종 상태였다.

그러다가 안나는 『워드 웜(Word Worm)』이라는 존재에 대해 읽다가 새로운 사실을 발견했다. 『워드 웜』은 언어 수행 능력이 있는 벌레들로서 과거에 때때로 메신저의 역할까지도 수행했다는 것이었다. 그리고 지금은 사악해졌지만 위키스들도 『워드 웜』의 일종이었다는 것도 알아냈다. 위키스들은 오래 전 마르나 베르투스라는 언어의 신에게 잘못을 저질러 그 후 땅 밑에서 수시로 변형되는 흉한 몰골로 살게 되었고 그 이후 언어의 신의 후임자가 나타날 때마다 후임자가 힘을 가지기 전에 공격하는 특성을 가지게 되었다고도 적혀 있었다.

원래의 능력을 지닌 『워드 웜』은 지금으로서는 남아있지 않다고 적혀 있었다. 사진 정보에 의하면 『워드 웜들』은 벌레처럼 생긴 건 아니었다. 그저 문자가 벌레처럼 기어 다니는 모양이었다. 수많은 문자들이 기어 다니는 모양이 책에 사진으로 나타나 있었다. 'W 모양'을 한 『워드 웜』은 거꾸로 걷거나 바로 걷거나 몸을 비틀비틀해서 걷는 것 같았고 'O 모양'을 한 『워드 웜』은 링처럼 굴러다니는 듯 했다.

그러고 보니 안나가 언어의 신으로서 힘을 가진 후 위키스들은 그녀 앞에 나타나지 않았다. 다시 어두운 곳에서 복수를 꿈꾸며 몇 백 년에서 몇 천 년까지 기다릴 그들을 생각하니 마음의 한쪽이 여간 불편하지 않았다. 게다가 마르나 베르투스라는 언어의 신은 그녀가 조사한 바로는 굉장히 까다롭고 불같은 성미의 언어의 신이었고 『워드 웜들』이 그 모양의 특징으로 인해 불규칙한 속도로 메시지를 전달하는 것에 화가 난 나머지 『워드 웜들』을 위키스들로 바꿔버린 것은 그가 잘못한 처사였다.

안나는 서재에서 나와 위키스들의 위치를 조사하기 시작했다. 이미 땅 속 깊이 들어간 모양이었다. 안나는 그녀의 언어의 신의 힘으로 그들을 다시 원래의 『워드 웜』의 모습으로 바꿔주되 동시에 그들을 메신저로 사용하지 않았다. 그저 그들의 모습대로 존재하기만 하여도 언어의 세계는 풍성한 것이 될 거라는 판단이었다.

며칠이 지나고 『워드 웜들』이 찾아뵙길 원한다는 메시지를 보내왔다.

안나는 그녀의 성좌(聖座)에 앉아 수많은 『워드 웜들』이 들어찬 홀에서 그들이 제각각 올리는 인사를 받았다. 몇몇은 훌쩍이고도 있었고 몇몇은 감정을 참고 있었다.

"위키스들, 이제는 다시 원래의 『워드 웜』이 되어 주세요. 메신저 역할은 하지 않아도 됩니다. 그저 이 세계가 언어가 풍성한 곳이 되도록 그 자리에 있어주기만 해도 됩니다. 그대들만의 세계를 열어 가도록 하세요."

안나의 말에 홀의 바닥이 부쩍 축축해졌다. 이젠 위키스들은 없지만 바른 의미에서의 『워드 웜』은 다시 존재한다. 안나는 과거에 잘못

정해졌던 것들도 바로 잡아야 하는 것이 언어의 신의 의무 중의 하나라고 생각했다.

저녁에 캐러썬이 왔다.

"별을 보니 『워드 웜들』이 스스로 임무를 찾아 언어의 세계를 다니고 있습니다. 뚫린 곳은 채우고 넘치는 곳은 제하고, 그렇게요."

"원래 언어를 알아듣는 자들이니 그들의 생각도 있을 테고 자신들이 할 일을 찾을 수도 있을 거예요, 캐러썬."

캐러썬은 안나가 말없이 그들에게 명령을 내린 것이라 생각했다.

"게다가 별을 보니 보구스 곰들도 언어의 세계를 매순간 질서 있게 만들고 있어요."

캐러썬이 다시 안나에게 말했다.

"보구스 곰들의 존재나 위키스들의 부당한 운명이나 모두 언어의 신이 바로 잡아야 할 일이었어요. 앞으로도 이러한 일들이 있을 때에는 모두 고쳐나갈 거예요."

안나의 말에 흐뭇한 미소를 짓는 캐러썬이다.

안나는 식당으로 내려가 채소를 좀 먹고 다시 서재로 들어갔다. 안나는 책을 열자마자 깜짝 놀라고 말았는데 책이 텅 비어버린 것이었다. 어떤 문자도 책에 들어있지 않았다. 이 책도 저 책도 다른 책도 마찬가지였다. 안나는 『내면의 질서』로 상황을 알아보았을 때 큭큭 댔다. 언어의 신의 성에 있는 모든 문자가 『워드 웜』으로 변해 도망간 것이었다. 하긴 자신만의 생명력으로 살아갈 수 있는 환경에서 책에 문자로 박혀 있는 것보다 『워드 웜』으로서의 새로운 인생이 더 좋을 터였다. 안나는 서재를 싹 정리하고 조그마한 방으로 바꾸고 텅 빈 책장을 문의 양 옆으로 벽에 두 개 정도만 세워두었다.

안나는 더 이상 읽을 만한 책이 없다는 것도 알았고 동시에 이제는 자신만의 책을 써야한다는 것도 알았다. 『인식의 역사』를 집필한 것은 훈련이었다. 이제는 스스로 서는 책을 써야 했다. 안나는 두루마리와 깃펜이 불편하기도 해서 아버지가 쓰던 노트북을 떠올렸다. 『질리벗의 옷장』에 그런 것이 있나 싶어 옷장을 뒤지는 데 노트북과 비슷한 타자기가 나왔다. 안나는 생쥐들을 불러서 두루마리를 타자기에 맞게 적당한 크기로 잘라오라고 하고는 종이를 타자기에 끼우고 타자기의 버튼을 누르며 글을 써내려갔다.

문제는 안나가 타자기에 글자를 써넣을 때마다 글자들이 타자기 위로 기어 올라가 어딘가로 사라져버렸는데 안나는 자신이 마치 『워드 웜』의 제조기처럼 느껴졌다. 도저히 이렇게는 글을 쓰지 못하겠다고 생각하고 자신의 서재에 들어갈 새 책을 구하러 캐러썬에게 부탁이라도 해야겠다고 생각했다.

안나는 다크 메신저가 쓴 책이라도 좀 얻어와야겠다고 생각했다. 캐러썬에게 이 이야기를 하자 그는 다녀오겠다고 말하고는 창밖으로 뛰어서 공중 도움닫기로 하늘 위를 뛰어갔다. 다음 날 캐러썬은 커다란 자루를 가지고 왔는데 낡았기는 하지만 제대로 된 책들이었다.

"다크 메신저의 책들 속에서도 상당 부분 『워드 웜들』이 도망갔어요. 하지만 내용이 중복된 책들은 한 권만 도망갔기 때문에 다른 한 권은 남아있을 수 있었어요. 다크 메신저는 같은 책을 몇 권씩 가지고 있기 때문이지요."

안나와 캐러썬은 서재로 가서 다크 메신저가 쓴 책들을 서재의 책장에 채워 넣었다. 두 책장에 가득 찰 만큼의 양이었다.

"또 다른 다크 메신저의 메시지는?"

"『워드 웜들』이 너무 많아졌다는 겁니다. 순식간에. 책에서의 문자 이탈은 여기에서만 일어난 게 아닌 듯합니다. 앞으로 글을 쓸 때마다 문자 이탈이 일어나서 책을 쓰기가 어려워질 수도 있다고 다크 메신저가 경고했습니다."

“두 권씩 쓰면 되겠네. 한 권의 문자에게는 자유를, 다른 한 권의 문자는 생명력이 없는 채 박제를.”

안나가 간단하게 말했다.

“하지만『워드 웜들』의 숫자가 계속 많아질 텐데요.”

캐러썬의 말에 걱정이 서려 있다.

“이 세계는 신들에 의해 계속 변형되고 넓혀져. 그리고『워드 웜들』은 언어를 이해하고 사고 작용을 할 줄 아는 문자들의 생명체야. 문제될 건 없어. 다만, 그들을 억압해서는 안 돼. 언어는 억압당하는 순간 뭉개져버리니까. 그 생명성이. 난 알 수 있어.”

안나가 그 말을 한 순간 어디선가 수많은 귀여운 소리들이 났다. 안나는 그 소리가『워드 웜들』이 내는 소리임을 알았다. 캐러썬도 귀를 쫑긋하고는 그저 고개를 끄덕일 뿐이었다.

순간 안나의 뇌리를 스치고 지나간 생각은 핑키나 플루벳, 그리고 레그쏘와 같은 생명체였다. 수많은『워드 웜들』이 자신이 원하는 모습으로 존재할 수 있다면 이곳은 또 다른 생명 다양성의 질서를 가지게 되는 것이었다. 안나는『내면의 질서』를 열고『워드 웜들』의 내면을 읽기 시작했고 각자 그들이 가장 이상적으로 생각하는 형상을 찾아낸 뒤 그렇게 그들 모두를 새로운 형상으로 바꾸어주었다. 수많은 형상과 수많은 종족이 생겨났고 문득 수많은 별들이 동시에 사라지고 밤하늘의 회전 결과 수많은 별들이 새로 생겨난 걸 바라보던 캐러썬은 안나에게로 고개를 돌렸다.

“이제 핑키도 레그쏘도 그리고 또 다른 캐러썬의 친구들도 많아. 나오프 사자 종족도 형성했거든.”

“『워드 웜들』을 어떻게 하신 겁니까?『워드 웜들』의 별이 사라지고 수많은 종족들의 별이 회전의 결과 새로 탄생했습니다.”

“나오프 사자의 별을 찾아 봐.”

창가에서 안나와 캐러썬은 밤하늘을 유심히 쳐다보았다. 캐러썬은 어떤 별에서 문득 심장의 뭉클함, 떨림이 느껴졌다.

"이제 인간 아이였던 과거는 잊어. 겨우 다섯 살 때야. 『워드 웜들』도 글자의 틀을 벗고 새로운 생명체가 되었고 그렇게 이해하면 캐러썬도 그러한 거야."

캐러썬이 안나를 부드럽게 쳐다보았다.

"저는 제가 나오프 사자라는 사실을 저의 정체성으로 받아들였고 또 그렇게 살아갈 겁니다. 너무 걱정하지 마십시오."

"사실, 캐러썬이 인간의 형상이 되는 건 내가 싫어. 나는 희고 황금빛 갈기를 가진 캐러썬이 익숙해. 내가 너무 이기적이야?"

"아닙니다. 저는 언어의 신께서 좋아해주시는 모습대로 존재하는 걸 원합니다."

안나가 방긋 웃었다.

"정말 수많은 종족이겠지? 내 서재에서 튀어 달아난 녀석들만 하더라도 엄청나니까."

"그리고 그들의 질서대로 살아가겠지요. 전체 세계의 질서를 흐렸다간 언어의 신에게 된통 혼날 거라는 걸 잘 알고 있는 『워드 웜들』이니까요."

"이젠 『워드 웜들』이 아니야. 자기들이 친한 대로 모여서 새로운 종족을 형성했어. 그야말로 수많은 종족이지. 변형 세계에서 자신들의 땅을 차지할 수 있는 종족들이야. 솔직히 변형 세계는 그 안에 있는 존재들에 비해 너무 넓었잖아."

안나의 말에 하긴 그렇기도 하겠다는 표정의 캐러썬이 고개를 끄덕였다.

수의 신의 전령이 도착한 것은 바로 그때였다.

토끼 크기 만한 도마뱀의 등에는 커다란 파리의 날개가 달려있었다. 안나는 그 전령이 방금 전에 형성된 이전의『워드 웜』의 형태라는 사실을 알아챘다. 전령은 공손하게 안나 셜릿에게 두루마리를 올렸다.

두루마리의 내용은 수의 신으로서는『워드 웜』의 새로운 생명체화에 대해서 지극히 환영하는 바이며 수의 신으로서는 상상력이 부족하여 이러한 일을 계획하지도 못하는 바, 다양한 생명체의 등장으로 그들이 살게 될 땅에 대해서는 부족함이 없도록 세심히 신경 쓰겠다는 것이었다.

안나가『내면의 질서』로 본 바에 의하면 세계는 어마어마한 속도로 빠르게 넓혀지고 있었다. 수의 신이 공간 창조를 진행하는 걸로 보였다. 수의 신의 그러한 배려가 아니더라도 그 수많은『워드 웜들』이 새로운 생명체와 종족으로 바뀌어도 안나가 있는 이 변형 세계는 그들이 넉넉하게 살 수 있을 만큼 충분히 넓었다. 그럼에도 수의 신이 안나의 결정에 대해 자신도 함께 책임을 느끼는 것이 그녀로서는 싫지 않았다.

도마뱀 전령은 안나가 써주는 두루마리를 받고는 포르르 날아서 성을 나갔다.

안나의 두루마리에는 수의 신 리카르토 아모리지에 대한 찬양으로 가득 차 있었다. 물론 의도적이었지만 일일이 계산과 새로운 힘으로 새로운 공간 창조를 해내는 건『워드 웜들』이 변한 수많은 새로운 종족이 계속 살아갈 터전을 짓는 것인 일인 것만큼 위대하고도 중대한 일이었기에 리카르토 아모리지에게 감사를 전한 것이다.

동시에 수의 신에 대한 안나의 찬양은 신들 사이에서 감정이 틀어질 일이 있다는 걸 배운 안나가 수의 신을 자신의 편으로 끌어들이기 위한 하나의 전략이기도 했다. 운명의 신과 죽음의 신과는 특별히 친해지기가 어렵다는 것도 그녀가 느낀 것 중의 하나다. 그러나 수의 신은 철저히 이성적이었고 실제적인 능력을 갖고 있기도 했으며 이런 기회를 잘 이용해서 위기가 닥쳤을 때 그에게 도움을 요청하려고도 생각했다.

안나는『워드 웜들』이 변해서 생긴 새로운 종족들이 빠른 시간 안에 스스로 종족에 대한 명칭을 부여하고 마을을 형성하고 일을 하고 그들의 삶을 꾸려나가는 것을 지켜보았다. 그러나『워드 웜들』이 변해서 생긴 종족 중에는 인간의 형상은 없고 모두 인간 세계에 있는 동물들의 변형 혹은 새로운 동물체이자 말하는 동물들로서 바뀐 것을 알았다. 그러한 형상이『워드 웜들』이 바라는 모습이었던 셈이었다.

안나는 집필이 다시 가능해졌다는 걸 깨달았다. 이제 글자는 적는 대로 적히지 도망치거나 그렇지 않을 터였다. 글에『워드 웜』의 요소가 사라지고『워드 웜』의 요소는 새로운 존재가 되어 앞으로 그들의 세계는 그들이 꾸려가게 될 터였다. 안나가 글을 쓰면 그것은 그저 안나의 글 자체일 뿐이지 안나가 특별히 기능을 부여하지 않는 한 그것은 그저 집필일 뿐이었다.

밤이 늦고 캐러썬이 창가에서 계속 별들을 관찰하고 있자 안나는 서재로 올라가 다크 메신저의 낡은 책들을 읽었다. 언어의 신의 서재에 있던 수많은 책들에서『워드 웜』이 나와 사라져 그들이 결국 자신만의 삶을 살아가는 생명체가 되었다는 사실이 놀라웠다. 비록 수많은 책이 사라져버리긴 했지만 마음 쓰지 않았다. 이제는 책에 답이 있는 게 아니라 자신의 마음의 흐름 속에 답이 있다는 걸 그녀는 알고 있었기 때문이다.

이튿날 아침까지 안나는 책을 읽다가 의자에 앉아 깨어났다. 누군가가 창가를 두드리는 소리가 들리더니 핑키가 날아와서 샌드위치 바구니를 건네는 게 아닌가. 그리고 그 한 마리의 핑키 뒤로 다른 수많은 핑키가 떠올랐다. 그들은 방긋방긋 웃으며 안나를 쳐다보고 있었고 안나는 창문을 열고 바구니를 받아 샌드위치를 한 입 베어 물었다.

"신은 행복을 위해 일합니다. 그 누군가의 행복을 위해서라도."

샌드위치 바구니를 건넨 핑키가 말했다.

안나가 웃고 그 핑키에게 말했다.

"누구의 행복을 위해서든 앞으로도 계속 그렇게 일할 거야."

안나의 말에 수많은 핑키들이 고개를 숙이고는 곧 뒤쪽의 핑키들부터 날아서 사라져버렸다. 수많은 핑키 떼들이 사라지고 난 뒤 캐러썬이 서재로 들어와서 안나가 들고 있는 바구니에 있던 샌드위치 하나를 덥석 물더니 삼켜버렸다.

"괜찮아? 공기만 먹는다며?"

"수의 신께서 먹을 것도 많이 만드셨거든요. 이런 시대에 공기만 먹다니. 아무 것이나 다 잘 먹기로 했어요."

안나는 캐러썬의 뺨을 가볍게 어루만졌다.

"아침잠이지만 좀 자야겠어. 침실로 갈 테니, 저녁때까지는 깨우지 마."

캐러썬이 안나를 들쳐 업고 침실에 데려다 주고는 안나를 침대에 누이고 자신은 침대 밑에 누웠다.

"한 가지 기억하세요. 내면의 힘을 이용해서 신은 창조를 하지만, 그건 엄청난 소모성 일이에요. 지금 수의 신께서도 잠을 청하고 계실 거예요. 밤새 별들을 확인해 본 결과 아침이 되어서야 수의 신의 일도 끝났으니까요. 언어의 신께서도 쉬셔야 합니다."

캐러썬의 말을 듣다가 안나는 벌써 잠들어버렸다.

# 윈터 랜드의 썰매들

운명의 신이 『워드 웜들』이 변형되어 생성된 수많은 생명체들에 대해 그들을 축복하고 과거를 바로잡고 새로운 미래로의 도약을 위해 네 신이 팀을 갖춰 썰매 대회를 개최하자고 제안해 왔다. 운명의 신이 특별히 만든 윈터 랜드에서 열릴 썰매 대회였다. 다른 세 명의 신들은 딱히 거절할 이유가 없었기 때문에 썰매 대회를 받아들였다.

캐러썬은 운명의 신 파울로 레비안의 내부를 읽을 수는 없었지만 지난 번 잿빛 문의 소환을 안나가 거부한 사건이 마음에 걸렸다. 안나 셜릿은 그녀의 캐러썬을 구할 수 있었는지는 모르지만 이 세계의 질서 혹은 운명의 신의 자존심을 깨뜨렸기 때문이다. 당시 파울로 레비안은 안나에게 놀라움과 경이를 느끼고 있었지만 돌아선 순간 그건 차가움으로 변해버렸다는 걸 캐러썬은 알고 있었다.

윈터 랜드의 썰매 대회 규칙은 두 가지였다. 하나는 썰매가 눈으로 덮인 땅 위에서 움직여야 한다는 점이었고 다른 하나는 썰매를 조종하는 이가 바로 각각의 네 신이어야 한다는 점이었다. 그런 면에서 썰매 대회는 안나에게 불리한 일이었다. 세 명의 다른 신들은 모두 남자 신들이었고 그들은 스포츠에 대해 잘 받아들일 수 있었던 것이다.

　윈터 랜드 전체를 횡단하는 이번 썰매 대회에서는 언어의 신에게는 백 나오프 사자들이, 수의 신에게는 보구스 곰들이, 운명의 신에게는 래널프 종족이, 죽음의 신에게는 흑 나오프 사자들이 썰매를 끌 예정이었다. 래널프 종족은 위키스들 중에서도 가장 사악한 부류에 속했던 흉측한 『워드 웜들』이었는데 이들은 위키스들이 되기 전에도 『워드 웜』으로서도 흑마법에 간여했던 『워드 웜들』이었다. 그런 종족들을 특별히 모아 운명의 신이 래널프 종족으로 이름을 붙이고 이번 썰매 대회에서 이들을 이용하려는 것이었다.

　캐러썬은 이미 백 나오프 사자 종족의 일원이었다. 백 나오프 사자 종족은 캐러썬의 생각을 읽고 고개를 끄덕였다. 운명의 신을 조심하기로 했다. 그들에게 우승은 상관없는 영역이었다. 그저 운명의 신이 파놓은 이번 썰매 대회라는 덫을 지혜롭게 빠져나오는 것만이 자신들의 신인 안나 셜릿을 위해 필요한 일이었다. 백 나오프 사자들의 생각을 모르는 안나 셜릿은 옷장에서 새하얀 스키복을 찾아 꺼내 입고는 성의 정원에 눈 덮인 슬로프를 만들어놓고는 혼자 썰매 내지는 스키를 탔다. 안나가 그러는 동안 백 나오프 사자들은 사흘 내로 다가온 썰매 대회에 대한 파악으로 온 힘을 쏟았지만 윈터 랜드가 자꾸 변형되고 있어서 그들로서는 실제 대회 루트에 대해서도 파악하지 못한 상태였다. 그리고 윈터 랜드를 변형시키고 있는 이는 바로 운명의 신 파울로 레비안이었다.

　윈터 랜드에서의 썰매 대회가 다음날 예정일 때 안나는 그녀의 썰매를 몰고 갈 캐러썬을 포함한 네 마리의 백 나오프 사자들을 그녀의 성좌(聖座) 앞에 불러 모았다.

　안나는 새하얀 스키복을 입은 채 미소를 짓고 있었다.

　"내가 모를 거라고 생각하니?"

　안나의 말이었다. 캐러썬이 무릎을 꿇었다. 다른 세 마리의 백 나오프 사자들도 무릎을 꿇었다.

"당해 줄 생각인데, 어디까지 당해 줄 지는 모르겠어."

안나의 말에 캐러썬의 눈에서 눈물이 뚝뚝 떨어졌다.

안나는 캐러썬의 눈물을 보자 숨을 크게 들이쉬었다.

"아니. 당하지 않을 거야. 윈터 랜드의 곳곳에 관중들을 풀어놓는 거야. 핑키에게 부탁하자. 래널프 종족에 대해서도 내가 확인한 바가 있고 그리고 대부분의『워드 웜』은 자기 생각을 할 줄 아는 이성적 존재들이야. 그들이 판단하도록 그들에게 몫을 돌리자."

안나가 말했을 때 캐러썬이 바깥으로 휙 하고 나갔다.

곧 핑키 몇 마리가 나타나서는 수많은 관중들을 윈터 랜드에 투입시키겠다고 말한 뒤 사라졌다. 안나에게서 은혜를 입은 걸 갚으려는 듯 보였다. 그리고 캐러썬이 나타나서는 밤하늘의 별을 보았다. 다른 백 나오프 사자들도 별을 보았다.

수많은 생명체들의 별이 섞여 서로 다른 빛으로 은하수를 이루며 흘러가고 있었다.

한편 이를 불길한 징조로 여긴 운명의 신은 래널프 종족을 불러 모아서 상황을 조사해 오라고 시켰다. 찢어진 검은 종이의 형상을 한 래널프 종족은 수많은 생명체가 윈터 랜드 가까이로 접근해오고 있다고 보고했다.

'그래서, 안나 셜릿, 의도가 뭐야?'

운명의 신은 도무지 언어의 신의 운명이 계산되지 않았다. 이런 일로 수의 신의 도움을 받는 건 싫었다. 죽음의 신은 날카로웠고 분명했으며 절대 타협을 허락하지 않았다. 운명의 신은 자신의 힘이 안나가 자신의 운명을 스스로 만들어가면서부터 약해지기 시작했다는 것을 깨달으며 이번 일은 무슨 일이 있어도 안나 셜릿을 죽음의 신에게로 넘겨야겠다고 생각했다. 아예 언어의 신 따위를 이 세계에서 없애려는 의도였다.

물론 안나는 엷은 의식 속에서 래널프들과 운명의 신의 의도를 읽었다. 왜 안나가 다른 신의 의식을 읽을 수 있는지는 알 수 없다. 다만 가능한 설명 중의 하나는 안나에게『언어의 서(書)』가 흡수되고 난 뒤 그 재능을 스스로의 힘으로 바꾸고 또 그 힘을 실제적으로 구현해낸 일이 가져온 시너지 효과가 아닐까한다는 것이다.

안나는 경기가 열리는 새벽까지 백 나오프 사자들이 모르도록 윈터 랜드 주위로 몰려든 수많은 관중들을 철수시키고 위기를 모면할 수 있는 주머니 열두 개를 만들어 허리에 찼다. 난장이들이 스스로의 노하우로 위기를 모면하는 주머니를 만들어 챙기고 다니듯이 안나도 밤새도록 언어의 힘을 연구해서 래널프 종족과 싸울 수 있는 주머니들을 만든 것이다. 그것을 작은 크기로 만들어 그녀의 스키복 안에 잘 묶어두었다.

이른 아침, 윈터 랜드로 떠날 시간이 되었다.

안나는 캐러썬을 비롯한 백 나오프 사자들을 차례대로 썰매 앞에 묶어주고는 썰매 위에 올라탔다. 우선 윈터 랜드로 이동하기 위해 안나가 고삐를 잡아당긴 순간 그들은 공중 도움닫기를 하며 윈터 랜드로 출발했다.

변형 공간을 통과해 도착한 윈터 랜드는 세찬 눈보라가 치고 있어서 시야 확보가 어려웠다. 곧 죽음의 신과 흑 나오프 사자들이 도착했고, 수의 신과 보구스 곰들도 도착했다. 운명의 신은 쏴아악 하며 공기를 가르는 소리를 내며 래널프 종족들과 함께 마지막으로 도착했다. 운명의 신은 윈터 랜드 끝에 있는『철벽의 성(城)』에 도착해 그 안에 있는 얼음공을 만지는 신이 승리할 뿐이라고 말했다. 안나는 얼음공을 이미 투시하고 있었다. 그 얼음공의 성질을 파악했을 때 운명의 신 이외에 누구라도 그걸 만지면 손이 녹아 없어지는 공이었다. 결코 승리의 상징이 아니었다. 안나는 운명의 신이 필리코바 도리아스의 뒤를 따라가고 있다는 인상을 강하게 받았다.

안나는 열심히 가되 또 다른『철벽의 성』을 만들어 거기에 있는 아무 의미도 없는 얼음공을 만질 예정이었다. 사실 밤새도록 윈터 랜드의 형성 및 변형에 대해 문제를 풀고 있기도 했던 안나였다. 안나는 백 나오프 사자들의 눈을 속이기 위해 그녀 스스로 루트를 만들어 가려고 생각하고 있다. 그리고 물론, 위기가 닥치면 그녀의 주머니를 사용할 생각이었다.

수의 신과 죽음의 신을 보호하는 것도 그녀의 몫이었다. 그도 그럴 것이 이 두 신들은 그저 오랜만에 펼쳐지는 스포츠 자체에 재미있어 하는 것 같았다. 안나는 운명의 신이 모르는 힘을 사용해『철벽의 성』을 두 개 더 만들고 수의 신과 죽음의 신이 그곳들을 통과하도록 루트를 짜놓았다. 그러나 마지막 운명의 힘만큼은 그녀 스스로도 어떻게 할 수 없었는데, 하여튼 끝까지 최선을 다해 운명의 신이 만들어 놓은『철벽의 성』에 있는 얼음공을 누구도 만지지 않도록 할 생각이었다.

눈보라가 조금 가시고, 언어의 신이 모는 썰매에는 백 나오프 사자들이, 수의 신이 모는 썰매에는 보구스 곰들이, 운명의 신이 모는 썰매에는 래널프 종족이, 죽음의 신이 모는 썰매에는 흑 나오프 사자들이 차례로 열을 갖추어 섰다.

출발이라는 운명의 신의 외침과 동시에 썰매들은 회전하더니 동서남북 네 영역으로 달렸다. 그도 그럴 것이 윈터 랜드는 계속해서 변형되고 있었기 때문에 한 방향이 정답이라고 할 수는 없었다. 동서남북 네 방향으로 썰매가 멀어지기 시작했다.

운명의 신은 자신의 의도대로 윈터 랜드가 변형되도록 매순간 점검하면서 썰매를 달렸다. 곧 네 대의 썰매들은 출발했던 방향에서 달라지는 방향을 매순간 파악하며 굉장히 빠른 속도로 달렸다. 안나는 여러 개의 『철벽의 성들』이 존재하지만 아직 운명의 신이 그녀가 만든 다른 『철벽의 성들』을 파악하지 못한 걸 확인하고는 우선 『철벽의 성들』을 숨겼다. 마지막 순간까지 모든 것을 운명의 신의 뜻이 어떠한 방향으로 흘러가는지 지켜볼 생각이었다.

안나는 고삐를 잡고 어마어마한 속도로 달리고 있으면서도 운명의 신의 『내면의 질서』를 읽고 있었다. 그리고 수의 신과 죽음의 신에 대해서는 안도했다. 운명의 신이 『철벽의 성』으로 루트를 연결하고 있는 쪽은 바로 언어의 신 그녀에 대해서였다. 얼음공만 만지지 않으면 될 터였다.

루트가 계속해서 변형되고 운명의 신이 인도하는 대로 안나는 변형되는 쪽을 따라서 썰매를 몰았다. 특별한 일은 일어나지 않았다. 매서운 눈보라도 눈이 푹푹 파이는 지형도 나타나지 않았다. 눈길이 제법 잘 닦여있어 썰매가 잘 달릴 수 있는 지형만이 이어졌다. 어떤 때는 북쪽으로 어떤 때는 서쪽으로 달렸다. 루트가 변형되는 대로 방향은 계속 바뀌고 있었다. 그러나 그 모든 루트의 끝에 안나에게는 『철벽의 성』에 도착할 일이 예정되어 있었다. 안나는 문득 그녀의 옷 속에 감춰둔 주머니들을 점검했다.

저녁이 내릴 무렵 최종적으로 수의 신은 윈터 랜드의 서쪽 끝에, 죽음의 신은 남쪽의 끝에, 그리고 운명의 신은 동쪽 끝에 도착하였고, 안나는 『철벽의 성』이 있는 북쪽 끝에 도착하였다.

"『철벽의 성』입니다."

캐러썬이 말했다.

그때 갑자기 공간이 찢어지면서 래널프들이 나타나 캐러썬을 비롯한 백 나오프 사자들을 공간 사이로 끌고 들어가 버렸으며 래널프들은 안나를 위협하며 『철벽의 성』을 오르도록 강요했다. 안나는 올 것이 왔다고 생각했을 뿐이며 침착하게『철벽의 성』으로 들어갔다.

넓은 얼음 홀의 중심에 둥근 단이 있고 그 위에 반짝이는 얼음공이 있었다. 안나는『내면의 질서』로 그녀가 운명의 신이 형성한 이『철벽의 성』을 자신이 만든『철벽의 성』으로 바꾸는 데 성공했다. 래널프들은 스스스, 스스스, 라는 위협음을 내며 안나가 얼음공을 잡도록 위협했다.

물론 안나는 얼음공을 잡았고 얼음공은 안나의 손에서 부서져 내렸다. 당황한 래널프들은 이를 운명의 신에게 알렸고 운명의 신은 순식간에 다시 얼음공을 형성하였으나 안나는 이를 또 다른 얼음공으로 만들어 다시 얼음공을 부스러뜨렸다. 운명의 신과 안나의 신경전이 오갔을 때 운명의 신은 직접『철벽의 성』으로 이동해 왔다.

그리고 래널프들이 안나를 둘러싸도록 했으며 안나는 그 순간 래널프들이 그녀를 갈기갈기 찢어 공간 중에 흩어버릴 거라는 걸 알아챘다. 안나가 준비된 열두 개의 주머니들을 모두 풀어 공간 중에 내던지자 래널프들은 문자를 집어삼키는 힘이 있는 열두 마리 개구리들의 혓바닥 놀림으로 모두 삼켜져 버렸고 이를 목격한 운명의 신은 바로 도망쳤다.

이 사실을 확인하자마자 수의 신과 죽음의 신이『철벽의 성』으로 도착했다. 곧『철벽의 성』이 녹아내리고 윈터 랜드는 순식간에 사라졌다. 운명의 신이 스스로 사라진 것으로 처리된 것에 대해 수의 신과 죽음의 신은 뭔가를 알고 있는 듯 했지만 입을 열지 않았다. 안나는 마음을 수습한 뒤 이에 대해 알아보았는데, 운명의 신은 바로 자신의 업무를 종료하고 래널프 종족을 멸종시킨 뒤, 남아있는 나오프 사자 종족 중에서 레드 나오프 사자 한 마리를 소환하고는 신들의 안식처로 떠났다는 거였다. 이 어마어마한 일을 저지르고 이곳에서 다른 신들과 소통할 수는 없었던 것이다.

캐러썬이 공간의 틈새에서 살아나온 뒤에도 안나는 좀처럼 말이 없었다. 과연 무엇 때문에 이런 사투를 벌여야 하는 건지 그녀로서는 답이 서지 않았다. 왜 함께 존재할 수 없는 건지 보다 바람직한 방향을 위해 함께 노력할 수 없는 건지 그녀로서는 힘겹기만 했던 것이다. 안나는 그녀의 성에서 그저 창가에 앉아 밤이 새도록 밤하늘을 바라보거나 침대에서 오래 잠을 자거나 했다.

그런 안나를 바라보는 캐러썬의 마음은 쓰라림 그 자체였다.

레드 나오프 사자가 안나를 찾아왔다. 안나는 그 사자를 만나기 위해 오랜만에 옷을 갖추어 입고 머리를 매만졌다. 레드 나오프 사자는 갈색의 얼굴에 갈색의 털, 붉은 갈기를 가진 매력적인 나오프 사자였다. 바로 운명의 신을 교육할 나오프 사자였던 셈이다. 안나는 레드 나오프 사자가 그녀를 찾아올 거라는 걸 예감하고 있었다. 기본 지령을 내릴 운명의 신이 없는 지금 그것에 대해 수의 신과 죽음의 신의 의견을 들었을 것이고 그들은 분명 안나에게서 그 지령을 받도록 시켰을 것이었다.

안나는 그녀의 성좌(聖座)에 앉았다. 하얀 얼굴이 더욱 하얗게 되어서 무척 수척해 보였다. 반면 캐러썬 옆에 서 있는 레드 나오프 사자는 힘이 넘쳐 보였다. 캐러썬도 안나에 대한 걱정으로 힘이 부쩍 빠져서 레드 나오프 사자에게 밀려보였다.

"목적을 말하라."

안나가 말했다.

"저의 이름을 지어주시고 또한 제가 교육할 운명의 신 후임자를 지목해 주십시오."

안나는 잠시 생각하더니 말했다.

"너의 이름은 룸볼트다. 그리고 너 스스로 운명의 신 후임자를 찾도록 하라. 자질은, 미래에 대해 마음이 열린 자, 그러한 자면 된다."

“왜 미래에 대해 마음이 열린 자가 운명의 신이 되어야 합니까?”

“자질이라고 했을 뿐이다. 더 많은 것들은 스스로 형성해야 할 뿐이다.”

안나의 말이 딱딱했다.

“설명해 주십시오. 위대하신 언어의 신이여!”

레드 나오프 사자 룸볼트는 무릎을 꿇고 고개를 조아렸다.

“운명은 깨기 위해 존재하는 것이니까. 꽉 막힌 사슬에 엮어놓은 걸 바람직하지 않다, 라고 여길만한 자가 운명을 열어 갈 수 있는 자니까.”

룸볼트는 고개를 끄덕이고는 다시 자리에서 일어났다.

“그렇다면 그 한 가지만을 기억하고 나머지를 스스로 해나갈 수 있다면 인간의 형상이 아니더라도 누구라도 운명의 신이 될 수 있는 겁니까?”

안나는 룸볼트의 야망 혹은 사명 의식을 읽어냈다. 안나는 자리에서 일어났다. 룸볼트는 다시 무릎을 꿇었다.

“나, 언어의 신 안나 셜릿은, 룸볼트를 새로운 운명의 신으로 명하노라.”

누구든 상관없었다. 가장 중요한 것만을 기억할 수 있으면 되었다. 안나는 플루벳을 시켜 수의 신과 죽음의 신에게 레드 나오프 사자 자체를 그녀의 권한으로 이번 운명의 신으로 임명했다고 전했다. 그리고 동시에 전한 것은 그대들은 이미 그 임명 권한도 안나 자신에게 준 것이라고도 말한 것이다.

# 밀버리의 실수

두 신은 안나의 결정을 그대로 인정하는 메시지를 보내왔고 룸볼트는 그가 여러 레드 나오프 사자들 중에서 간택되었을 때 이미 운명이 신이 되고자 하는 의지가 그의 내부에 있었다는 것을 느꼈다. 그리고 안나는 손수 그에게 운명의 신으로서 필요한 것들을 만들어주었는데 운명의 두루마리와 특별히 운명의 토끼인 그의 전령이 될 분홍색 털에 파란 조끼를 입은 귀여운 밀버리를 선물로 준 것이 특별했다.

플루벳은 밀버리가 나타났을 때 무척 큰 관심을 보였지만 밀버리가 성격이 꽤 날카로워서 플루벳은 몇 번 할퀴어지고 난 뒤『질리벗의 옷장』에 들어가 버리고 말았다. 플루벳은 다소 소심한 수컷 토끼였고 밀버리는 강인하며 사나운 암컷 토끼였다. 안나가 준 선물들을 가지고 룸볼트가 창가로 가서 뛰어내리며 공중 도움달기로 운명의 신의 성(城)으로 가고 안나는 오랜만에 식사를 챙겨먹고 서재로 갔다.

다크 메신저로부터 가져온 책들은 꽤 고급이어서 안나가 읽기에 좋았다. 안나는 언어의 축을 한 번 더 확인한 다음 이 세계에서 일어나는 자잘한 일들은 캐러썬에게 맡겨두고 다시 서재 속에서 책을 읽기 시작했다. 며칠이 지나도록 다크 메신저의 책을 다 읽고는 그 책들이

더 이상 필요 없어지자 운명의 신 룸볼트에게 다크 메신저의 책들을
선물로 가져다주라고 플루벳에게 명했다. 플루벳은 밀버리에 대해 호
감은 가지면서도 그녀의 성격 때문에 망설이는 듯 했지만 자루에 책
을 차곡차곡 쌓아 넣었다. 마침내 자루가 굉장히 작아졌을 때 그 자
루를 메고 플루벳은 총총 성을 떠났다.

안나는 그 책들이 룸볼트에게 더 의미가 있을 거라고 판단했다. 그
리고 다시 집필을 시작했다. 『워드 웜들』의 책에서의 이탈 사태가 진
정이 되고 난 뒤라, 글을 쓸 때 두루마리에서 더 이상의 문자 이탈은
나타나지 않았다. 안나는 적당한 크기로 잘 잘려져 있는 종이를 타자
기에 꽂고 글을 쓰기 시작했다. 플루벳이 비명을 지르며 달려온 것도
안나가 한 장의 종이를 다 썼을 때였다.

일의 자초지종은 이러했다. 플루벳이 운명의 신의 성(城)에 도착했을
때 밀버리가 나와서는 플루벳의 자루를 검사하더니 책에서 풀 냄새를
맡고는 자루 속 내용물을 책으로 변환하기도 전에 모두 씹어 먹어버렸
다는 것이었다. 그리고는 밀버리로부터 냉큼 쫓겨났다는 것이었다.

안나는 자신이 만들기는 했지만 밀버리를 레드 나오프 사자의 전령
에 맞게 또 운명의 신의 전령에 맞게 설계한 것이기도 해서 일종의 책
임의식을 느꼈을 뿐 플루벳에게 뭐라고 질타하지 않았다.

"괜찮아. 플루벳. 다크 메신저의 책들에 뭐가 씌어있는지 두루마리
에 다시 적어줄 테니 이번에는 밀버리를 만나지 말고 바로 룸볼트에
게 가도록 해."

"이번에는 꼭 성공할게요. 죄송해요. 언어의 신."

안나는 미소를 지었을 뿐이다.

그리고 굉장히 빠른 시간 안에 자판을 두들겨서 그녀의 머릿속을
인출해가며 다크 메신저가 쓴 두 개의 책장에 꽂힌 분량의 책을 두루
마리로 만들고는 이를 냄새가 지독하게 나도록 변환시켜서 다시 자루

에 넣어주었다. 플루벳은 쏜살같이 성을 빠져나갔다.

안나가 다시 천천히 그녀의 책을 쓰는 동안 다시 플루벳이 비명을 지르며 등장했다. 안나는 이번에도 플루벳이 밀버리에게 당한 거라고 생각했다. 그리고 사연을 들어보니 역시나였다. 밀버리는 냄새가 지독한 물체를 달콤한 냄새가 난다고 말하고는 또다시 다 먹어버렸다는 것이다. 안나는 이번에는 자신이 나서야겠다고 생각했다.

이번 운명의 신은 교육을 받지 않고 시작하는 것만큼 필요한 책은 충분히 읽어야한다는 게 안나의 소견이었다. 안나는 다시 머릿속을 인출해서 다크 메신저의 책을 두루마리로 만들고는 그걸 변환해 그녀의 호주머니에 넣고 캐러썬을 불렀다.

캐러썬을 타고 운명의 신의 성(城)으로 움직였다. 변형되는 공간들은 보다 세밀하게 그리고 넓은 장소들로 만들어진 것 같았는데 이는 수의 신이 보다 세밀하게 일을 하고 있기 때문이었다. 안나는 운명의 신의 성(城)에 도착하고는 성문을 통과해 캐러썬과 함께 룸볼트의 성좌(聖座)가 있는 홀까지 바로 직행했다. 마침 홀에는 룸볼트가 없고 대신 밀버리가 성좌 옆에서 졸고 있었다. 안나와 캐러썬은 한심한 눈으로 이 암컷 분홍 토끼를 쳐다보았다.

마침 룸볼트가 창가를 통해 뛰어 들어왔을 때 밀버리는 어느새 깨어서 안나의 호주머니 곁에서 냄새를 킁킁 맡고 있었다. 안나는 이번에는 두루마리를 빼앗길 생각이 없었고 손을 들어 토끼를 쳐냈다.

밀버리는 울며불며 룸볼트에게 안나에게 손가락질하며 아프다고 발을 동동 굴렀다. 한숨을 내쉰 룸볼트는 안나에게 죄송하다고 말했다.

"철이 들지 않네요. 전령 역할도 기분 내키면 하고 또 제대로 해내지도 못하고."

안나가 빙그레 웃었다.

"때리세요."

안나의 말에 밀버리가 또 울며불며 룸볼트에게 매달린다.

"밀버리를 다스리는 과정에서 당신의 힘이 더 강해질 겁니다. 충직하고 일 잘하는 종이 쉽게 얻어진다면 자신에 대해 오만할 뿐입니다. 당신은 이제 시작했으니 밀버리를 다스리는 법도 스스로 터득해야 할 겁니다. 지금은 매가 필요하죠."

룸볼트는 얼굴을 무섭게 일그러뜨리며 으르렁거리면서 밀버리에게로 다가갔다. 그리고 가볍게 그녀의 몸통을 물고는 삼켜버렸다. 룸볼트의 위장에서 밀버리가 난리를 치고 10분 후 룸볼트는 밀버리를 토해냈다. 안나는 밀버리를 살펴보았고 밀버리는 여전히 정신을 차리지 못하고 안나가 누구인지도 까먹었는지 이 모든 게 안나 때문이라고 안나에게 욕을 해댔다.

안나는 분홍 토끼쯤이야 신경도 쓰지 않고 그녀의 목적을 이루려고 홀에 두 개의 책장을 만들어내고는 그녀의 주머니에서 책을 한 권씩 꺼내기 시작해서 마침내 그녀가 읽은 다크 메신저의 책을 책장에 다 꽂았다.

"룸볼트, 선물이에요. 성장하시는 데 도움이 될 것 같아서 가지고 왔어요."

그때였다. 밀버리가 책장에 뛰어올라서는 책장을 하나 통째로 다시 또 다른 책장을 통째로 삼켜버린 것이었다. 밀버리가 책을 소화시키는 동안 밀버리는 그의 주인 룸볼트의 얼굴이 어떻게 변했는지도 모르는 척 했다.

안나도 더 이상 사태가 어떻게 되리라는 것을 막을 순 없었다. 밀버리는 바로 성에서 쫓겨나 변형 세계의 어디론가로 보내졌다. 안나는 보다 많은 것들을 운명의 신이 깨닫고 판단할 수 있기를 바랐다. 밀버리는 여기에 있을 수도 있고 아니면 밀버리 자신의 돌이킬 수 없는 실수로 인해 어딘가로 보내질 수도 있었다.

잠시 후, 수의 신의 전령인 날개 달린 도마뱀이 급히 운명의 신의 성(城)으로 들어왔다. 밀버리에 대해서였다. 밀버리가 보이는 것은 무엇이든지 닥치는 대로 먹어치운다는 것이었는데, 안나는 그제야 밀버리를 형성한 설계 지도상의 문제점을 깨달았다. 뭐든지 잘 먹기를 바란다는 의미에서 식성을 좀 좋게 한 것이 문제였는데 밀버리는 그걸 조절하지 못하고 뭐든지 닥치는 대로 먹는 것이었다.

안나는 돌아섰다.

"룸볼트, 밀버리는 이미 그대의 전령이니 한번 해결해 보도록 하세요."

"밀버리에 대한 해결은 어떻게든 해보겠습니다. 그러나 그 책들을 한 번만 더 형성시킬 수는 없는지요?"

안나는 가볍게 책장을 만들고 다크 메신저의 책들을 형성했다.

그리고는 룸볼트에게 눈인사만 가볍게 하고 캐러썬을 타고 그녀의 성으로 돌아왔다. 며칠 후 플루벳이 전한 바에 의하면 룸볼트가 행한 최초의 창조가 바로 정력이 남다른 검은 토끼 리무스를 만든 것이었다고 하는 데 밀버리는 리무스에게 잡혀 하나의 종족을 형성할 만큼 새끼를 낳고 키우느라 먹을 시간을 대부분 빼앗겨 버렸다는 것이었다. 이 소식을 전한 플루벳은 키득거리다가 한숨을 내쉬었다.

"예쁘다고 해서 다 좋은 건 아니었어요. 저는 밀버리가 끔찍해요."

그리고 플루벳은 얌전히 『질리벗의 옷장』 속으로 들어갔다.

시간이 흘러가고 안나 셜릿은 조금 자라서 키가 좀 더 컸다. 안나의 키가 자랄 때마다 안나의 옷들도 들썩이면서 조금씩 커졌다. 그러나 안나는 옷에는 그다지 상관하지 않아서 옷이 그저 그녀의 몸에 맞기만 하다면 특별히 상관은 하지 않았다. 안나는 수시로 언어의 축을 점검했고 어린이들을 위한 동화 집필에 신경을 썼다. 얼마 동안 안나가 쓴 500권의 동화책이 출간되었을 때 이 세계의 모든 어린이들이 그걸 갖고 싶어 했고 안나는 직접 모든 아이들에게 500권씩을 선물로 나누어주었다. 물질을 순식간에 복제하고 대량으로 생산할 수 있는 것도 신이 갖춘 힘 중의 하나였던 것이다.

캐러썬이 보기에 안나는 언어의 신으로서의 자질은 모두 갖춘 것처럼 보였다. 그리고 캐러썬으로서는 사소한 일을 하는 까닭에 가끔 안나가 시키는 중요한 일에 서툴기까지 했다. 캐러썬은 특별히 운명의 신이 내던져버린 밀버리가 낳은 새끼들 때문에 골머리를 앓고 있었다. 새끼들 또한 식성이 좋았기 때문에 세계의 많은 부분을 몽땅 먹어치우고 있었던 것이다. 안나는 이에 캐러썬에게 이들이 공기만을 먹고도 배부를 수 있도록 해보라고 반은 농담으로 지시했는데 캐러썬은 이를 시도하려고 하다가 그의 황금빛 갈기를 모두 뜯겨버렸던 것이다.

물론, 캐러썬의 황금빛 갈기는 다음날 모두 자라나긴 했지만 이로 인해 캐러썬은 언어의 신이 해야 할 일은 언제라도 많고 또 그걸 모두 해내면 지치게 마련일거라는 생각이 들자 언어의 신의 후임자 교육만을 해놓고 냉큼 잿빛 문으로 들어가서 자버렸던 자신의 과거가 멍청해 보일 정도였다. 언어의 신을 홀로 남겨놓고 잠만 자버린 과거가 떠올라 아찔해졌다.

캐러썬은 밀버리에 대해 제대로 일해보고자 했다. 안나는 캐러썬에게 숙제를 냈고 캐러썬은 이를 해내야 했다. 안나는 밀버리에 대해서는 거의 관심이 없었다. 새로운 집필에 목말라 하고 있었으며 안나가 자판을 두드릴 때 안나를 건드리면 안 된다는 것쯤은 캐러썬도 알고 있었다. 그럼에도 이 밀버리에 관한 건은 자신이 해결하리라 마음먹고 있던 캐러썬이었다. 마침 컬레인과 연락이 닿은 캐러썬은 밀버리와 관련한 자초지종을 설명했다.

“리무스라고 했나?”

"그래, 맞아. 밀버리의 남편이 리무스지. 그 녀석이 더 문제야. 식성이 좋은 새끼들을 만드는 데 쉼이 없을 정도야. 밀버리의 식성을 막아버릴 정도로 번식을 잘하는 검은 토끼지."

캐러썬의 설명에 컬레인이 어이가 없어서 웃는다.

"멋진 나오프 사자는 전부다 수컷뿐인데 저 조그만 녀석들이 사랑놀음을 하다니. 용서할 수 없지." 컬레인의 말이었다.

"방법이 있습니까? 컬레인?"

"『죽음의 테이프』."

컬레인이 가볍게 말했다.

"죽음의 신이 생(生)을 쉽게 여기는 존재에게 벌을 줄 때 쓰는 건데 그 테이프가 몸에 붙으면 죽은 것처럼 몸이 정지해. 하지만 테이프를 떼어내면 다시 살 수 있지. 즉, 죽음을 겪어봄으로써 생(生)의 소중함을 알려주는 역할을 하는 건데 그건 나도 사용할 권한이 있어. 이제 밀버리와 리무스에게 새끼들이 몰살당하는 장면을 연출해줄까?"

캐러썬은 컬레인이 그의 갈기 밑에서 꺼낸 잿빛의 테이프를 보았다.

"그나저나 안나의 은혜로 룸볼트가 바로 운명의 신이 되었다니. 이건 나오프 사자들의 세계에서도 최초로 있는 일이지."

컬레인이 걸어가면서 캐러썬에게 말했다.

"나오프 사자들의 세계가 열린 것도 얼마 되지 않았어. 그때 『워드웜』을 종족으로 바꾸면서 나오프 사자들의 종족도 열린 거지. 최초의 나오프 사자는 컬레인이고, 그 다음 나오프 사자는 바로 나인 걸."

캐러썬이 그렇게 말하자 컬레인은 고개를 저었다.

"넌 모양만 나오프 사자지, 인간이야. 사자가 아니야."

캐러썬은 컬레인이 그렇게 말하자 낙심한 표정을 지었다.

"언제고 안나 셜릿의 남편이 될 수 있는 존재지."

컬레인이 그렇게 말했을 때 캐러썬은 제자리에서 펄쩍 뛰었다.

"그런 말은 하면 안 돼. 한 번도 생각해 본 적이 없는 일이야."

컬레인은 빙그레 웃을 뿐이었다.

"여봐, 캐러썬. 죽음을 보는 자들은 생(生)과 운명도 함께 내다볼 수 있어. 특히 결혼의 별은 보통 인연이 아니야. 난 보았어. 죽음의 신이 얼마 전에 안나 셜릿의 별과 캐러썬의 별이 조용히 회전하며 춤추고 있다고 말했고 나도 그 장면을 보았지. 그건 결혼으로 이어질 운명의 상대 사이에서만 나타날 수 있는 일이야. 썰매 대회의 덫을 파놓은 파울로 레비안이 떠난 후 운명의 신의 자리가 잠깐 비었을 때 죽음의 신이 살짝 간여해서 알아낸 일이지."

캐러썬은 어찌할 바를 몰라 자리에서 멈춰 서 있었다.

"이 모습 그대로 안나의 남편이 된다는 건가?"

"아니야. 죽음의 신이 너를 충분히 매력적인 성인 남자로 바꿔줄 거야. 그건 나와의 약속이지. 안나가 보통보다 빠른 속도로 자라고 있다는 것도 기억해. 그리고 이 사실에 대해서는 안나가 스스로 알게 될 때까지는 비밀이야."

컬레인의 말에 캐러썬은 고개를 끄덕였다. 캐러썬은 안나를 영원히 지키리라 마음먹었다.

"룸볼트는 운명의 신이 되었고 더 이상 나오프 사자는 아니고, 첫 번째 나오프 사자였던 나 컬레인이 나머지 나오프 사자들을 통솔하겠어. 너는 천천히 인간이 되는 법을 배워."

캐러썬은 다시 고개를 끄덕였다.

"그나저나 먼저 이 번식력과 식욕이 왕성한 토끼들을 처리하러 가자."

컬레인이 공중으로 뛰어 오르고 이어서 캐러썬도 공중으로 뛰어 올랐다.

변형 공간을 통과해 도착한 땅은 황무지였다. 흙이며 돌이며 뭐든지 다 갉아먹는 무지막지한 토끼떼들이 나타난 것이다. 컬레인은 잿빛 테이프를 수천개씩 공중에서 날리기 시작했다. 테이프가 붙은 토끼떼들이 즉사하고 컬레인은 마지막 새끼 토끼까지 모조리 다 죽였다. 이제 밀버리의 뱃속에 있는 토끼만 남은 셈이었다.

두려움에 질린 밀버리와 리무스 앞에 거대한 두 수사자가 나타났다. 컬레인은 테이프로 리무스까지 죽여 버린 후 밀버리 앞에 섰다.

"네가 창조한 신이 너에게 좋은 식성을 준 것은 네가 절제하면서 맛있는 걸 잘 먹고 살기를 바라는 마음에서였다. 그러나 너는 모든 것을 네 욕심대로 해치웠다. 그 결과가 죽음의 신이 네게 내린 네 자식들의 죽음과 네 남편의 죽음이다. 이제 너와 네 뱃속의 자식들까지도 같은 운명에 처하게 된다. 할 말은?"

캐러썬은 컬레인이 연극을 하고 있다는 걸 알지만 컬레인이 밀버리에 대해서만큼은 제대로 해결해주기를 바라는 마음에서 그도 엄격한 표정을 짓고 있었다. 몸이 무거운 밀버리가 낑낑대면서 울기 시작했다. 목 놓아 울기를 수차례 반복했다. 뒤뚱뒤뚱 움직여 새끼들이 있던 황야로 가서는 대성통곡을 했다. 새끼들이 모두 죽어있었던 것이다.

캐러썬은 마음이 복잡했다. 그깟 책장 하나 뜯어먹었다고 이런 고통을 줄까 싶었던 것이다. 그러나 컬레인은 생각이 다른 것 같았다. 마치 밀버리를 운명의 신의 전령으로 세우기 위해 철저히 고통 속에서 교육하고 있는 듯한 느낌을 받았기 때문이다. 밀버리가 컬레인의 거대한 발 앞에 무릎을 꿇고 대성통곡했다.

컬레인은 못이기는 척 하면서 돌아섰다. 밀버리는 더욱 대성통곡했다.

"내가 죽음의 신의 밑에서 일하는 자라 너의 새끼들과 남편을 다시 살릴 수 있다. 그 대가로 너에게 요구할 사항이 있는데 들어줄 텐가?"

밀버리는 컬레인의 다리를 부둥켜 잡고 울면서 고개를 끄덕이다가 컬레인의 은빛 갈기에서 나는 향기로운 냄새를 저버릴 수 없었는지 컬레인의 은빛 갈기를 뜯어먹었다. 이를 본 컬레인과 캐러썬은 한숨을 내쉬었다.

“룸볼트를 이해할 수가 없어. 왜 리무스를 밀버리에게 주었지? 일이 더 커질 뿐인데도.”

컬레인이 중얼거렸다.

“기회만 되면 먹어요, 하여튼.” 캐러썬이 못 말리겠다는 듯 뒤로 물러섰다. 밀버리가 황금 갈기의 달콤한 향도 맡았기 때문이다.

“밀버리와 리무스에 대해서는 어쩔 수 없는 것 같아, 컬레인.”

캐러썬의 말이었다.

“운명의 신의 전령을 맡기기에는 너무 먹는 것에만 정신이 팔려 있고 사물과 사건들을 제대로 분별할 능력도 없어.” 캐러썬이 다시 말했다.

마침 생각이 떠올랐다는 듯 컬레인이 죽은 리무스를 점점 분홍색으로 물들였다. 그리고 컬레인은 리무스에게 붙어있던 테이프를 떼어냈고 깨어난 것은 밀버리와 똑같이 생긴 암컷의 먹성 좋은 토끼였다. 그리고 컬레인과 캐러썬 앞에서 밀버리는 마지막 출산을 했고 토끼들은 눈을 뜨자마자 모든 것을 먹어치우기 시작했다. 컬레인은 밀버리를 지켜보고 있었다. 밀버리가 코를 벌름거리자 컬레인은 갓 태어난 토끼들에게도 잿빛 테이프를 붙여 그들을 죽은 척 만들었다.

밀버리는 뭔가 먹을 게 없나 골몰했다.

캐러썬과 컬레인은 그곳을 떠나오는 것이 좋겠다고 생각하고는 공중으로 솟아올랐다. 그리고 바람을 보내 잿빛 테이프를 다 떼어냈다. 캐러썬과 컬레인이 모든 걸 포기하고 공중으로 움직이는 동안 언어의 신으로부터 온 엄청난 양의 당근과 채소 풍선이 낮은 공중에서 터지면서 토끼들에게로 공급되었다. 그러자 똑같이 생긴 암컷들인 밀버리와 리무스는 서로 같은 것을 먹겠다고 할퀴고 싸우고 난리를 폈다. 그 광경을 지켜보면서 컬레인과 캐러썬은 고개를 저었다.

캐러썬이 언어의 신의 성으로 돌아왔을 때 안나는 마침 언어로 음식을 형성하는 방법을 알아냈다고 자랑하고는 밀버리를 저런 식으로 만든 건 자신이니 좀 철이 들 때까지 제대로 된 음식을 공급하겠다고 말했다.

"이 모든 건 밀버리의 실수가 아니야. 어떤 보다 높은 책임자의 실수야."

안나가 그렇게 말했을 때, 캐러썬은 그녀를 사랑할 수 있을 거라는 생각을 했다. 아직 시간이 좀 더 흐른 뒤에 사랑을 말할 수 있을 거라고 생각했다.

# 나쁜 남자와 녹색 쥐

새벽이었다. 안나는 머리가 복잡해서 잠에서 깼다. 언어의 축을 확인하러 다녀와야겠다고 생각했지만 이미 그녀의 내부에서 언어의 축의 두 막대가 어지럽게 회전하는 것이 보였다. 어서 캐러썬을 불러와야겠다고 생각을 했지만 어둠의 장막이 그녀를 덮치며 곧 안나의 침대는 텅 빈 채 이불만이 바닥에 떨어져 있었다.

안나는 어지러워하며 긴 복도를 걷고 있었다. 복도의 끝에 있는 문, 그것은 그녀가 언제고 가게 될 신들의 안식처로 들어가는 문이었다. 복도 양쪽에 그려지는 언어가 깨지는 현상에도 안나는 무언가에 홀린 듯 그 문을 향해 걸어가고 있었다. 갑자기 유리가 깨지는 소리가 심하게 나고 캐러썬이 머리에 피를 흘리며 안나를 낚아채서 온갖 언어들이 벌레처럼 튀어 덤벼드는 어둠 속 공간에서 뛰쳐나왔고 가장 빠른 루트로 언어의 신의 성으로 돌아와 수의 신에게 보호 장벽을 쳐달라고 긴급 요청을 보냈다.

곧 수의 신이 직접 와서 보호 장벽을 치고는 캐러썬에게 말했다.

"안식처로 들어간 신들의 소행이야. 그들이 이 세계를 간섭하는 건 있을 수 없는 일인데."

"필리코바 도리아스와 파울로 레비안의 소행이죠?"

수의 신은 잠시 침묵하다가 고개를 끄덕였다.

"맞아. 파울로 레비안은 래널프들을 부활시켜 이곳으로 내려 보냈고 그들은 순식간에 언어의 질서를 파괴했어. 동시에 언어의 신의 정신의 일부까지도 파괴한 상태야."

캐러썬은 사태의 심각성을 읽어냈다. 안나가 걸어 내려왔다.

"나의 일부밖엔 건드리지 못했으니까 나에 대해선 안심해요, 수의 신 그리고 캐러썬."

"문제는 래널프들이 흑마법을 쓰기 시작했다는 거죠. 가장 강력한 수준의 흑마법은 신의 능력을 빼앗아 그들이 그것을 어둠의 힘으로 바꾸어 쓰는 건데 그 정도가 가능하려면 배후에 신 혹은 그 정도의 능력을 가진 자가 있어야 해요. 필리코바 도리아스와 파울로 레비안이 배후에 있는 건 확실하고 지금 언어의 신의 능력의 일부를 빼앗겼고 곧 전체를 빼앗길지도 몰라요."

캐러썬이 그렇게 말했을 때 안나가 픽 하고 쓰러졌다. 얼굴과 손이 파랗게 질리며 의식을 잃었다. 안나는 악몽에 시달리고 있었다. 가까이 다가와서 그녀의 멱살을 쥐어 잡고 사정없이 그녀를 때리는 가면을 쓴 남자가 있었다. 가면 쓴 남자가 안나의 목을 조일 때마다 안나에게서 언어의 힘이 빠져나갔다. 옆에 있는 사납게 생긴 녹색 쥐는 그녀에게서 빠져나가는 힘을 어떤 주머니 속으로 빨아들이고 있었다. 그녀에게서 빠져나가는 언어의 신의 힘은 점점 약해지더니 뚝 하고 끊어졌고 그때 안나는 눈을 떴다.

안나는 그녀의 침실에 누워있었다. 수의 신이 안나의 상태를 확인했다.

"곧 운명의 신 룸볼트와 죽음의 신 프라이 베르노가 도착할 겁니다."

"지금 제 상태를 말해 주세요.『내면의 질서』가 보이지 않아요."

"배후의 어떤 힘에 의해 언어의 신의 힘이 모두 빼앗겼습니다. 지금 당신은 그저 평범한 소녀일 뿐이죠. 하지만 당신이 잃어버린 것에 대해 단념하고 처음부터 새로 시작할 의지를 갖췄다면 당신은 다시 흔들리지 않을 언어의 신이 될 수 있습니다."

안나는 수의 신의 말을 알아들었다. 처음부터 다시 언어의 신에 도달하도록 모든 노력을 기울여야한다는 뜻이었다. 평범한 소녀에서 다시 언어의 신으로, 그러나 한 번 해본 것인 것만큼, 그녀 스스로의 과정이었던 것만큼, 그 힘을 빼앗아간 자들의 소행이 무색할 정도로 그녀는 처음부터 다시 모든 걸 해볼 생각이었다.

캐러썬은 안나의 생각을 읽고 끝까지 그녀의 곁에 있겠다고 생각했다.

곧 컬레인과 프라이 베르노가 들어왔고 안나의 상태를 확인했으며, 룸볼트도 와서 안나의 상태를 확인했다. 캐러썬을 제외한 나머지 존재들은 모두 회의차 어딘가로 몰려가버렸다. 잠시 후, 컬레인이 와서 안나에게 안나가 빼앗긴 언어의 신으로서의 힘을 소멸시키기 위해 저들과 간단한 전쟁을 할 터인데, 안나로서는 빼앗긴 힘을 다시 얻지 못할 거라는 말을 조심스럽게 해주고는 밖으로 나갔다.

컬레인은 모든 건 그들이 알아서 할 테니, 캐러썬은 안나를 지켜주고 있으라고 하고는 밖으로 나갔다. 언어의 축이 파괴된 것은 물론이거니와 래널프들이 언어를 융합해 흑마법을 쏟아내 세계의 질서가 파괴되고 있었다. 죽음의 신 프라이 베르노는 래널프들에게 죽음의 인을 찍으러 바람같이 날아다녔고 파괴되고 질서가 상실된 세계는 그대로 소멸시켰다. 수의 신은 소멸된 세계를 질서 있는 세계로 다시 계산해서 창조하면서 죽음의 신의 뒤를 따랐다. 다만 룸볼트는 가면 쓴 남자와 녹색 쥐를 쫓고 있었다.

그들은 래널프들과는 다르게 언어의 본질적 힘을 가지고 이 세계를 혼돈에 빠뜨리고 있었고 그것이 룸볼트에게 포착되었던 것이다. 가면을 쓴 남자가 뛰어가고 그의 팔을 세게 물어 꺾어버린 룸볼트는 녹색 쥐를 발로 밟아 뭉개버렸다. 쥐가 가지고 있던 주머니가 열리면서 안나의 힘이 일부 흘러나왔다. 아름다운 금빛 꽃흐름이었다. 그러나 주인을 잃은 힘은 이미 주인에게 돌아갈 수 없었다. 안나의 힘은 금빛 꽃흐름을 보이다가 공간에서 소멸해 버렸다.

쥐는 이미 죽었고, 룸볼트는 자리에 주저앉아 신음하는 남자의 가면을 홱 하고 벗겼다.

그는 아널드 폴핀치라는 자로 파울로 레비안 다음으로 운명의 신으로 예정된 후임자였다. 안나가 자신의 힘으로 룸볼트를 운명의 신으로 삼아버리자 그에 대한 복수를 이런 식으로 한 셈이었다.

그는 클클, 하고 웃었다.

"언어의 신은 이미 아무런 힘이 없어. 완선히 약해빠신 계십애지. 그 계집애가 너를 나를 교육하는 나오프 사자로 임명하고 나를 운명의 신의 후임자로 임명해야 했어. 그런데 그런 미친 결정을 하다니."

룸볼트는 그의 나머지 팔을 한 번 더 물어 못쓰게 만들고는 그를 밧줄로 묶어 걷게 했다.

"그 녹색 쥐는 너의 충실한 전령이고 말이지."

아널드 폴핀치는 고개를 끄덕끄덕할 뿐 말을 더 할 수 없었다. 그러기에는 사자에게 물린 두 팔이 너무 아팠기도 했고 이미 안나에게 복수는 했고 자신은 운명의 신에게 잡힌 꼴이 된 현실을 받아들이고 있었기 때문이었다.

룸볼트는 한참 뒤처진 곳에 있는 녹색 쥐의 시체에 숨을 불어넣고는 형상을 다시 세워주었다. 쥐는 부랴부랴 주인에게로 따라붙었다. 그럼에도 룸볼트를 경계하고 있긴 했다. 그러나 룸볼트는 그 쥐에 대해서는 아무런 관심이 없었다. 어차피 안나가 지목해야 할 운명의 신의 차례에 운명의 신이 될 후임자는 아널드 폴핀치였고 그 전령은 이 녹색 쥐였으며 자신은 아널드 폴핀치의 나오프 사자가 되어야 했던 셈이었다.

룸볼트는 아널드 폴핀치가 이 짓만을 저지르지만 않았더라면 후에 라도 운명의 신의 자리를 양보할 생각이었다. 그러나 룸볼트가 걸어 가면서 파악한 바로는 아널드 폴핀치는 필리코바 도리아스, 파울로 레비안의 사주를 받아 안나의 힘을 모두 흡수해 그것을 래널프들이 흑마법으로 쓰도록 해서 세계를 혼란케 한 주범이었다. 동시에 그 스 스로도 안나의 힘을 파괴적 방향으로 썼다. 그런 그와는 운명의 신의 자리를 놓고 경쟁의식 자체가 느껴지지 않았다.

룸볼트는 이 남자를 운명의 신의 성으로 데리고 갔고 그의 쥐도 함 께 데리고 갔으며 팔의 통증은 치료해주지 않고 그대로 내버려두었 다. 룸볼트가 전령을 보낸 후 곧 수의 신 리카르토 아모리지와 죽음 의 신 프라이 베르노, 그리고 컬레인이 운명의 신의 성에 도착했다.

자초지종을 알게 된 수의 신과 죽음의 신 그리고 컬레인은 두 팔 이 꺾여 고통을 받고 있는 남자의 찌그러진 표정에 냉정한 눈빛을 보 냈다. 그도 그럴 것이 안나가 그녀 스스로 형성한 언어의 신으로서의 힘을 완전히 잃었고 또 그걸 다시 형성하기란 무척 어렵다는 것을 수 의 신과 죽음의 신은 잘 알고 있었다. 그것은 안나의 의지에 달린 일 이자 동시에 행운도 따라야 하는 일이었다. 안나가 한계를 느끼고 좌 절해 버리면 언어의 신의 힘이 공백으로 남아있어야 했다. 안나의 임 기는 아직 몇 백 년도 넘게 남아있었다.

남자는 인상을 찌푸리면서도 그를 노려보고 있는 사자들과 신들을 비웃었다.

"그깟 계집애가 신이라고? 그 계집애의 힘 하나를 빼앗는 건 일도 아니었어. 그런 나의 재능을 알아보지 못한 건 그 계집애의 숙명이겠지. 그런 계집애부터 아예 삭제하는 게 좋았을 거야."

컬레인이 날린 거대한 앞발에 남자의 머리가 통째로 공중에 들리면서 조각조각 흩어지는가 싶더니 곧 끔찍한 광경에 녹색 쥐가 펄펄 뛰며 도망가 버렸다. 컬레인은 녹색 쥐를 뒤쫓아 아예 죽음의 인으로 눌러서 녹색 쥐를 종이짝처럼 만들어 버렸다.

"쯧쯧, 살려두려고 했었는데……."

룸볼트가 짤막하게 말했다.

순식간에 남자와 녹색 쥐를 깨끗하게 뒤처리한 컬레인이 아무렇지도 않은 표정을 지었다. 컬레인이 무표정하게 있자 프라이 베르노는 속으로 컬레인을 '잔인한 녀석!'이라고 생각하고는 이번 혼란에 대해 수의 신과 운명의 신 그리고 자신이 정리를 하고 넘어가야겠다고 생각했다.

"언어의 신이 관장하는 영역은 완전히 파괴가 된 상황입니다."

프라이 베르노는 회의를 시작했다.

"그리고 언제 언어의 신이 자신의 힘을 회복할 지 알 수 없는 상황입니다."

프라이 베르노가 덧붙였다.

그때 플루벳이 총총 홀 안으로 들어왔다. 가방에는 안나가 쓴 두루마리가 들어있었다. 두루마리를 전한 플루벳은 다시 총총 물러갔다.

수의 신이 먼저 두루마리를 읽고 다음으로 룸볼트, 그리고 죽음의 신이 읽고 마지막으로 컬레인이 차례로 두루마리를 읽었다. 그들은 그러나 안나의 상황에 대해 암묵적으로 합의를 끝낸 것 같았다. 수의 신은 파괴된 언어의 축을 계산해서 새로운 수의 축을 만들어 세계의 질서를 지켜보겠다고 했으며 나머지 파괴된 세계에 대한 새로운 창조를 진행하겠다고 했다. 죽음의 신은 남은 래널프 종족에 모두 죽음의 인을 찍고 동시에 신들의 안식처에 경고문을 보낼 거라고도 했는데 그 경고문에는 더 이상 네 신이 주관하는 이 세계에 직접 관여할 시 실질적으로 권한이 있는 죽음의 신이 인을 찍으러 직접 방문해주겠다는 내용이었다.

남은 일을 하기 위해 수의 신이 홀 밖으로 나가고 죽음의 신은 컬레인을 타고 창밖으로 나갔다. 룸볼트는 다시 안나의 두루마리를 읽었다. 눈물을 흘렸다.

고민 끝에 내리는 결정이에요.

나는 내가 언어에 관련된 창조나 기타 초월적 힘에 대해 다시 회복될 수 있을 거라 믿었어요. 하지만 다크 메신저는 그 부분에 있어서는 불가능하다고 말해 주었어요. 왜냐하면 안나 셜릿이 보여준 힘은 안나의 언어에 대한 순수함과 『언어의 서(書)』가 결합되어 나타난 초월적 힘이었고 이제 그 힘이 사라진 이상 안나에게 남은 것은 그저 안나가 지금껏 형성한 인간적인 면에서의 순수한 언어적 힘 외엔 없다는 거예요. 그만큼 이번 공격은 안나에게서 영원히 신적인 힘을 빼앗아가 버렸다는 거예요.

하지만 다크 메신저는 말했어요. 언어의 신이 존재하는 이유는 제대로 된 사유로 언어의 질서를 지속적으로 세우는 조용한 작업에 더 큰 의미가 존재한다고 했어요. 그래서 제가 할 수 있는 일을 깨달았어요. 그것은 바로 언어의 신으로서 다른 모든 것들은 여러분들에게 의존하겠지만, 사유로 언어의 질서를 세우는 집필은 끊임없이 계속할 거라는 걸요. 약속해요. 집필을 게을리 하지 않을 거라는 걸. 초월적 힘으로 언어의 질서를 한 번에 정립하는 것보다 천천히 사람들과 언어에 대한 사유를 나눌 수 있는 언어의 신이 될 것을 약속해요.

　― 이제 글쟁이로 남을 뿐인 약해빠진 언어의 신 안나 셜릿 올림.

안나는 그녀가 언어의 신으로서 자격을 상실했다고 믿었지만 다크 메신저와 캐러썬의 설득 끝에 새로운 결론에 도달했고 그녀가 끊임없는 집필을 통해서 언어에 대해 사유할 수 있는 모든 결과물들을 냄으로써 사람들과 언어에 대해 나눌 거리를 제시할 수 있는 언어의 신이 되자고 마음먹을 수 있었다.

안나는 자신에게 남은 건 그녀가 오로지 생각해서 집필을 했던 그 경험 외엔 없었다. 신으로서의 힘은 완전히 뿌리 뽑혀 나간 뒤였다. 신으로서 모든 것을 보고 할 수 있었던 『내면의 질서』는 이제 그녀에게 나타나지 않았다. 안나는 그저 지적인 저술가였다. 그러나 단순히 저술가에만 머물러서는 안 되었다. 언어와 사유에 방향이 있는 글쓰기, 이전보다 더 나은 글쓰기, 사상의 흐름이 있는 글쓰기, 그리고 누군가를 변혁시키기 이전에 자기 자신이 변혁되는 글쓰기를 제시할 수 있어야 했다. 안나는 혁명적인 저술가로 요청받고 있었다.

안나는 그녀의 성좌(聖座)에 앉아서 그 밑에 무릎을 꿇고 얌전히 앉아있는 캐러썬에게 말을 걸었다.

"캐러썬, 나는 있지. 진짜 언어의 신이란 어떤 것인지 깨닫고 있어."

캐러썬이 미소를 짓고는 물었다.

"그것이 무엇입니까?"

"내게 허락된 이 긴 시간 동안 굉장한 체계를 글로 남기는 거라는 걸."

"오직 집필 말씀이십니까?"

"응. 난 이미 그동안의 언어의 신의 생활에서 하나는 깨달았거든. 나는 계속 혁신해 갈 수 있다는 거야. 특히 그것이 글에 대해서는. 그 모든 혁신들은 쌓여가면서 굉장한 체계를 형성할 거고 그것은 내가 언어의 신의 자리에 있을 동안 엄청난 양이 될 거라는 거지. 그걸 남겨주는 것이 오히려 내가 해야 할 언어의 신의 역할이라는 생각이 들어. 내게 있어 내가 해야 할 진짜 언어의 신의 역할이란 바로 그거야.

밀버리를 만드는 것이 아니라."

그날 저녁, 수의 신의 성에서 만찬이 있었다. 만찬의 의미는 새로운 언어의 신의 역할에 대해 함께 공감하고 새롭게 이 세계의 질서를 지켜나가자는 네 신들의 합의를 기억하자는 것이었다. 물론, 컬레인과 캐러썬도 함께 참석했다. 안나는 식사를 마치고 자신이 앞으로 할 일 즉, 끊임없는 집필에 대해 얘기했고, 이에 수의 신과 죽음의 신이 덕담을 해주었다. 컬레인과 캐러썬도 멋있는 일이라고 간단하게 대답해 주었다.

식탁이 덜덜 떨리면서 접시가 바닥으로 떨어져 깨졌다. 컬레인이 룸볼트 쪽을 쳐다본 순간 룸볼트의 머리가 그 사내의 것으로 바뀌면서 룸볼트의 몸이 심하게 떨리고 있었다. 죽음의 신이 판단의 힘으로 알아본 결과 그 사내가 자신이 획득한 언어의 신의 힘으로 스스로가 운명의 신이 되고자 하고 있었다. 그러나 룸볼트의 의지와 힘이 더 강해서 룸볼트는 곧 그 사내의 머리를 벗고 자신의 갈색 사자 머리통을 되찾았다. 그러나 다들 깜짝 놀란 자리였다.

"룸볼트, 괜찮아?"

안나가 얼얼해하는 룸볼트가 걱정되는지 물었다.

"질기네. 그 녀석."

룸볼트는 신경질이 나는 듯 혼잣말을 할 뿐이었다.

룸볼트는 그 사내에 대해 컬레인이 죽음의 인을 찍지 않았다며 투덜댔다. 컬레인은 깜빡했다며 룸볼트는 죽음의 신에게서 죽음의 인을 받아내 그 사내가 사라지는 쪽에다 대고 꽉 눌러버렸다.

"이러지 않으면 지금 초월적인 힘이 없는 안나가 더 위험해져."

룸볼트는 그렇게 말하며 안나를 쳐다보았다. 이제 그들이 보기에 안나는 그저 하나의 거대한 체계를 남길 저술가이자 동시에 약한 인간 여자에 불과하다는 생각이었다. 그러나 그녀는 동시에 그들이 지켜야 할 언어의 신이었다.

# 하룰러 책장

보구스 곰들이 세계를 지배하고 있던 언어의 신의 힘이 사라졌음을 깨닫고 구름떼처럼 언어의 신의 성 앞으로 몰려들었다. 캐러썬으로부터 새로운 언어의 신 체제에 대해 설명을 들은 보구스 곰들은 수의 축 만으로는 의미의 영역이 혼란해지는 것을 막기 어려울 거라며 그들이 자체적으로 언어의 축을 다시 세우고 관리하겠다고 했다. 캐러썬은 이를 안나에게 전했다. 안나는 보구스 곰들과 만나서 앞쪽에 자리한 흰 곰들을 껴안았다. 그들은 덩치가 매우 커서 그들에게 안기면 안나는 거의 보이지 않을 정도였다.

"저기 붉은 링들이 보이시지요?"

안나는 언어의 신의 성 앞에 상징처럼 고정되어 있는 붉은 링들을 가리켰다.

"새로운 언어의 축을 세우는 데 저 링들이 필요할 거예요."

안나는 자신이 더 이상 사용할 수 없는 힘을 선량해진 보구스 곰들에게 넘기려 하고 있었다. 하지만 안나의 말이 끝나자마자 붉은 링들은 천천히 움직이면서 붉은빛을 내며 서로 겹쳐지면서 움직였다. 보구스 곰들이 그 현상을 지켜보며 일제히 고개를 들고 코로 숨을 들이쉬었다. 보이지 않는 언어의 질서가 흐르는 향연이었다.

"안나 셜릿, 언어의 신이여, 당신 안의 힘은 아직 완전히 소멸된 것이 아닙니다. 당신이 걸어왔던 과정 속의 진실만큼은 아무도 빼앗아 가지 못하지요. 언어의 축은 바로 저기 붉은 링들이 움직이기를 멈췄을 때만 저희들이 만들어서 가동할 겁니다. 저 붉은 링들은 새로운 언어의 축으로서 자신의 역할을 시작했습니다."

안나 앞에 있는 보구스 곰이 말했다.

"내 힘이……, 완전히 사라지지 않았다고?"

안나는 붉은 빛을 내며 서로 겹쳐지면서 언어의 질서를 형성하고 있는 붉은 링들을 쳐다보았다. 안나의 마음이 문득 만들어낸 결과였다. 그러나 안나는 자신이 의도적으로 초월적인 힘을 사용할 수 없다는 걸 잘 알고 있었다. 그럼에도 다행이었다. 언어의 축이 언어의 신의 성에서 가동되기 시작했으니 말이다.

보구스 곰들은 언제라도 언어의 혼란이 왔을 때 그들이 대처할 거라고 약속하고는 다시 구름떼처럼 몰려가버렸다. 안나는 그들이 캐러썬처럼 구름 위로 천천히 뛰어가면서 사라지는 걸 보고는 다시 성 안으로 들어왔다.

안나의 집필 계획은 이러했다. 일명 『하룰러 책장』을 만드는 것이었다. 한 권의 책으로 어떤 걸 담을 수 있을지 모른다. 하지만 하나의 인식에 대해 관련된 여러 권의 책을 써서 그걸 하나의 책장에 담아 세트로 준다면 그건 매우 큰 선물일 거라는 데 생각이 이른 것이다. 안나는 『하룰러 책장』의 손쉬운 제작을 위해 캐러썬에게서 들어서 알고 있던 질리벗 할머니를 불러오고자 했고 이에 캐러썬이 흔쾌히 질리벗을 언어의 신의 성으로 데리고 왔다.

질리벗은 안나를 잘 알고 있다는 듯이 안나를 손녀딸 껴안 듯 껴안으며 인사를 했다.

“캐러썬에게 들었단다. 책들과 책장을 조그맣게 만들어달라고?”

“네, 부탁드려요. 참,『질리벗의 옷장』, 정말 잘 썼어요. 특히 플루벳을요. 지금도 잘 데리고 있고 잘 쓰고 있고요.”

“『하룰러 책장』이라고 했니?”

“네, 할머니.”

“내가 조그맣게 잘 만들어주마. 크기를 자유자재로 조절할 수도 있게끔 해주지.”

“와아!”

안나가 탄성을 내지르자 할머니는 안나의 머리를 쓰다듬어 주었다. 캐러썬이 질리벗을 조용히 불러내고는 한마디 한다.

“아이의 몸이지만 언어의 신이에요. 손녀 대하듯 하시면 곤란합니다.”

질리벗은 깜짝 놀란듯 그녀의 손을 입에 대었다.

“참, 그랬지. 너무 귀여워서 그랬어. 앞으로는 존대하도록 하마.”

“그래주셔야 합니다.”

캐러썬이 재차 당부했다.

캐러썬은 질리벗이 머물 방으로 그녀를 안내하러 계단을 올라가고 안나는 그 둘이 사라지는 모습을 보며 어깨를 으쓱했다.

‘둘이 뒤돌아서서 무슨 얘기를 한 거지?’

그러나 안나는 곧 그 생각을 지워버리고 문득 의도하지 않았는데도 붉은 링들이 스스로 움직이면서 언어의 축을 형성한 것을 다시 생각했다. 안나는 그녀의 절망에서 나온 힘이었나, 하고 잠시 생각해본다. 그러나 알 수 없다. 할 수 있는 것들에 집중하자고 안나는 마음을 굳게 먹었다.

목표는 첫 번째 『하룰러 책장』의 완성이었다. 서재에는 텅 빈 책장 두 개가 놓여있을 뿐이었고 안나는 우선 그 두 책장을 그녀가 집필한 책들로 채워 넣을 생각이었다. 문을 열고 캐러썬이 들어오고 곧 질리벗이 들어오더니 둘이서 타자기에 끼우기에 적합한 크기의 엄청난 양의 두루마리를 여러 번 왔다갔다하며 안나의 옆자리에 쌓아두었다.

"언어의 신이시여, 수고하세요, 호호." 질리벗이 물러가며 한 말이다.

안나는 첫 번째 종이를 끼우고 그저 써내려가기 시작했다. 그리고 몇 장을 끝냈을 때 그 종이는 불특정한 생각의 다발에서 하나의 주제를 끌어내었고 안나는 그 주제에 대해 한 권의 책 분량의 집필을 마쳤다. 캐러썬이 들어와서 냉큼 종이 묶음을 받아가더니 채 반나절도 되지 않아 갈색 양장본의 두툼한 단행본을 가지고 와서는 책장에 꽂았다. 그리고 안나가 집중해서 책 한 권을 쓰는 데 걸린 시간은 놀랍게도 딱 하루였다.

안나는 자신이 언어를 사용할 때 일어나는 이상한 현상에 놀랍긴 했지만 그녀로서는 이러한 힘이 왜 아직까지 남아있는지 혹은 일어나는지 알 수 없어서 그저 좋은 현상으로만 여기기로 했다. 한 달이 지나고 안나 셜릿은 서른 권의 책을 책장에 꽂았고, 세 달이 지나자 아흔 권의 책을 책장에 꽂았다.

안나는 아흔 권의 책들이 꽂힌 책장을 물끄러미 보면서 이 모든 책들은 "시작하려고 하는 자"에게 적합한 책들이라고 생각했다. 그녀 스스로도 시작하는 데 적합한 것이 무엇인지에 대해 그동안 사로잡혀 있었던 것이다. 곧 누군가를 바꾸기 전에 자기 자신에게서 나온 의문을 해결하는 자로서의 글쓰기에 대한 자신에 대한 명령을 현실화한 것이었다.

'그래, 여기가 새로운 시작점이야.'

안나가 금방 만들어진 책의 냄새를 맡고 눈을 감고 있을 때였다. 캐러썬이 와서 수많은 보구스 곰들과 사람들이 언어의 신의 성 앞에 모여 있다고 보고했다. 질리벗은 첫 번째『하룰러 책장』의 크기 변환에 대한 준비를 끝낸 상태라고 했다.

"캐러썬, 질리벗을 불러와요."

안나가 차분하게 말했다.

질리벗은 안나가 특수한 크기로 책장을 만들어 대량 배포하도록 할 줄 알았지만 안나는 이렇게 말할 뿐이었다.

"각자에게 물어보고 크기를 각자에게 맞게 정해서 만들어줘요. 번거롭겠지만 부탁해요."

질리벗은 귀찮아하기는커녕 안나의 뜻을 읽고는 기쁜 마음으로 그렇게 하겠다고 대답했다. 우선 질리벗은 안나의 성좌(聖座)가 있는 홀에 특별히 꽂아놓은 안나의 아흔 권의 책들이 꽂힌 책장을 손바닥만한 크기로 만들고는 밖으로 나갔다.

보구스 곰들과 사람들이 모두 흩어진 것은 그로부터 일주일 후였다. 질리벗의 능력은 특별해서 여러 사이즈와 디자인의 책장을 만들어놓고는 보구스 곰들과 사람들을 각자가 원하는 사이즈와 디자인의 책장이 놓인 그 뒤로 줄을 서게 한 다음 대량 생산해서 배포했고 이에 딱 일주일이 걸린 것이었다. 생각보다 빠른 진행이었다.

안나는 질리벗에게 감사를 표하고 질리벗 또한 안나의 새로운 시작에 그녀가 함께 할 수 있어 기쁘다고 정중하게 대답했다. 질리벗은 그러나 캐러썬이 안나에 대해 가지는 마음을 읽을 수 있었는데, 질리벗으로서는 그것이 그렇게 싫지 않았다. 질리벗은 캐러썬이 인간적으로 행복해질 수 있기를 바라고 있었기 때문이다.

안나의 집필은 계속되었는데 안나는 생각하는 것과 집필하는 것만을 위해 태어난 것처럼 집필에 몰두했다. 책장 하나에 꽉 채울 만큼의 책들이 쌓일 때마다 질리벗은 모여든 자들을 위해 책장을 사이즈와 디자인대로 만들어 나누어 주었다.

그리고 10년이라는 시간이 흘렀다.

안나는 자연적인 속도로 자라 숙녀가 되었고 그녀가 쓴 책만 해도 천 권을 훌쩍 넘겼다. 그리고 이 세계의 존재들이 알게 된 것은 언어의 신의 의미를 매길 때 안나의 경우에 있어서의 특별함이었다. 그들은 안나의 저술을 통해 새로운 세계를 지적으로 경험하고 내면적으로 변화를 겪고 안나의 성장과 함께 성장해왔던 것이다.

언어의 신의 성벽에 걸려있던 붉은 링들이 움직임을 멈춘 것도 이 무렵이다. 이 세계의 존재자들의 내면적인 언어의 질서가 갖춰지자 특별히 외부에서 주어지는 질서는 필요가 없게 된 셈이었다. 붉은 링들은 다시 고정되어 언어의 신의 성의 상징처럼 남았다.

안나는 문득 그녀의 옷장에 있는 수많은 드레스들 쪽으로 걸어갔다. 그것들을 하나씩 입어보고는 허리 라인을 보며 그녀가 여자로서 성장했다는 걸 문득 깨달은 것이다. 그리고 다시 드레스들을 잘 두었다.

안나와 함께한 캐러썬은 늙지도 않아서 10년 전과 지금까지 항상 같은 모습이었다. 그러나 안나의 책을 접하면서 그의 지성도 안나와 함께 컸다. 오히려 그가 지금껏 모호하게 알고 있던 것들을 안나의 책을 통해 더욱 체계적이며 광범위하게 정리했고 지금 그는 굉장히 강한 언어의 사자 캐러썬이었다. 질리벗은 나이가 들어서 책장 디자인과 사이즈 제작에서 물러나기로 했으며 그녀는 그녀의 집으로 돌아갔다.

이에 캐러썬은 직접 안나의 책장을 사람들에게 나누어주는 일을 하기로 했다. 그동안 질리벗에게서 배운 것도 있고 해서 그는 책장을 디자인하고 사이즈를 제작하는 일에 제법이었기 때문이다.

어느 날 안나는 옷장에서 다시 화이트 드레스를 꺼내 입었다. 이번에는 그 옷을 입고 그녀의 성좌(聖座)까지 왔다. 성좌 앞에 누워 책을 읽던 캐러썬은 안나의 자태를 보고 깜짝 놀랐다. 세월이 이만큼이나 흘렀나 싶었고 동시에 안나 셜릿은 이제 주근깨도 없는 하얀 피부에 웨이브진 긴 금발머리의 숙녀였기 때문이었다. 누구라도 이런 안나의 모습을 본다면 청혼하고 싶을 거라고 캐러썬은 생각했다.

"너무 아름답습니다." 캐러썬이 말했다.

"몸이 달라진 걸 요즘 들어 느꼈어. 그동안 너무 집필에 몰두해 있었나봐. 집필은 내가 언어의 신으로서 설 수 있는 유일한 일이어서 너무 몰두했었어. 이젠 조금 천천히 가려고 해."

안나가 말했다.

그때 홀로 들어서는 수의 신 리카르토 아모리지는 하얀 드레스의 고혹적인 자태로 서 있는 안나를 보고 멈칫 그 자리에 섰다. 지금까지 그에게 수많은 여자들은 본질적인 일에 몰두하지 못하면서 자신을 내면적으로 성숙시키는 일에 동떨어진 경우에 속한 적이 많았고 따라서 리카르토 아모리지는 100년째 수의 신의 일을 해오면서 결혼을 하지 않았던 것이다. 안나의 책을 10년째 애독하고 있는 그로서는 여자로서의 안나의 모습을 처음 본 순간 그의 모든 지성과 감성이 반응하며 마음속에서 흔들림 같은 것이 분명하게 일어났다.

캐러썬이 자리에서 일어나서 수의 신에게 인사를 했다. 수의 신은 그러나 차가운 테두리를 지녔기 때문에 자신의 감정을 누가 읽을 수 있게 허락하지 않는 스타일이었다. 안나도 캐러썬도 수의 신의 지금 하얀 드레스를 입고 있는 안나에 대한 끌림을 알 수 없었다. 다만, 수의 신 자신만큼은 이 감정을 또렷하게 느끼고 있었다.

"수의 축이 이 세계의 모든 것을 질서 있게 흐르도록 제대로 기능하고 있습니다. 언어의 축이 사람들의 지성에 대한 성숙으로 더 이상 기능하지 않는다고 하셨지만 수의 축이 여전히 기능하고 있으니 안심하셔도 됩니다."

리카르토 아모리지가 그렇게 말했을 때 안나는 고개를 가볍게 끄덕였다.

"수고해 주시니 감사할 따름입니다."

"헌데 그 드레스는 원래 가지고 있던 것입니까? 지난 10년 동안 한 번도 그대가 드레스를 입은 걸 본 적이 없어서 말입니다. 헛말이 아니라 정말 어울리고 아름다우십니다."

리카르토 아모리지가 정중하게 말했다.

"이젠 이런 옷을 입어야죠. 나이가 들었으니까요. 예전처럼 집필에 쫓기지도 않고 바쁘지도 않고 여유롭게 아름다운 젊은 여자가 되려고 하니까요."

안나의 말에 만족한 수의 신이다.

그는 데이트 신청을 하지 않고 돌아갔다. 돌아가면서 며칠 내로 전령을 보내 그의 성으로 식사 초대를 할 생각을 하면서 말이다. 리카르토 아모리지가 돌아가고 컬레인이 언어의 신의 성의 홀로 성큼 들어섰다. 그는 도착하자마자 캐러썬의 옆구리를 발로 찼다.

"멍청이 같은 놈."

컬레인이 캐러썬에게 그렇게 내뱉었을 때 이미 안나는 다시 집필을 하기 위해 서재로 올라간 뒤였다.

"별의 위치가 조정되고 있어." 컬레인이 한숨을 내쉬며 말했다.

"무슨 별?"

"너와 안나의 운명에 막강한 수의 신의 별이 접근하고 있다고."

"뭐? 그게 무슨 말이야?"

캐러썬이 아둔하게 반응하는 것이 영 못마땅한 컬레인이다.

"신들은 자신의 영역에서 제일 능력을 잘 발휘하지만 그렇지 않은 영역에서도 상태가 최상인 존재들이야. 운명의 신인 룸볼트가 특별히 거부만 하지 않는다면 너와 안나의 운명도 뒤바뀔 수도 있어. 수의 신이 지금 안나와 그의 미래에 대해 운명을 조정하고 있다구."

"리카르토 아모리지가?" 캐러썬이 눈을 휘둥그레 떴다.

"다행히 너와 안나의 운명에 대해 알게 되는 걸 피하기 위해 내가 너의 별을 조그맣고 어둡게 만들어놓았지만 수의 신이 그와 안나의 운명을 결혼으로 이어버린다면 죽음의 신이 너를 인간의 형상으로 만들어줄지도 의문이야.”

캐러썬은 그러나 고개를 약하게 저었다.

“나보다는 수의 신이 안나를 더 잘 지켜줄 거야.”

컬레인의 앞발이 캐러썬의 얼굴을 강하게 가격하고 캐러썬이 우욱, 하며 쓰러진다.

“문제는 안나 셜릿이 사랑하고 있는 상대가 바로 너라는 거지.”

컬레인은 그 말을 하고는 휙 하고 돌아서서 밖으로 나가버렸다. 곧 안나 셜릿이 잠옷 차림으로 홀로 내려왔다. 캐러썬의 볼에 큰 상처가 있는 걸 보고 안나가 깜짝 놀란다.

“무슨 일 있었어요? 캐러썬? 이게 다 뭐예요?”

안나는 그녀의 가늘고 하얀 손으로 가볍게 캐러썬의 얼굴을 만졌다. 손길이 닿은 곳마다 상처가 치료되고 안나는 가끔씩 나타나는 그녀의 초월적인 힘에 그저 미소를 지을 뿐이었다. 안나는 그 힘이 왜 나타나는지 알 수 없었기 때문이다.

‘당신을 사랑할 수 없어요. 왜냐하면, 나는 이미 인간이 아니라 나오프 사자니까.’

캐러썬은 그의 뺨을 어루만지는 안나의 다정한 표정을 문득 바라보았다. 이대로 아무 것도 바라지 않으며 그녀의 곁에 오직 캐러썬이 있어주기를 바라는 마음이 읽혔다. 안나가 사랑은 아니지만 마음에 둔 이는 오직 캐러썬 밖에 없다는 것도 캐러썬이 이 순간 알게 된 바다. 그러나 캐러썬은 알았다.

‘나는 인간의 모습으로 학습되지 못했어요. 나는 사자입니다. 나는 그 사실을 너무나 잘 알고 있습니다. 안나 셜릿, 나의 레이디.’

# 레커렐의 별

    안나가 지난 10년간 천 권이 넘는 저서의 집필을 위해 달려왔다
면 운명의 신 룸볼트는 존재들 사이의 운명을 정리하고 연결하는 힘
을 조정하는 별판을 만드는 데에 주력했다. 그 별판은 운명의 신의 성
의 홀 한가운데에 위치해 있고 별판이 위치한 홀의 공중은 열려있으
며 밤이 되면 밤하늘의 별을 모두 투영하여 별판 위에서 볼 수 있으
며 또한 별판에서 운명의 신의 권한으로 존재들 사이의 운명을 조정
할 수 있다.

    룸볼트는 물론 수의 신 리카르토 아모리지가 안나와의 운명에 자신
을 개입시킨 새로운 별이 등장한 걸 눈여겨보고 있었다. 그리고 그 자
신도 여태껏 관심이 없었던 캐러썬의 별이 궁극적으로는 안나와 연결
되어 있고 지금은 희미하게 남아있는 것도 확인했다. 운명의 신은 고
민에 빠졌다. 나름대로 자신의 의지를 가지고 운명을 형성하는 별들
에게 보다 올바른 선택은 어떠한가에 대해 물어보기로 했다.

    룸볼트는 별판 앞에 서서 앞발을 들어 여전히 눈부시게 빛나고 있
는 별들의 질서로 가득한 별판을 천천히 회전시켰다. 그리고 그의 질
문을 써넣은 두루마리를 만들어 별판 가장자리의 구멍에 넣었다. 별

들이 더욱 반짝이기 시작했다. 그리고 별들 사이에 다시 운명의 조정이 시작되었다. 룸볼트는 수의 신이 설정한 운명의 별은 겉으로 보기에 안나와 연결되지만 궁극에는 수의 신이 확인할 수 없는 운명의 엮임에 의해 수의 신이 볼 수 없는 희미한 캐러썬의 별이 안나와 닿아 있다는 해석을 내릴 수 있었다.

'원래 캐러썬은 인간 아이였지.'

그는 희미한 과거를 되새긴다. 어린 아이의 캐러썬의 모습이 떠오르고 룸볼트는 눈을 질끈 감는다. 그리고 캐러썬이 안나에 대해 단념하고 있다는 걸 빠르게 계산하고는 죽음의 신이 아니더라도 운명의 신인 자신이 언제고 때가 이르렀을 때 캐러썬을 멋진 인간 남자로 만들어 주어야겠다고 생각했다. 그러려면 형상의 변형과 형성에 대한 수의 공부를 마쳐야 했다. 룸볼트는 그 일에 착수했다. 창조와 수에 대한 파악은 수의 신뿐만 아니라 운명의 신과 죽음의 신에게도 필수적인 공부였고 또 발휘해야 할 능력이었다.

별판에는 캐러썬의 별이 희미하지만 안나의 별과 동떨어져 존재하고 있다. 안나의 별 가까이에서 밝게 빛나는 수의 신의 별은 결국 캐러썬의 별 즉『레커렐의 별』에게 운명을 내줄 것이다. 그것이 별들이 조정한 질서였으며 동시에 룸볼트의 의지였다. 캐러썬의 별은『레커렐의 별』이라는 이름을 가진 별로서 '주인을 알아본다'는 뜻의 별이다. 실제로 자신의 주인인 캐러썬의 운명의 모든 영역을 관장하는 특수한 별로 이번에 새로 생성되었다. 이전에 캐러썬의 별로 자리하고 있던 별이 교체되고 새롭게 그 자리에 모습은 같도록 희미한 빛으로 들어선 것이다. 그러나 모든 별들의 지지를 받고 또 특별하게 운명의 신의 힘을 입은 만큼 가장 강한 운명의 축 한가운데에 자리 잡고 있었다.

한편, 수의 신 리카르토 아모리지는 자신과 안나의 별이 잘 연결되다가 마지막 부분에 가서 무언가 희미하게 되어버린다는 것을 알게 되었다. 이에 대해서는 운명의 신의 도움이 있어야겠다고 생각해서 그는 룸볼트를 찾아왔다.

수의 신이 들어설 때 홀에 있던 별판은 지하로 내려가고 바닥의 뚜껑이 닫히며 동시에 홀 천장에 있던 공중도 닫혀버렸다. 그저 평범한 홀로 바뀌었다. 수의 신은 자신의 계획을 말하기가 민망한 모양이었다. 그것도 그럴 것이 언어의 신 안나 셜릿을 자신과 결혼하도록 운명을 짜달라는 부탁은 그로서도 부끄러웠던 것이다. 룸볼트는 그의 그런 성격을 간파하고 이것저것을 얘기하다가 그저 그가 그 얘기를 꺼내지 못하고 돌아가게 만들었다.

다시 공중이 열리고 룸볼트는 『레커렐의 별』을 보며 희미하게 중얼거렸다.

"『레커렐의 별』, 네 주인을 인도하라. 끝까지."

그리고 캐러썬은 다시 컬레인의 방문을 받았다. 컬레인은 고개를 갸웃했다.

"아주 약간의 조정이 있었어. 별들의 흐름에. 하지만 나는 읽지 못했지. 뭘까? 룸볼트에게 가서 물어볼까?"

"쓸데없는 일에 운명의 신을 복잡하게 만들지 마." 캐러썬이 내뱉었다.

"까칠한 녀석하고는." 컬레인도 내뱉었다.

"오랜만에 은하수 유영이나 하러갈까? 언어의 신은 또 집필 중이시겠지?"

컬레인이 말했다.

"집필하고 계셔. 특별히 언어의 신의 성 주변은 수의 신이 보호막을 잘 깔아놓고 수시로 관리하고 있지."

캐러썬의 말이 무언가 무관심하다.

"가자, 유영한지는 정말 오랜만이야." 캐러썬이 다시 말했다.

두 사자가 창밖으로 뛰어오르고 그들은 하늘 끝까지 올라가서 가까운 은하수에 닿았다. 별들 사이로 몸을 내맡기며 별들의 흐름처럼 그들도 함께 흘렀다. 꽤 오랜 시간의 유영 뒤 컬레인은 죽음의 신의 성으로 돌아가고 캐러썬은 언어의 신의 성으로 돌아왔다. 있는 건 플루벳이 전해주는 메모 한 장이었다. 수의 신의 저녁 식사 초대에 응해서 간다는 안나의 말이었다. 그는 안나가 있는 곳이라면 어디라도 가야 했다. 어서 수의 신의 성으로 향했다. 그러나 수의 신이 쳐둔 보호 장막 때문에 결계에서 들어가지 못하고 밖에서 기다렸다.

그러나 『레커렐의 별』이 반짝하고 빛난 순간 수의 신이 쳐둔 보호 장막의 어느 부분이 찢어지고 캐러썬은 기다렸다는 듯이 수의 신의 성으로 들어갔다. 성에는 아무도 없어서 캐러썬은 쉽게 성으로 들어갈 수 있었다. 날카로운 비명 소리, 안나의 것이 분명했다. 캐러썬은 비명 소리가 들려온 쪽으로 본능적으로 쏜살같이 내달렸다. 수의 신의 침실이었고 안나는 억지로 끌려온 듯했으며 드레스의 아랫부분이 찢어져 있고 가슴도 드러나기 직전이었다. 수의 신은 안나를 억지로 안고 그의 혀를 안나의 얼굴에 날름거리고 있었다.

캐러썬이 수의 신을 물어서 창밖으로 내동댕이쳐버린 것에 대해, 후에 회복한 수의 신이 캐러썬에 대한 영구 징계를 죽음의 신과 운명의 신에게 요청했지만 그의 부도덕한 행동에 대한 정당한 방어가 인정되어 그의 요청은 기각되었다. 그리고 수의 신이 안나에게 가한 행동은 세계 전체로 퍼져나가 새로운 수의 신의 등장이 요구되었다. 곧 새로운 수의 신의 후임자와는 상관없이 리카르토 아모리지는 짐을 싸서 신들의 안식처로 들어갔다.

안나가 성의 정원에서 드레스를 비롯한 스커트 등 여성적인 옷들을 모두 불태우는 것을 캐러썬은 그저 지켜만 보았다. 그리고 마음먹은 건, 그 어떤 남자든 존재든 그 어떤 누구에게라도 안나를 넘겨줄 수 없다는 그의 굳은 결심이었다. 그 순간 안나 곁에 있던 수의 신의 별은 사라지고『레커렐의 별』이 안나의 별 곁에서 강한 빛을 내며 자리잡았다.

룸볼트가 캐러썬을 불렀고 캐러썬은 룸볼트가 별판을 보여주며 운명을 설명해주는 것을 잠시 듣고 있었다.

"운명이란 그것을 움직이는 별들 사이의 합의이면서 운명의 신의 조정과 동시에 당사자들 사이에서의 진정성이란 얘기군요."

캐러썬이 정리했다.

"그러해. 그러하단다." 룸볼트가 늙은이처럼 말했다. 정확하게는 운명의 신이 된 룸볼트가 그렇게 대답했다.

"너의 별은『레커렐의 별』이다. 별들이나 나나 그리고 너의 궁극적 원함이 하나로 흐르고 있다. 안나를 지켜라, 끝까지. 그것이 네 운명의 전부다."

캐러썬은 룸볼트의 말에 그를 잠시 쳐다보았다.

"절대 약해지지 않을 겁니다. 내가 사자라도 인간이라도 혹은 다른 것이라 할지라도 안나를 지키는 것은 내 몫입니다. 더 이상 내 형상에 상관하지 않겠습니다."

"아니야. 아니야. 때가 되면 사랑을 이루어주겠어.『레커렐의 별』이 열리면, 그 별도 자신의 운명을 다하고, 너를 매력적인 인간 남자로 만들어줄 거야."

운명의 신이 부드럽게 말했다.

캐러썬은 고개를 돌려 눈물을 삼키고 있었다. 다시 고개를 돌려 운명의 신을 똑바로 쳐다보았다.

"허락된 것입니까?"

"진심을 연결해 주는 것이 우리의 몫이니까."

룸볼트가 간단하게 대답해주고는 별판을 다시 바닥 밑으로 넣고 공중을 닮았다.

"그러니 더 이상 묻지 말게. 네 운명에 대해. 그건 바로 너의 강한 의지와도 일치하니까. 우린 그걸 존중하고 있으니까. 참, 죽음의 신과의 의논에서 우리는 이 세계에 더 이상 수의 신의 자리를 놓지 않기로 했네. 우리가 수의 신의 영역을 마스터할 터이니 더 이상 수의 신이 필요하지 않은 거지. 게다가 신이 많으면 세계가 더욱 혼란해질 거리가 많아. 이 말을 안나에게 전해주게."

캐러썬은 고개를 숙이고 룸볼트에게 인사를 하고는 창밖으로 뛰쳐나갔다. 밤의 은하수 사이로 『레커렐의 별』이 가장 빛나게 반짝이고 있었다.

캐러썬이 하얀 별처럼 언어의 신의 성으로 다가오고 있는 걸 보면서 캐러썬이 성 안으로 들어간 것을 확인한 후 한때는 수의 신의 전령이었지만 지금은 그저 평범한 도마뱀으로서 살아가게 된 그 도마뱀은 언어의 신의 성을 돌아 흐르는 강물에 무언가를 풀어놓았다. 그것은 뭄푸사 ―머리카락처럼 가늘며 작지만 독뱀― 의 알 수천 개를 방류한 것이었다. 곧 그것들은 알에서 톡톡 깨어나 강물을 건너 언어의 신의 성벽으로 기어 올라가기 시작하더니 순식간에 성 안으로 진입했다.

성 안의 쥐들은 모두 잠들었고 뱀들은 열을 이루며 안나의 침실을 찾기 시작했다. 수의 신 리카르토 아모리지가 불명예를 안고 호락호락하게 신들의 안식처로 들어가지는 않은 것이다. 그는 마지막 명령으로 도마뱀에게 안나 셜릿이 뭄푸사에 둘러싸여 죽도록 사주를 해놓고 떠난 것이다.

그러나 이상하게도 뭄푸사는 안나 셜릿의 방문 앞에서 더 이상 움직이지 못하고 서로 얽혀 들어서 덤불 마냥 있기만 했다. 안나 셜릿의 공간에서 발산되는 성스러운 기운은 더욱 투명하고 하얗게 반짝이며 뭄푸사들이 그 안으로 접근하지 못하도록 만들고 있었다. 뭄푸사들을 최초로 발견한 캐러썬은 얼굴을 일그러뜨리며 그것들이 독뱀인 줄도 알지만 뭉쳐있는 대로 이빨로 뜯어내 씹고는 내던져버렸다. 제법 많은 뭄푸사들이 처리되었을 때 캐러썬은 그의 몸에 독이 퍼지고 있다는 것을 알게 되었다.

남은 뭄푸사들이 저절로 물러가고 언어의 신의 성은 조용해졌다. 안나가 문을 딸깍 하고 열고 나왔다. 캐러썬의 얼굴이 보랏빛으로 질린 것을 본 안나는 깜짝 놀라 캐러썬을 껴안았다. 그녀는 다시 손으로 캐러썬의 얼굴을 쓰다듬었다. 그러자 캐러썬의 얼굴은 다시 하얗고 순수한 나오프 사자로 돌아왔다. 캐러썬이 눈을 떴다.

"뭄푸사들이었습니다."

"나도 알아. 캐러썬. 누가 시켰는지도 알고 말이지."

안나가 조용조용하게 말했다.

"나의 힘이 돌아오고 있어. 그 힘들은 사라진 게 아니었어. 단지, 때를 기다린 것뿐이야. 지금『내면의 질서』가 희미하지만 다시 형성되었어. 수의 인식이나 언어의 인식도 깨끗하게 되고 기타의 것들도 창조가 가능한 상태야. 뭄푸사에 대한 건 잘 알고 있으니까 설명하지 않아도 돼."

"힘이 돌아왔다구요?"

캐러썬이 벌떡 일어섰다.

"내가 형성한 나의 힘이니까 누가 빼앗아가도 빼앗길 수 없는 힘인 거야. 그걸 잊고 있었어. 그건 내가 수많은 책을 저술하고 난 뒤 새로운 시야를 세웠을 때 내 안의 다른 쪽에서 내가 그 힘들을 보아주기를 기다리고 있었을 뿐이야. 나는 이제 그 힘들을 내 힘으로 바로 세울 거야. 다시는 빼앗기지도 않을 거고."

안나 셜릿의 목소리는 조용조용할 뿐이었다.

"오랜만에 캐러썬의 배를 베고 잠들고 싶어."

“그렇게 하시지요.”

캐러썬의 말에 안나는 캐러썬 위에 올라타고는 성좌(聖座)가 있는 홀로 이동했다. 두툼한 붉은색의 카펫 위에 캐러썬이 눕고 안나는 캐러썬의 배를 베고 누워 곧 잠들었다. 다 큰 숙녀이지만 캐러썬에게는 여전히 처음 보았을 때의 안나의 모습 그대로로 느껴졌다.

며칠이 지나고 그녀 자신의 언어의 신으로서의 근본적인 힘을 모두 회복한 안나는 이를 운명의 신과 죽음의 신에게 알렸다. 그들은 놀라우면서도 기쁘다고 답신을 보내왔다. 안나는 어떻게 해서 자신의 힘을 회복하게 되었는지에 대해 자세하게 알렸기 때문에 운명의 신과 죽음의 신은 이를 자세하게 이해할 수 있었다.

운명의 신 룸볼트로서는 그 힘이 안나 셜릿이 언어에 대해 철저해진 후 주인에게 다시 돌아온 것이라 해석했고 죽음의 신 프라이 베르노는 그 자신도 고통 속에 있었듯이 안나로서도 고난을 겪고 그 힘을 사용할 수 있는 권한을 얻은 거라고 해석했다.

동시에 안나 셜릿은 밤하늘의 별들을 볼 수 있었는데 마침 그녀 옆에 다크 메신저가 나타나서 함께 서 있었다.

“다크 메신저, 언제나 그대로이시군요.”

“시간이 얼마 지나지 않았을 뿐입니다.”

“별들의 질서와 별들이 말하는 바를 읽을 수가 있게 되었어요. 그리고 저 별의 주인과 제가 연결된다는 데 저 별은 어떤 별이지요?”

다크 메신저가 미소를 지었다.

“『레커렐의 별』입니다. 당신과 가장 가까운 분의 별이지요.”

안나는 눈을 휘둥그레 떴다.

“캐러썬?”

다크 메신저가 껄껄 웃었다.

“왜 무섭습니까? 사자와 결혼하는 것 말입니다.”

안나는 최대한 침착하자고 했지만 발을 동동 굴렀다.

"아니에요. 무섭지 않아요. 하지만 캐러썬, 캐러썬, 캐러썬……."

"뭐가 문제입니까?"

"캐러썬이 절 여자로 생각하지 않을 거예요."

안나는 오히려 그 점이 걱정되는 모양이었다.

"캐러썬은 당신을 사랑하고 있고, 저 수많은 별들이 언어의 신과 캐러썬의 사랑을 지지하고 있으니, 저 『레커렐의 별』도 존재하는 거지요. 캐러썬은 다만 조심스러울 뿐입니다. 캐러썬은 그리고 두려워하고 있지요. 안나 셜릿 당신이 그를 밀어낼까봐, 싫어하게 될까봐, 무서워하게 될까봐."

안나는 눈물을 뚝뚝 흘렸다.

"『레커렐의 별』이 말해 주는 걸 다 읽을 수 있어요. 그게 캐러썬의 저를 향한 마음이라는 것도. 수많은 노래들과 수많은 마음이 읽혀요. 그건 수많은 책들보다도 감동적이에요. 사랑이라는 건 이렇게 복잡한 존재의 마음도 울리는 건가 신기해요."

안나가 말했다.

"진정성이 있기 때문에 언어에 대해 가장 복잡한 존재인 당신의 마음을 울릴 수가 있는 겁니다. 캐러썬의 당신에 대한 진정성 그것이 저 『레커렐의 별』이 언제나 당신을 바라보는 이유입니다."

안나가 다시 훌쩍이다가 문득 옆을 쳐다보았을 때 다크 메신저도 어디론가 가고 없었다. 그때 캐러썬이 안나의 방으로 들어왔다. 캐러썬은 안나가 울고 있는 걸 확인하고 놀라서 묻는다.

"무슨 일 있으십니까?"

"캐러썬, 마음이 시키면 시키는 대로 해야 해. 마음에 담고 있지 마. 네 마음이 진심이면 누구도 널 거부하지 않아. 그 누구가 바로 나일 때 말이야."

안나는 캐러썬에게로 달려가 그의 목을 껴안고는 엉엉 울었다.

눈시울이 붉어진 것은 캐러썬도 마찬가지였다.『레커렐의 별』이 점점 더 빛나고 있었다. 캐러썬의 몸이 달라지기 시작했다. 얼굴은 하얀 조각처럼 다듬어졌으며 황금 갈기는 웨이브진 짧은 금발로 바뀌었고 옷은 검은색의 정장 차림이었다. 안나는 문득 그녀가 안고 있는 이가 인간임을 깨달았다. 천천히 고개를 들어 그를 쳐다보았다.

"캐러썬입니다. 안심하십시오.『레커렐의 별』이 마지막 임무를 다한 겁니다."

안나는 놀라운 눈으로 몸을 일으키는 캐러썬을 쳐다보았다.

"캐러썬?"

"네, 제가 바로 당신의 나오프 사자 캐러썬입니다. 몸이 바뀌었다고 해서 제가 달라지거나 저의 임무가 바뀌는 건 아닙니다. 저는 언제나 당신의 캐러썬일 테니까요."

안나는 재빨리『내면의 질서』를 가동하고 지금의 상황을 해석했다. 잠시 후, 다시 키가 큰 캐러썬을 올려다보는 안나는 캐러썬의 얼굴을 만지고 머리를 만지고 어깨와 손을 만졌다.

"캐러썬이야. 확실해."

안나는 놀라서 픽 하고 쓰러졌다. 인간 남자가 된 캐러썬은 안나를 침대에 눕히고는 이불을 덮어주고 창가에서 별을 쳐다보았다.『레커렐의 별』은 점점 희미해지더니 곧 사라졌다.

# 부피의 나무

언어의 신 안나 셜릿과 캐러썬의 결혼은 이 세계에서 가장 큰 크기를 자랑하는 『부피의 나무』 아래에서 거행되었다. 결혼식에는 죽음의 신 프라이 베르노와 컬레인, 운명의 신 둠몰트, 다크 메신저, 그리고 질리벗이 참석하였고 하얀 히아신스로 장식된 낮은 기둥들 사이로 안나의 손을 잡은 캐러썬이 입장했고 가장 나이가 많으며 이 세계가 생겼을 때 태어난 『부피의 나무』가 이 결혼의 주례를 섰다. 언어의 신의 성에 사는 수많은 생쥐들이 하얀 드레스와 슈트를 입고 두 손을 모으고 안개꽃처럼 신랑과 신부의 뒤에 서 있었다.

『부피의 나무』는 입을 힘겹게 움직일 때마다 두둑 하는 소리를 냈으며 마침내는 축복의 말을 전하고 주례를 마쳤다.

"언어의 신 안나 셜릿과 캐러썬의 결혼을 인정하노라."

『부피의 나무』가 느릿느릿하게 그렇게 외쳤을 때 생쥐들은 그들이 들고 있던 적당한 크기의 하얀 히아신스 부케들을 하늘로 던져 올렸다.

안나 셜릿과 캐러썬이 키스를 하고 질리벗과 다른 벗들은 행복에 젖어들었다.

그들은 따로 여행을 가지 않고 바로 언어의 신의 성으로 돌아왔다.

안나는 그녀의 언어의 신으로서의 일을 하루도 비우지 않기를 원했고 또 이에 캐러썬이 따랐기 때문이다. 캐러썬으로서는 그도 여러 가지를 좀 더 확실히 배우고 익히는 데 주력하려던 참이었다. 안나는 다른 두 신들처럼 수의 신의 공백을 메우기 위해 수를 익히는 데 애쓰고 있었다. 캐러썬으로서는 수의 신과 안나 사이에 있었던 나쁜 일에 대해서는 이야기를 꺼내지 않았다.

이제 공중 도움닫기를 할 수 없게 된 캐러썬은 이동에 관한 여러 가지 방법들을 찾고 있었다. 어렵사리 인간 세계에 있는 자동차의 고전적인 형태를 만들어낸 캐러썬은 그걸로 이 세계에서 움직이기 위해 시도하다가 포기했다. 왜냐하면 이 세계에는 끊어진 부분들이 너무 많아서 공중을 이용하지 않고서는 이동하기가 어려웠기 때문이다. 캐러썬은 지상의 도로 건축에 대해 안나에게 의견을 전했다. 안나는 좋은 생각이라며 추진해 보겠다고 했다.

안나는 그녀의 신으로서의 힘을 회복하고 또 수에 대한 학습을 실현하고 적용하기 위해 이 세계 전반에 걸친 지상 도로 건축에 나섰고 그 결과 한달 후 제법 괜찮은 도로 체계가 건축되었다. 안나는 도로의 지선 하나하나마다 일일이 계산을 확인했으며 확인 작업이 끝나자 긴장을 풀었다. 캐러썬은 잠든 안나의 머리칼을 만지고는 이불을 덮어주고 문을 닫고 나왔다.

캐러썬으로서는 자동차의 운행을 시험해 보아야 했다. 우선 도로 교통으로 죽음의 신의 성까지 확실히 도달할 수 있었고 운명의 신의 성까지도 도달할 수 있었다. 그리고 문득 생각이 이른 곳은 『부피의 나무』였다. 그가 결혼식을 했고 또 주례까지 서주었던 『부피의 나무』가 생각났던 것이다. 이 세계의 제법 끝에 있는 그곳까지 주행을 했다. 캐러썬이 이 세계에서 만든 자동차는 이 세계에서 흐르는 신들의 힘을 자동적으로 끌어들여 그것을 연료로 쓰기 때문에 따로 연료 주입이 필요하지는 않았다. 제법 오래 주행해 도달한 끝에 있는 『부피의 나무』는 얼마 전과는 달리 죽어서 바싹 말라 있었다.

뭔가가 훌쩍거리고 있는 것 같아서 차에서 내려 『부피의 나무』 가까이로 가보았다. 바로 파란 요정 필벗이었다.

"필벗, 여긴 웬일이니?"

"저를 아세요?"

"나, 나는 바로 캐러썬이란다."

"인간이 되셨다는 게 사실이로군요. 폴라 이도넬 부인이 돌아가셨어요. 『부피의 나무』는 폴라 이도넬 부인이 돌아가셨다는 소식을 듣고 자신도 생명을 잇는 걸 포기하고 죽음 속으로 들어간 거예요."

"잠깐만. 폴라 이도넬 부인이 왜 돌아가셨지?"

"캐러썬이 잿빛 문 소환에서 돌아오지 않았고 또 그녀의 할 일을 다한 것으로 인식해 죽음의 문이 열렸던 거예요. 그리고 원래 폴라 이도넬 부인은 『부피의 나무』의 유일한 딸이에요. 오랫동안 살아서 자손이 많을 거라는 건 편견이에요. 오직 오랫동안 품어오다가 만든 유일한 존재가 폴라 이도넬 부인이죠. 이를테면 인간의 모습으로 만들기 위해 『부피의 나무』가 노력한 거예요. 그리고 폴라 이도넬 부인은 자라는 과정에서는 『부피의 나무』 주위를 맴돌다가 다 커서는 쿠로벨 성을 지키는 성(城) 지기가 되었는데 그건 오래 전의 운명의 신이 그 역할을 정해준 거죠."

"폴라 이도넬 부인은 언제 돌아가신 거지?"

캐러썬이 물었다.

"캐러썬이 안나와 결혼한 후, 쿠로벨 성으로 되돌아 올 수 없다는 걸 안 뒤인 걸로 알아요. 그리고 『부피의 나무』도 죽어버렸구요."

"이런!"

캐러썬은 자리에서 일어나서 필벗을 손 위에 올렸다.

“너는 우선 네 종족에게 가 있거라. 이 문제는 내가 해결할 테니.”

“부탁해요.”

필벗은 날개까지 젖어 있어서 캐러썬이 손수건을 꺼내 닦아주어야 했다. 곧 필벗이 날아오르고 어딘가로 가버렸다. 죽어있는 『부피의 나무』를 보자 오랜 세월 동안 그를 자는 내내 지켜주었던 폴라 이도넬 부인이 생각나서 마음이 아려왔다.

우선, 캐러썬은 차를 몰아 운명의 신의 성까지 도달했다. 룸볼트는 여전히 별판을 보고 있었다. 여기는 언제라도 낮이 없는 것처럼 밤인 것 같았다.

“제가 무엇 때문에 왔는지 알고 계십니까?”

인간 남자의 모습인 캐러썬이 나오프 사자의 형상을 한 운명의 신 룸볼트에게 물었다.

“두 개의 별이 인위적으로 사라졌어. 결코 그들 자신의 의지가 아니야. 또다시 외부 세계에서 힘이 가해졌다고. 그런데 누가 건드렸는지 파악하고 있는 중이야.”

룸볼트는 별판을 예의주시했다. 캐러썬도 별판을 보기 시작했다.

운명의 흐름이 나타나고 복잡하게 연결되고 움직이고 있었다. 캐러썬과 룸볼트는 거의 동시에 이 문제를 일으킨 자를 알아냈다. 예전의 언어의 신 헤라스 베니스토였다. 캐러썬은 헤라스 베니스토를 언어의 신으로서 교육하던 때가 떠올랐다. 그다지 영리하지는 않았지만 인내심이 있고 불의를 따르지 않는 성격이었다. 그런데 왜 이런 일의 배후에 그가 있는 건지 알 수 없어 머리가 복잡해졌다.

룸볼트는 왜 이런 일이 일어났는지 보다 자세한 사항을 알기 위해 별들이 서로 이어지면서 만들어내는 이유라든가 원인에 집중했다. 그것에 대해서는 캐러썬도 알 수가 없었는데 운명의 신은 무언가를 볼 수 있는 모양이었다. 마침내 운명의 신이 캐러썬의 얼굴을 쳐다보았다.

"안나 셜릿을 언어의 신으로 교육하는 데 시간이 얼마 걸리지 않았지? 헤라스 베니스토가 안나 셜릿에게 『언어의 서(書)』를 보낼 때 그저 안나를 겁주기 위해 그런 거였는데 안나가 진지하게 그걸 읽어내는 바람에 화가 좀 난 상태였고, 동시에 그 당시 죽음의 신이었던 필리코바 도리아스에게 그야말로 허무하게 죽음의 인을 찍혀 그의 마지막 떠남이 불명예가 된 셈에 안나가 모든 역경을 잘 이겨내고 언어의 신의 자리를 굳혀가자 신경질이 난 거야. 그래서 캐러썬에게 화가 나기도 한 그는 스스로 불확실한 죽음의 인을 만들어 폴라 이도넬 부인에게 붙였고 그리고 부인은 죽음처럼 보이는 자리에 이르렀다는 거지. 그런데 이 소식을 접한 『부피의 나무』는 스스로의 생명이 다해가는 위치에서 좌절해 그대로 숨이 끊겨버렸다는 거야. 지금 우선 움직여야 할 바는 쿠로벨 성으로 가서 폴라 이도넬 부인을 이 세계로 데리고 오는 거야. 죽은 것 같지만 그 인을 계속 붙이고 있으면 결국 죽게 될 거야."

"잿빛 문을 열어 주시고 돌아올 열쇠도 주십시오."

캐러썬이 당당하게 말했다.

"알겠네."

룸볼트는 별들을 회전시켜 새로운 운명을 짰다. 그리고 별판에서 황금빛 열쇠를 끌어올렸다.

"돌아올 때 문을 여는 열쇠야."

열쇠를 받아든 캐러썬은 운명의 신이 열어 준 잿빛 문 속으로 들어갔다. 곧 잿빛 문이 희미해지며 사라졌다.

"그 누구도 믿지 말게나. 심지어 나라 할지라도. 하지만 이번만큼은 들어주겠어. 나는 아직 안나의 은혜를 갚지 못했으니."

룸볼트가 중얼거렸다.

룸볼트는 신이 된 위치에서 오직 믿을 건 자기 자신 밖에 없다는 걸 인식하고 있었다. 그리고 그걸 언어의 신인 안나를 위해서라도 캐러썬도 알고 있기를 바랐다. 물론, 안나와 캐러썬은 그러한 편견 없이도 지금껏 모든 역경을 딛고 왔으며 그건 바로 서로에 대한 믿음 때문이었다고도 룸볼트는 생각했다. 그런 면에서 룸볼트는 안나와 캐러썬이 부럽기도 했다. 별판을 바닥 밑으로 내리고 바닥을 닫았다. 그의 카펫 위에 누워 눈을 감았다.

쿠로벨 성의 홀에서 열린 잿빛 문에서 나온 캐러썬은 폴라 이도넬 부인부터 찾았다. 냉랭함이 감도는 성(城) 안이었다. 폴라 이도넬 부인의 방문만이 굳게 닫혀있자 캐러썬은 뒤로 물러나서는 문으로 돌진했다. 문이 부서지고 폴라 이도넬 부인은 확실히 거기에 있었다. 손가락이 약간 꿈틀거리고 있었고 그녀의 이마에는 언어의 신이 만든 것이 확실한 죽음의 인이 붙어있었다. 캐러썬은 그걸 떼어내고 폴라 이도넬 부인을 안고 홀에 있는 닫혀 있는 잿빛 문에 황금빛 열쇠를 꽂았다. 문이 통하는 곳은 별들의 조정으로 언어의 신의 성으로 연결되다가『부피의 나무』앞으로 바뀌었다.

캐러썬은『부피의 나무』아래에 폴라 이도넬 부인을 눕혔다. 부인은 천천히 숨을 내쉬고 있었으나 아직 깊은 무의식에서 깨어나지 못한 상태였다. 부인의 기운을 느낀 건지『부피의 나무』가 두둑 하며 조금씩 움직였다. 스스로를 죽음 속으로 내몬『부피의 나무』는 죽음의 저 밑에서 살아있는 딸의 호흡을 느꼈던 것이다.

죽음의 신이 만든 인이었다면 폴라 이도넬 부인은 바로 죽었을 것이다. 그러나 언어의 신이 죽음을 흉내 내어 만든 것이라 오히려 다행스러운 일이었다. 필리코바 도리아스가 간섭을 안 하니 이젠 헤라스 베니스토마저 말썽이었다. 캐러썬은 천천히 눈을 뜨는 폴라 이도넬 부인을 바라보았다.

"정신이 드십니까?" 캐러썬이 물었다.

폴라 이도넬 부인은 천천히 주변을 두리번거리더니 나무 밑동에 손을 걸치고 일어섰다. 폴라 이도넬 부인은 인간 남자인 캐러썬을 찬찬히 쳐다보았다.

"캐러썬, 혹 캐러썬이 맞는가요?"

"네, 맞습니다."

"오, 캐러썬. 필벗이 말해 주었어요. 캐러썬이 인간이 되어 언어의 신과 결혼한 것 같다고요. 사실이라면 정말 축하해요."

폴라 이도넬 부인이 캐러썬을 덥석 안고는 그의 뺨에 키스를 해댔다. 당황한 캐러썬은 그저 폴라 이도넬 부인의 등을 토닥이고 있을 뿐이었다. 인간으로서 감정을 주고받는 것이 어떠한 것인지 조금은 이해할 수 있었다.

"헤라스 베니스토의 짓이었습니다."

캐러썬이 폴라 이도넬 부인을 떼어내며 말했다.

"알아요. 그가 직접 찾아왔었거든요. 그를 처음 만날 때를 떠올리며 이야기꽃을 피우다가 그가 제 이마에 죽음의 인을 붙인 줄도 모르고 잠들어버렸죠. 여긴 제가 자라던 곳이에요. 아버지의 터죠. 아버지는 아직도 살아계신 건지."

폴라 이도넬 부인은 눈물을 뚝뚝 흘렸다. 그때 두둑 하는 소리와 함께 죽어가던 나뭇가지에 생기가 돌더니 폴라 이도넬 부인을 가볍게 안았다. 폴라 이도넬 부인은 그녀의 두 팔을 뻗쳐서 나무를 안았지만 나무는 너무 굵어서 그녀의 두 팔에도 모두 잡히지 않았다. 나뭇가지는 마치 어른의 팔처럼 나이든 폴라 이도넬 부인의 등을 톡톡하고 두드렸다.

그리고 돌아선 폴라 이도넬 부인이 캐러썬에게 말했다.

"캐러썬, 돌아가서 그대의 인생을 살도록 하세요. 나는 가족에게로 돌아왔으니까요."

캐러썬이 머뭇거리며 말했다.

"여기가 정녕 부인의 자리입니까? 새로운 언어의 신이 나타날 때는 돌아오실 겁니까?"

폴라 이도넬 부인은 대답을 하기보다는 나무 기둥에 귀를 대고 잠시 거기에 귀를 기울였다.

"『부피의 나무』가 말하고 있어요. 다시 새로운 언어의 신의 모습이 보이지 않는다고. 아마 여기에서 안나 셜릿이 마지막 언어의 신일 거라고."

캐러썬은 깜짝 놀랐으나 다만 이 일에 대해 룸볼트나 죽음의 신에게 말해 줄 필요는 없다고 생각했다. 그때 수의 신을 그들의 합의 하에 처리한 후 이상하게도 운명의 신 룸볼트나 죽음의 신 프라이 베르노를 생각할 때마다 그들 또한 안나를 그렇게 처리할 수도 있겠다는 생각이 들었고 게다가 『부피의 나무』의 예언에 따르면 언어의 신으로서 안나의 생명력은 영원에 가까울 만큼 아주 길다는 걸 그들이 알게 되면 표현하지는 않겠지만 그들의 심기가 불편하겠다는 생각을 한 것이다.

『부피의 나무』는 가끔 예언을 했다. 그리고 그것이 제법 정확하게 들어맞았다. 오랜 기간 스스로의 운명을 형성한 자들의 오랜 운명의 끈을 가지게 된 그들에 대한 예언이었기 때문에 거의 맞아떨어진 것이다. 『부피의 나무』의 예언은 나무 깊숙한 곳에 들어있어 별들에서 흐르는 운명으로도 알 수 없었다. 룸볼트는 알 수 없는 예언을 캐러썬은 분명히 들은 것이다. 그러나 안나에 대해 끝까지 보필하면서도 이 이야기는 때가 되기까지 해주지 않을 생각이었다.

『부피의 나무』가 두둑 하는 소리를 내며 입을 만들어냈다. 이번에는 눈까지 뜨고는 그의 딸을 자신의 나무뿌리에 앉히고는 캐러썬에게 말했다.

"안나 셜릿이 부모의 집을 떠나온 지는 인간 세계의 시간으로 채 여덟 시간이 되지 않았다. 이제 곧 아침이 되고 안나 셜릿이 집에 없다는 것을 알게 되면 그녀의 부모는 절망할 것이다. 그 운명의 흐름을 바꾼 자는 바로 캐러썬이고 나는 나의 딸이 인간의 땅에서 다시 자라서 한 인생을 살기를 원한다. 나는 나의 딸을 10살의 안나 셜릿으로 만들기를 원한다. 나의 딸 폴라 이도넬이 10살부터 다시 인생을 살아 한평생을 살기를 원한다. 많은 사람들을 만나며 많은 꿈을 꾸고 그리고 자신이 선택한 삶에 대해 행복하기를 원하는 것이다. 여기에서는 그것이 불가능하다. 캐러썬, 부탁컨대, 안나의 집 앞 참나무의 구멍과 『부피의 나무』를 연결해줄 테니 내 딸을 그 집에 데려다주고 오너라. 진짜 안나 셜릿 언어의 신은 이미 이 세계에서 가장 중요한 존재가 되어버렸고, 나의 딸은 새로운 성장 시기와 인간 가족이 필요하니 어긋난 운명을 이렇게라도 맞춘다면 이 타협안이 나쁘지만은 않을 터다."

어느새 캐러썬의 앞에는 폴라 이도넬 대신 10살의 안나 셜릿이 서 있었다. 재빨리 판단을 마친 캐러썬은 안나를 꽉 껴안고는 『부피의 나무』가 열어 주는 나무 내부의 구멍 속으로 들어가며 안나 더러 그를 꽉 잡으라고 하고는 밧줄 사다리를 타고 어두운 공간 속을 내려가기 시작했다. 그가 닿은 곳은 새로운 입구가 보이는 구멍이었다. 그 구멍은 어른인 캐러썬이 통과할 정도로 충분히 컸다.

그 구멍으로 빠져나간 순간 크리스마스 트리가 반짝이는 거실이 보이는 파란색의 집이 나타났다. 캐러썬은 안나를 등에 업고는 도둑처럼 벽을 타고 올라가 지붕에 도착해서는 지붕에서 열리는 창문을 열고 안나를 조심스럽게 그 안으로 들여보냈다. 돌아서는 발걸음이 떨어지지 않는 건 폴라 이도넬 부인을 더 이상 볼 수 없다는 생각 때문이었다. 캐러썬은 인사를 하고 넓혀져 있는 참나무 구멍 속으로 들어와서 걸쳐져 있는 밧줄 사다리를 타고 『부피의 나무』 밖으로 나왔다.

『부피의 나무』는 한숨을 크게 내쉬었다.

"고맙소."

나무가 한 말이었다.

"저 역시 잘못인 줄은 알지만 이 세계를 위해 저지른 일이었습니다."

"폴라는 완전히 안나로 바뀌었소. 저 부모들의 유전자를 받은 아이로 바뀌었다는 거요. 다만 그 정신만큼은 폴라의 것이지. 나는 폴라가 제대로 교육받고 제대로 자라서 제대로 된 어른으로 자신의 삶을 살기를 바랄 뿐이오. 성(城)에 갇혀서 그 오랜 세월을 혼자 늙고 젊고를 반복한다는 게 얼마나 끔찍한 일이오."

『부피의 나무』는 다시 한숨을 내쉬었다.

"이제 나도 생을 마감할 때가 되었소. 캐러썬, 당신에게 한 가지 알려줄 것이 있소. 수의 신의 영역에 있는 일을 가장 잘 해낼 수 있는 신이 세 명의 신 가운데 누구일 것 같소?"

『부피의 나무』가 물었다.

"언어의 신이라고 생각합니다."

"정확하오."

"그렇다면 운명에 대해 가장 관대하며 죽음에 대해 그 의미를 가장 깊이 생각할 수 있는 자는 세 신 중에 누구라고 생각하오?"

"그 답도 언어의 신이라고 생각합니다."

부피의 신이 부드럽게 미소를 지었다.

"결국 우리는 자신에 대해 가장 철저하면서도 관대한 한 명의 완전한 신을 향해 가고 있는 거요. 그걸 기억하시길. 운명의 신과 죽음의 신에 대해 먼저 전쟁을 걸지 말되, 그들이 전쟁을 걸어온다면 반드시 이기시길. 살아남으시길."

『부피의 나무』는 그 말을 끝으로 나뭇가지의 끝부터 시작해 조금씩 말라가기 시작했다. 나무의 기둥까지 모두 말라 뿌리에까지 마른 기운이 뻗쳤을 때 캐러썬은 『부피의 나무』가 생명력이 다한 것을 느꼈다. 그리고 아군처럼 보이는 룸볼트나, 죽음의 신, 컬레인과도 결국은 융합될 수 없다는 것을 느꼈다.

안나 셜릿이 자신의 아내이기 때문만이 아니다. 그는 안나를 자신에 대해 가장 철저하면서도 관대하며 모든 영역에서 완전해질 수 있는 신으로 평가할 수 있었다. 세계가 그런 신 하나를 원하는 쪽으로 달리고 있다면 의도적으로 굴지 않더라도 계속 우월해져가는 것이다.

『부피의 나무』가 조금씩 바스라지며 바람에 날리고 있었다.

"기억하도록 해요. 그리고 그 궁극의 신은 모든 것을 이룬 후, 자신의 신이라는 이름을 버릴 뿐인 것을."

『부피의 나무』가 있던 자리에 남아있던 먼지도 다 걷혀버리고 촉촉한 땅이 그 자리에 얹혀있고 캐러썬은 물기를 머금은 흙을 만지작거렸다.

'새로운 토양. 결국 운명을 장악하는 이도, 죽음을 장악하는 이도, 언어를 장악하는 이도 없는 세상을 위하여. 그러나 그 모든 것에 대해 자유로울 수 있는 세상을 위하여 마지막 순간에는 철저한 유일신이 필요한 것이다. 그 이후에는 그 유일신은 자신의 유일신이라는 이름에서도 놓여나리라.'

캐러썬은 흙을 두 손으로 툭툭 털고 자리에서 일어섰다.

# 운명과 죽음의 야누스

캐러썬이 안나에게 모든 것에 대해 완전해진 후 언어에 대해 독보적인 존재가 바로 언어의 신이라고 한 번 더 강조해준 이후 안나는 자신의 언어에 대한 완전성 수립과 다른 배경 지식들을 확보하고 그것을 적용해 새로운 기술이나 창조를 선보이는 것에 대해서도 신경을 썼다. 그리고 캐러썬이 아무런 언급을 하지 않았는데도 운명의 신 룸볼트와 죽음의 신 프라이 베르노 사이에 문제가 생겼다. 이를 알려준 것은 플루벳이었는데 컬레인이 플루벳에게 두루마리를 전달했기 때문이고 컬레인은 이걸 안나에게 전달하지 말고 캐러썬에게 전달하라고 했다고 플루벳이 덧붙였다.

두루마리에는 수에 대한 연구가 과열되면서 수와 결합한 운명 혹은 수와 결합한 죽음에 대하여 운명과 죽음 중에서 어떤 것이 우선하는가에 대한 쟁점이 그들 사이에 나타났다는 것이다. 운명과 수 혹은 죽음과 수가 결합하면서 운명과 죽음 사이에 정확한 우열 매김이 그들의 인지에 영향을 미친 것이다.

이미 그들은 여러 차례 두루마리를 주고받았는데 입장차만 커진 상태였다. 문제는 운명이 죽음의 우위에 있다면 운명이 죽음을 넘어 더 오래 기억될 것이고, 죽음이 운명을 삼킬 수 있다면 죽음이 운명을 통제할 수 있다는 상반된 주장이 모두 그럴듯했다는 것이었다. 그들은 이 문제를 언어의 신에게는 알리지 않았는데 그들로서는 언어의 신에 대해 둘 다 약간의 경쟁의식을 느끼는 것 같다고 컬레인이 자신의 의견을 덧붙였다.

캐러썬은 두루마리를 접고 생각에 잠겼다. 그리고 가볍게 톡 하고 쳐서 두루마리를 없애버렸다. 창가에 서 있는 캐러썬의 뒤로 안나가 다가왔다. 전에 드레스며 스커트 같은 여성적인 옷을 다 없앤 후 안나는 결혼식 때를 제외하고는 줄곧 몸에 편안한 면바지를 입고 체크무늬 셔츠를 즐겨 입었던 것이고 오늘도 그러한 차림이었다.

"저, 캐러썬, 뭔가 고민이 있는 거 같아요."

안나가 캐러썬의 뒤로 다가오며 말했다.

"아, 아니오. 숙제는 잘 해내가고 있는 거지요?"

캐러썬이 그녀의 성장에 대해 묻자 안나는 고개를 가볍게 끄덕인다.

"수에 대해선 이미 수의 신 단계에 접어들었고, 문제는 딱 두 영역이에요. 운명과 죽음에 대해서요. 잘 열리지가 않아요. 다른 영역들도 완전하고요."

"수를 이용해서 운명과 죽음에 대해 접근해 보시오. 그리고 탐구후 어느 영역이 우위에 있는지에 대해서도 내게 결과를 알려주시오."

안나는 뭔가가 떠오른 듯 바로 자리를 떠났다.

캐러썬은 안나가 지금 어느 정도의 수준에 도달했는지 파악할 수 있었다. 운명의 신과 죽음의 신이 다투는 지금 안나가 운명과 죽음에 대한 분명한 답을 먼저 개념화할 수 있다면 특히 그것이 수의 관점일 때 그건 안나의 승리였다. 캐러썬은 안나가 그의 아내라서가 아니라 자질 즉 모든 것을 완전하게 해놓고 신의 자리에서 깨끗하게 물러날 수 있는 그러한 자질을 가진 유일한 존재라고 생각하기 때문에 안나의 과정을 파악하고 또 다음 단계를 지시하고 있었다.

‘부디 이 보이지 않는 경쟁에서 이겨주시오.’

캐러썬은 창가에 잠시 더 서 있다가 두루마리를 꺼내 몇 자 적은 다음 플루벳을 불러 컬레인에게 가져다주라고 했다. 캐러썬의 두루마리를 읽은 컬레인은 자신이 지금 섬기고 있는 죽음의 신 프라이 베르노에 대해 객관적으로 다시 생각하기 시작했다. 죽음을 생생하게 경험했으면서도 죽음에 대해 운명과 관련해 분명한 답을 내리지 못하는 프라이 베르노였다. 캐러썬은 바로 그 점을 묻고 있었다. 그러면서 컬레인 자신은 죽음의 신의 나오프 사자라고 할 수 있느냐고도 꼬집었다. 두루마리를 읽고 생각에 잠긴 컬레인은 죽음의 신 앞으로 나아갔다.

프라이 베르노는 별들의 질서를 읽느라 매일을 낮 없이 밤만 지속되도록 해놓은 상태였다. 컬레인은 다른 신의 영역에 그렇게 열심이지만 정작 자신의 영역에서 하나의 곧은 생각도 없는 프라이 베르노가 한심스러웠다.

“또 별 연구이십니까?”

“버릇없는 룸볼트 같으니라구. 사자 주제에.”

프라이 베르노는 계속 밤하늘의 별들을 분석하면서 함부로 내뱉었다.

“한 가지만 묻겠습니다. 버릇없는 사자이니까요.”

컬레인이 차갑게 말했다. 프라이 베르노가 그를 쳐다보았다. 특별한 이유 없이 이렇게 차갑게 말할 컬레인이 아니었다. 프라이 베르노는 이번 논쟁 때문에 컬레인이 속상했는가 싶어 그의 말에 귀 기울이기로 한다. 별을 보던 걸 멈추고 그의 성좌(聖座)에 가서 앉는다. 컬레인도 그 앞에 섰다.

“두 가지만 분명해 말씀해 주십시오. 수로 정의하지 마시고 언어로 정의하여 주십시오. 죽음이란 운명과 관련해서 무엇이며 그리고 죽음의 존재 필요성에 대해 말씀해 주십시오."

컬레인이 단도직입적으로 물었다. 신은 행하기 이전에 뜻에 대해 알고 있어야 한다는 강력한 의문이 컬레인을 사로잡았던 것이다.

프라이 베르노는 대답하기 어려운 질문을 왜 이 시점에서 컬레인이 하는 지 궁금했다.

"왜 내가 대답을 하지 못하면 죽음의 신의 자격을 박탈당하는가?"

프라이 베르노가 언성을 높였다.

"정당한 대답을 하지 못한다면 당신은 죽음의 신의 자격이 없습니다. 그 별을 보는 것도 다 의미 없는 셈이지요. 운명 자체에 관심을 두는 것이 아니라 죽음과 관련한 운명에 대한 정의, 그리고 왜 죽음이 존재하는가에 대한 근본적인 물음에 대답할 수 없다면 당신은 죽음의 신으로서의 의미를 상실하기 때문에 제가 이 날카로운 이빨로 당장 갈기갈기 찢어버릴 수도 있습니다. 왜냐하면 죽음의 신의 나오프 사자는 자신의 주인이 이렇게 의미 없다는 것을 모르고 충성을 다했기 때문입니다. 그것은 엄밀히 말하면 종에 대한 주인의 기만이지요."

컬레인은 으르렁거렸다.

프라이 베르노는 대답하기 위해 생각에 잠겼다. 컬레인은 대답을 기다리면서도 으르렁거렸다. 프라이 베르노가 적당한 대답을 찾지 못하자 컬레인은 두루마리를 꺼내 그 두 질문에 대해 썼으며 플루벳을 불러 그걸 안나 셜릿에게 전하라고 시켰다. 플루벳은 험악한 분위기에서 두루마리를 받고서는 얼른 물러갔다.

"그래서 이 두 질문에 대한 언어의 신의 대답을 들어보시겠다고?"

프라이 베르노가 빈정댔다.

"먼저 정당한 대답을 하는 자가 죽음의 신의 위치까지 가지게 되는 겁니다."

컬레인이 냉정하게 말했다.

"누구 마음대로!"

프라이 베르노가 일어서서 죽음의 인을 만들어 컬레인에게 붙이려고 했지만 컬레인은 그의 기운으로 이에 맞섰고 프라이 베르노의 손에 있던 죽음의 인은 컬레인의 그동안의 충성 때문에 힘을 쓰지 못하고 녹아내려버렸다.

프라이 베르노가 도망가려하자 컬레인은 그를 성좌에 꽁꽁 묶어버렸다.

"대답을 생각해내십시오. 언어의 신의 대답이 오기 전에. 그 후에는 기회가 없습니다."

컬레인이 다시 냉정하게 말했다.

플루벳은 곧 돌아왔다. 안나의 대답은 이러했다.

운명은 자신의 위치의 흐름이자 관계의 흐름이다. 운명이 끝나는 지점에는 죽음이 있다. 언제부터 죽음이 운명을 끝내는 자리에 위치했는지는 정확하지 않다. 다만, 좀 더 힘을 낸다면 운명을 갈라놓는 죽음을 우리가 맞서서 이기는 것이 가능한가에 대한 탐구를 하면서 동시에 이를 실현하는 것에 대한 맹목적 노력을 시도할 수 있다. 죽음이 운명을 갈라놓을 수 있다고 하지만 우리는 왜 죽음이 존재하게 되었는지 생각해 보아야 한다. 한 가지 분명한 것은 나 언어의 신 안나셜릿의 방향은 개인과 관계의 흐름으로서의 운명은 영원하고 죽음은 소멸되어야 한다는 것뿐이다. 그 일을 하고 난 뒤에는 나는 신이 아니라 범속의 여인이라도 만족하겠다.

컬레인은 혼자서 두루마리를 다 읽고 난 뒤 이를 프라이 베르노에게 보여주었다.

"그래서 당신은 죽음을 소멸시키기 위해 무슨 일을 한 겁니까? 죽음의 인을 붙이는 것이 과연 죽음의 신의 일이었을까요?"

컬레인은 아무 말도 하지 못하는 프라이 베르노의 양쪽 팔을 물어 못쓰게 하고는 인위적으로 신들의 안식처로 통하는 문을 열고는 그 속으로 그를 의자와 함께 밀어 넣었다. 프라이 베르노의 비명 소리가 울리는 듯싶더니 문은 곧 닫혔다.

컬레인의 다음 목표물은 바로 룸볼트였다.

죽음의 신의 성을 몸으로 다 부셔버린 후 컬레인은 분노를 다스리지 못하고 룸볼트를 찾아갔다. 룸볼트와는 바로 싸움이 붙었다. 덩치가 몇 배나 더 큰 컬레인이 룸볼트를 기선 제압한 것은 물론이고 룸볼트는 몸의 곳곳이 찢겼다. 더 이상 덤빌 수 없게 되었을 때 룸볼트가 컬레인에게 물었다.

"왜 이런 짓을 하는가?"

"너도 똑같아. 자신이 하는 일의 목적을 알지 못하고 수완과 계산에만 볼누하고 자신의 위치나 차지하고 앉아있는 것 말이지."

컬레인이 내뱉었다.

"내가 운명을 조정하는 목적을 모른다고 생각하고 있는가?"

"대답해봐. 왜 운명을 조정하는지."

"두 가지를 위해서네. 보다 진정성 있는 개인들의 미래와 개인과 전체의 조화를 위해 운명을 조정하고 있네."

컬레인은 화를 누그러뜨렸다. 원하는 대답은 아니었지만 적어도 화를 낼만큼의 대답은 아닌 셈이었다.

"방금 전에 프라이 베르노를 처리했네. 어처구니없겠지만 그 결과 죽음의 인을 사용할 존재가 사라져서 이 세계에서 죽음 자체가 기능하지 않게 되었어. 그걸 모르고 여태껏!"

"그건 알고 있네. 나도 확인한 바네. 자네가 쳐들어오는 것도 알았고 말이지."

룸볼트는 몸이 영 좋지 않은 모양이었다.

“운명의 신의 자리에서 물러나게.”

컬레인이 말했다.

“왜 그래야 하지?”

룸볼트가 신음 소리를 내면서도 맞섰다.

“너는 운명을 정의하는 순서를 이미 빼앗겼어.”

컬레인이 말했다.

“안나가 먼저?”

룸볼트가 되물었다.

“너는 운명이 무엇이라고 생각하지? 죽음과 관련해서 운명이란 무엇이라고 생각하지?”

컬레인이 룸볼트에게 물었다.

“운명은 다채롭게 흐르다가도 소멸되는 게 원리지. 내 답이 틀렸는가?”

“그건 답이 아니야. 현상에 대한 설명이지.”

컬레인이 차갑게 말했다.

“적어도 운명의 신이라면, 소멸에 맞서 운명을 지키는 힘과 의지까지도 가지고 있어야 하는 거야. 자, 이제 운명의 신의 자리를 내놓게.”
컬레인은 다시 룸볼트를 협박했다.

“안나 셜릿은 어떻게 말했지?”

“내가 대답한 대로야.”

“단지 그대로 진행되는 것에 대해 그러하지 않도록 힘과 의지를 가지는 것이 신의 자질이라고? 그대로 진행되는 것대로 흐르도록 하는 것이 오히려 질서가 아닐까?”

룸볼트가 반박했다.

“그러니까 틀린 거야. 넌 운명의 신 박탈이야. 나오프 사자들의 세계로 돌아가도록 해.”

컬레인이 창밖으로 신호를 보내자 곧 수많은 나오프 사자들이 몰려왔다. 그들은 가지 않으려고 애를 쓰는 룸볼트를 데리고 그들의 세계로 가버렸다. 컬레인은 운명의 신의 성(城) 앞으로 나와서 그 성도 온몸을 이용해 부수어 버렸다.

"안나 셜릿, 그대의 나오프 사자가 되겠소. 캐러썬은 그대의 남편으로서 영원히. 그대들의 운명을 죽음으로부터 지키는 것을 내가 먼저 시작하겠소."

컬레인은 혼잣말을 하고는 언어의 신의 성을 향해 공중 도움닫기를 하며 날아갔다.

# 안식처와의 전쟁

컬레인이 언어의 신의 성에 도착했을 때 안나와 캐러썬이 이미 성문 밖에 나와 있었다. 성 안의 생쥐들도 모두 성 밖으로 빠져나가고 있었고 안나는 『질리벗의 옷장』을 목에 걸고 있었다. 컬레인은 특수한 상황이 발생하고 있음을 감지했다.

"컬레인, 기다리고 있었어. 상황은 모두 파악했어. 우리를 태우고 최대한 여기에서 멀리 가줘."

안나가 급박하게 말했다.

"신들의 안식처에서 날아온 두루마리에 유일신을 인정할 수 없다고 씌어 있었어."

그제야 상황을 파악한 컬레인은 몸을 낮추었다. 안나를 앞에 앉힌 캐러썬은 안나의 뒤에 앉아 컬레인의 은빛 갈기를 세게 잡았다. 컬레인은 몸을 뒤로 뺀 뒤 강하게 위로 튕겨 올랐다. 높은 하늘에서 언어의 신의 성을 내려다보았을 때 유성들이 내려와 성을 불바다로 만들고 있었다.

컬레인이 최대한 빠른 속도로 뛰고 있는데도 저 멀리 하늘의 공간에서 넓게 열리는 문에서는 예전에 이곳에서 통치했던 신들이 근엄한 모습으로 양떼같이 나타나고 있었다. 컬레인은 그들이 모두 쓸데없는 권위자들이라고 생각했을 뿐이다. 그로서는 그들의 권위를 인정할 생각이 없었다. 그들은 권위를 지키고 본질을 경시했다. 그들 자신의 뜻은 없으면서 기술과 수완을 중시할 뿐이었다. 동시에 자신들의 권위에 도전하는 자를 바로 그들의 적(敵)으로 간주했다.

지금 안나는 가장 고결한 신으로서 그들에게 적으로 간주된 상태였다. 컬레인은 그 자신으로서도 죽음의 인을 만들 수 있었으나 그것이 안식처로 들어간 신들에게는 적용되지 않음을 잘 알고 있었다. 그들이 이 세계의 질서를 침범하는 것 자체가 그들이 세운 법을 깨는 일임을 그들은 그들의 경우에 있어서는 적용하지 않은 셈이었다.

수많은 신들이 구름 위로 걸어서 오되 컬레인과의 거리가 좁혀지고 있었다.

컬레인은 덜컥 겁이 났다. 수많은 신들에 대항해서 싸워야 할 상대는 오직 안나 혼자였기 때문이다. 안나는 컬레인에게 도망가지 말고 서라고 지시했다. 컬레인은 섰고 안나도 구름 위에 내려섰다. 안나는 그들이 안나 셜릿 자신을 죽이려 한다는 오직 하나의 목적을 가지고 온 것을 파악하고 쉽게 지지 않아야겠다고 마음을 먹었다. 안나는 『내면의 질서』를 읽으며 수많은 안나 셜릿들을 만들어냈고 그네들에게도 안나 셜릿의 힘을 부여했다.

수많은 신들과 정확하게 수가 같은 안나 셜릿들이었다. 그들은 순간 당혹감을 감추지 못했다. 그들이 수립한 과거의 능력으로는 최신의 힘을 가지고 있는 안나 셜릿의 신으로서의 힘을 능가하지 못하기 때문이었다. 안식처에서 나온 수많은 신들과 안나 셜릿들이 대치하고 동시에 서로가 검을 뽑아든 것도 순간이었다.

캐러썬도 검을 뽑아들었으며, 컬레인은 바로 신들을 물어뜯어 내던졌다. 진짜 안나 셜릿도 물론 검을 뽑아들었고 그녀의 인식이 시키는 대로 검을 들고 싸웠다. 사흘이 되도록 원래 하얀 구름이었던 하늘의 터는 피구름으로 바뀌었고 안나 셜릿들의 1/3이 죽고, 안식처에서 나온 신들이 몰살되는 것으로 1차 전쟁은 끝났다. 진짜 안나 셜릿은 가짜 안나 셜릿들을 가볍게 없애고는 피에 젖은 캐러썬을 안아주었다. 검에 수없이 베인 컬레인도 안아주었다.

다시 안식처로 내팽개쳐진 신들은 2차 전쟁을 준비했다. 그들이 차례로 지켜온 세계 전체를 파괴하자는 것이었다. 이를 읽어낸 안나 셜릿은 먼저 신들의 안식처로 쳐들어갔다. 안나는 수의 힘을 이용해 온갖 무기를 신들의 안식처에 투하했고 이번에도 신들은 몰살당했다. 다시 살아난 신들은 도망갈 곳마저 잃어 안나에게 비굴하게 굴었고 안나 셜릿은 그들의 신성(神性)을 모두 인성(人性)으로 바꾼 뒤 그들에게 그들만의 세계를 열어 주었다.

안나는 컬레인과 캐러썬과 함께 다시 성(城)을 짓기 전에 그녀는 이 세계의 모든 존재들이 그들을 지켜줘서 고마워하며 모인 자리에 함께했으며 그녀 스스로 아직 그녀가 신의 자리에 있어야 함을 깨달았다. 이번에 그녀는 언어의 신이 아니라 이 세계에 있어서의 유일신이었다. 물론, 인간계도 있고 안식처의 존재들도 있지만 안나 셜릿은 이 세계를 지키는 유일신으로 돌아왔다.

언어의 신의 성(城)이 아니었다. 유일한 신의 성(城)이었다. 새하얀 우윳빛에 높은 첨탑이 하늘을 찌르는 성은 공중에 있었다. 오직 유일하게 드나들 수 있는 존재는 안나와 캐러썬 외에 날개 달린 플루벳과 컬레인 뿐이었다. 그 외의 존재는 이 거룩한 성(城)에 들어올 수 없었다.

안식처의 존재들은 또다시 3차 전쟁을 준비했다. 안나는 이번에는 자신이 나서지 않고 그동안 잘 먹인 수많은 밀버리의 새끼들과 보구스 곰들 그리고 나오프 사자 종족들을 안식처로 보냈고 3차 전쟁도 조용히 승리로 끝났다.

　분통이 터지는 건 헤라스 베니스토였다. 그가 선택한 안나 셜릿에 의해 역사적 신들의 권위가 산산조각 난 것이었다. 헤라스 베니스토는 그러나 필리코바 도리아스의 저지로 더 이상의 복수는 꿈꾸지 않았다.

　"내가 처음 봤을 때도 놀라웠어. 이젠 우리의 상상을 초월해 존재할 강력한 신이야. 그야말로 신이라는 이름이 부끄럽지 않을 정도로 그런 존재야. 그저 우리들은 우리들의 새로운 힘을 정직하게 키워야 할 때지. 그녀에게 덤비는 건 있을 수 없는 일이거나 아주 불가능한 미래의 일에 속해 있을 뿐이야."

　필리코바 도리아스가 헤라스 베니스토에게 말했다. 헤라스 베니스토는 어째서 자신에게 죽음의 인을 붙였던 필리코바 도리아스가 벗으로 느껴지는지 자신의 감정에 의아했다.

　필리코바 도리아스는 안식처 속의 분노한 신들을 계속해서 설득했다. 가장 진정성 있는 힘을 가진 자에게는 조금의 먼지를 가진 우리들은 당할 수 없다고 오히려 우리도 지금부터 안나가 걸어온 길을 생각하며 새롭게 우리 자신을 만들 수 있어야 한다고 했고, 그의 설득은 분노한 신들을 진정시켰다.

　"안나는 그 세계의 유일신이 된 건가요?" 헤라스 베니스토가 필리코바 도리아스에게 물었다.

　"그렇지. 다른 신들은 자격 미달로 다 쫓겨났으니까. 저, 컬레인이라는 나오프 사자는 타협을 모르는 존재야. 이제 그가 안나의 나오프 사자니까 종을 잘 둔 것도 그녀가 막강하다는 증거지."

　헤라스 베니스토는 그저 안나의 마음의 순수성을 보고 그녀를 후임자로 택했었다. 여리다고 생각했건만 이 정도로 강해질지 몰랐다. 이전 신들의 권위를 모두 박살낼 만큼 그녀는 가장 진정성 있는 이 세계의 지킴이였던 것이다.

“쳇, 유일신이로군.”

“그러게.”

“인정할 수밖에 없지. 우리가 다 합쳐서 덤벼도 끄떡도 안 하는데.”

안식처의 신들은 너도나도 수군거렸다.

안나는 새로운 우윳빛 성에 책을 한 권도 두지 않았고 책장도 두지 않았다. 그저 그녀와 캐러썬의 방에는 화장대와 몇몇 옷이 들어있는 하얀 옷장 하나, 그리고 침대 하나가 가구의 전부였다. 안나는 언어를 형성해서 바로 힘으로 만들어 창조를 해내는 단계에 이르렀기 때문에 더 이상 책을 읽을 필요도 쓸 필요도 없었다. 문자든 언어든 어떤 형태든 그것들을 조합하고 만들어 바로 창조를 진행하는 정신 상태까지 진행되었기 때문에 안나에게는 정지되어있는 것들을 읽기란 불필요했다. 자신 스스로 자유로운 변형과 생성이 가능한 상태를 『내면의 질서』 속에 수립한 것이다. 수든, 언어든, 운명이든, 죽음이든 그 모든 내용에 대한 자유로운 해석과 그것으로부터의 자유로움을 그녀는 안고 있었다.

안식처의 신들은 그러나 그들도 충분히 강했던 과거의 영화를 잊지 못하고 이를 악물고 새로운 기술과 창조를 익히기 위해 힘을 모았다. 그들의 힘이 안나의 힘과 맞먹을 만큼 강해졌다고 판단한 때 안나는 안식처와 이 세계의 결계를 허물고 그들을 그저 그들의 힘만큼을 가진 보통 인간 형상으로 고정시켰다. 그리고 안나는 그들에게 페로르아스 종족이라는 이름을 붙여주었다.

이미 책에 그들은 이름과 과거의 행적, 지금의 종족명이 기록되었고 그들에 대한 기록이 끝남과 동시에 안나는 유일신으로 기록되었다. 그러나 안나는 책을 가져오라고 명령하고는 유일신이라는 말을 지우고 직접 그녀를 ‘어쌔신(암살자)’이라고 써놓았다. 안나는 자신이 더 이상 세계의 모호한 그 무언가를 지켜야 할 것이 남아있지 않다고 생각했고 그래서 고귀한 이름인 유일신의 이름조차 받고 싶지 않았다. 안나는 오직 캐러썬과 컬레인을 위해 '어째신'이 되기로 했다.

책에 안나가 '어째신'으로 기록되고 안식처의 신들은 그저 개별적으로 조금 특이한 힘을 가진 페로르아스 종족이 되고 말았다. 이제 세계는 신이 없이 그야말로 힘이 센 자만이 살아남을 수 있는 곳이 되었고 안나는 그 사실에 대해 고개를 끄덕이고는 컬레인의 어깨를 툭툭 치면서 아무 말 없이 공중의 성(城) 안에서 그녀가 마지막으로 형성했던 밖의 아름다운 세계를 오랫동안 보고 있었다.

'아무도 지키려 하지 않아. 그렇다면 가장 강한 자가 되어 내 것을 건드리면 다 파괴해버리고 말 거야.'

안나 셜릿이 그렇게 생각하고 있을 때 캐러썬은 '어째신' 안나가 오직 그와 컬레인을 지키기 위해 오직 그녀만이 할 수 있는 세계의 조정사 사리인 유일신을 포기했음을 알고 있었고 또 그녀를 더 이상 설득할 수 없음도 알고 있었다. 그러나 컬레인 만큼은 '어째신' 안나를 환영하고 있었다. 몇 차례의 영양가 없는, 신들과의 전쟁에서 안나가 신의 자리를 내놓고 그 반대의 자리에 들어섬으로써 바로 '어째신'으로서의 안나의 위치가 그들을 경고하기에는 가장 좋다는 것을 그는 알고 있었기 때문이다.

# 바탄의 게임

안나는 창밖을 내려다보면서 『질리벗의 옷장』을 목에서 툭하고 빼서 창밖으로 던져버렸다. 옷장이 공중에서 떨어지면서 그 안의 것들이 낙하산을 타고 땅으로 떨어지는 모습이 진풍경이었다. 안나는 『내면의 질서』를 형성하고는 몸에 꽉 달라붙는 상의와 하의를 입고 조끼를 걸친 다음 활과 화살을 등에 메고 검 한 자루를 허리에 찼다. 꽤 무게가 나감직한 권총도 하나 조끼 안에 넣었다. 캐러썬은 그런 그녀를 그저 지켜만 보았다. 그러나 컬레인은 직감적으로 안나가 세계 속의 존재자들에게 뭔가 강한 충격을 주려한다는 걸 알아챘다.

안나는 마지막으로 머리를 질끈 묶고 창 턱 위로 가볍게 뛰어오르고는 뒤를 돌아보았다.

“캐러썬, 아무 것도 아니야. 그저 게임의 시작이고 이 게임이 마치면 신이든 어째신이든 필요하지 않은 이 세계의 질서가 합의될 거야. 하지만 나는 마지막으로 모든 편견과 싸워야 해. 그게 나의 적이고 내가 없애려는 것은 바로 그 편견이야. 자신과 관계 그리고 이 세계를 지킬 수 없다는 편견과 싸우려고 해. 컬레인, 캐러썬을 부탁해. 둘은 이 게임에서 빠져줘. 부탁이야.”

안나는 캐러썬의 말이 떨어지기도 전에 우윳빛 성에서 뛰어내렸다. 수차례의 회전 끝에 그녀는 땅에 착 하고 닿았다. 땅에서 무릎과 손을 떼고 달려 나갔다. 변형 세계를 형성하면서 부딪히는 모든 존재들과 싸워야했고 그들의 편견과도 싸워야 했다.

원래 이 세계의 사람들과 동물들은 안나에게 덤비지 않았다. 그들은 일치감치 편견을 깼고 자신들을 지켜준 안나의 의지를 존중했기 때문이다. 그러나 그녀가 원래 신에서 형성한 종족인 페로르아스 종족의 땅에 들어섰을 때 안나는 그녀에 대한 적대적인 기운을 강하게 느꼈다. 안나는 페로르아스 종족의 마을로 들어서면서 화살통에서 끊임없이 형성되는 화살을 집집마다 발사하며 달렸다. 그 화살은 '이성과 정의'에 대한 감정의 정당한 반응에 영향을 미치는 화살이었다.

변화를 느낀 페로르아스 종족들이 뛰쳐나왔으나 안나는 지붕과 공중을 자유사새로 뛰어나니며 그들의 시선에서 곧 사라졌다. 안나는 며칠에 걸쳐 화살을 페로르아스 종족들이 사는 모든 집에 발사하기를 마쳤다.

곧 나타난 사막 속으로 안나는 조용히 들어갔다. 이번에는 페로르아스 종족들이 진정된 상태에서 안나가 과연 『바탄의 성자(聖者)』에서 언급된 대로 완전한 세계를 형성할 수 있는지 그들은 궁금하다고 전해온 것이다. 페로르아스 종족들이 형성한 변형 세계에 들어온 안나는 하늘에서 떨어지는 바위들에게서 피할 수 없다는 걸 알고 한 손에는 권총을 다른 한 손에는 검을 들고 자기 머리 위로 떨어지는 바위들을 부수어 버렸다. 안나는 끝까지 그렇게 할 수 있다는 듯이 페로르아스 종족들이 끊임없이 떨어뜨리는 바위들을 부수어 버렸다.

안나가 사용하는 무기들은 그녀가 직접 제작한 것들로서 총은 탄알이 떨어지지 않고 탄알 자체의 힘도 강하며, 검은 무뎌지지 않으며 모든 것을 벨 수 있었고 결코 부러지지 않았다. 활은 끊임없이 화살을 발사할 수 있었으며, 그것은 긍정적인 영향이든 부정적인 영향이든 안나의 의지에 따라 다른 모습으로 사용될 수 있었다.

안나는 권총과 검을 이용해 끊임없이 바위들을 부수면서 그 한가운데에서 예전에 읽은 적이 있는『바탄의 성자(聖者)』이야기가 떠올랐다. ‘바탄’은 모든 것이 완전해서 더 이상 이룰 것이 없는 곳으로 그곳에 사는 성자는 온전한 평화를 누린다는 이야기였다.

‘바탄을 이루어서 그래서 결국 그 속에서 또 안식을 취하시겠다고?’

안나는 인내심으로 바위를 부수고 있었다. 그러다가 바위가 떨어지는 틈을 계산하며 계속 떨어지는 바위 위로 뛰어 올라갔다. 마침내 하나의 바위도 없는 곳에 이르자 그녀는 새로운 땅에 도착한 것을 알아챘다. 희미한 안개 너머로 보이는 건 뱀떼였다. 그녀는 화염으로 그녀를 감싸고 뱀떼의 강을 건넜다.

안나는 조금씩 바탄을 느끼고 있었다. 모든 어려움을 혼자 겪고 극복해가면서 바탄의 조건이 하나씩 그려지기 시작한 것이다. 결국 암살자는 신이 제 역할을 하지 못할 때 나타날 뿐이라는 자조 섞인 생각이 그녀를 맴돌았고 그녀 자신도 바탄을 이룩해내지 못하면 자기 자신을 암살하는 것도 정당할 뿐이라는 생각이 들었다.

과거 안식처에 들어갔던 신들도 바탄을 이룩하지 못한 채였다. 그걸 이후의 신들에게 맡기고 그들은 적당한 조건의 안식처에서 긴 생을 이어온 것이지 완전한 공간에서 그들의 온전한 평화를 누린 셈은 아닌 것이었다. 이제 신은 없는 상황에서 안나는 자신의 암살자의 위치에서 과거 신이었던 자신을 시험하고 있다. 페로르아스 종족과의 게임에서 바탄을 이룩하는 것이 결국 그녀가 자신의 신으로서의 이름을 내려놓을 수 있는 마지막 일임을 깨달은 것이다. 신은 결국 자신의 이름을 얻었을 때 가장 완전해지고 그가 한 일 또한 가장 완전한 상태에서 박제되는 것임을 안나는 깨달았다. 그런 신이 되지 못한다면 암살자는 끊임없이 나올 것이다. 지금까지 그녀를 공격한 모든 그들이 그녀에게 그렇게 행동했듯이.

신으로서의 완전한 행동과 결과에는 다른 의견이 존재할 수 없다. 안나는 자기 자신에 대하여 암살자로서 그녀 자신을 지켜보기로 마음을 먹었다. 새로운 땅에 서서 『내면의 질서』를 형성하고 인간계를 제외한 이 세계에 마지막으로 완전하고도 전체적인 변형을 만들어냈다. 세계는 스스로 분열되고 변형되며 확장될 것이며 세계에 대한 조정자는 바로 세계를 살아가는 각자일 뿐이었다. 안나는 『내면의 질서』를 꽉 닫았다.

페로르아스 종족은 원래 신들이었던 것만큼 기준이 까다로운 자들이었다. 그들은 안나 셜릿이 '바탄'을 형성했다고 최종적으로 결론을 내렸다. 그들은 '바탄'이 특수한 땅이라기보다는 공간을 형성하는 완선한 원리로 이해하고 있었다. 그늘은 안나가 이 세계에 형성한 변형 및 질서가 그러한 원리에 의해 만들어졌다는 것을 파악한 것이다.

안나는 자신의 성까지 다시 돌아가는 과정에서 페로르아스 종족이 재미있는 길을 깔아놓은 걸 확인했다. 그것은 '바탄'을 형성한 신에 대한 예우이자 실험이었다. 안나는 두루마리를 쓰고는 화살에 매어 페로르아스 종족에게 쏘아 보냈다.

'그 누구든지 해야 할 일에 도달하기 위해 자기 자신을 반성하는 과정을 게을리 하지 않는 것이 또한 과거에도 그러했듯이 앞으로도 과제로 남았음을 아시오.'

안나의 두루마리에는 그렇게 적혀 있었다.

그리고 페로르아스 종족이 그녀가 돌아오는 길에 깔아놓은 게임을 하나씩 밟기 시작했다. 안나는 숲으로 들어섰고 마녀가 그녀를 훔쳐보는 것에 신경 쓰지도 않았으며, 보구스 곰들의 발톱에 새겨진 문자 조각들이 그녀의 내면을 혼란하게 만들려고 해도 내면이 흔들리지 않았다. 숲에서 마지막으로 만난 사나운 불곰을 피하지 않고 돌진해 검으로 불곰의 배를 꽉 찔렀고 불곰은 쓰러졌다.

숲에서 나왔을 때 안나는 예전의 수의 신이었던 리카르토 아모리지가 강물을 마시고 있는 걸 볼 수 있었는데 안나는 이미 그에 대한 감정도 아무렇지도 않았다. 그저 그를 지나치는 데 그가 안나를 불렀다.

"감정에 치우쳤었소. 이성은 아니라고 말하고 있었지만. 정식으로 청혼하려고 했었소."

안나는 검을 빼들고는 그에게로 다가가 그의 목에 검을 댔다.

"한 마디만 더 지껄이면 네 피를 내 검에 묻히겠어. 변명 따위로 해결될 수 있는 문제가 아니라는 것을 잘 안다면."

안나는 차갑게 내뱉고는 검을 거두어 허리에 다시 찼다. 안나가 가버리고 리카르토 아모리지는 천천히 흐려지더니 사라져버렸다.

안나는 복잡한 심중에 있었다.

'내가 그깟 일로 상처 받아야 해? 더 생각해야 해? 다 뜯겨져 나간 뒤에 잘잘못을 따져서 마음이 원래대로 돌아올 수 있대? 이미 과거에 고통으로 박제된 건 그대로 둬야 해. 더 이상 꺼내지 말고, 마음이 그걸 다시 꺼내더라도 그건 이미 뜯겨져 나간 거야. 회복할 수 없어.'

안나는 다시 걷다가 프라이 베르노와 마주쳤다. 프라이 베르노는 안나의 멱살을 쥐려고 했지만 안나는 그의 다리에 총상을 입혀서 그를 나뒹굴게 했다.

"할 말은?"

"없소. 죽음에 대해서 제대로 알지 못한 건, 행동하지 못한 건 내 책임이었소."

안나는 그를 지나쳤다. 곧 필리코바 도리아스가 나타났다.

안나는 그가 뭔가를 말해 주기를 바란다는 걸 파악해냈다. 그에 대한 첫 기억은 꽤 좋았었다.

“끊임없는 노력이 바탕이 되지 않으면 바탄이 존재해도 그곳은 바탄이 아니에요. 타락의 소굴이지요.”

안나의 말에 필리코바 도리아스는 만족한 듯 했다. 안나는 다시 그를 지나쳐 갔고 파울로 레비안을 만났으나 그와는 서로 눈을 마주치지도 않았다. 헤라스 베니스토를 만났을 때 안나는 차갑게 말했을 뿐이었다.

“자신이 해야 할 일을 400년 동안이나 해놓지 않은 게으름뱅이 언어의 신을 알현하나이다. 어떤 일이든 한계가 이르기 전에 해내야 하는 법입니다. 바탄은 실현되었지만 바탄 속에서 헤라스 베니스토 당신 자신의 언어의 타락이 생겨난다면 그것은 오직 당신의 잘못입니다.”

안나는 이전의 언어의 신에 대해서도 그렇게 내뱉고는 마침내 룸볼트를 만났다. 룸볼트는 나오프 사자 종족에 잠시 머물다가 운명의 신으로서 여기까지 온 것이다. 안나는 룸볼트에 대해서는 그의 머리와 갈기를 쓰다듬어주었는데 안나가 보기에 그는 특별한 잘못이 없었다. 컬레인의 성질이 불같았기 때문에 일어난 일일 뿐이었다.

“어떻든 그대가 이해할 수 있는 만큼 바탄을 가질 수 있을 뿐일 겁니다.”

안나의 말에 룸볼트가 안나를 꼭 껴안아주었다.

문득 안나는 페로르아스 종족의 마을 입구에 서 있었다. 그리고 문득 페로르아스 종족이 바탄을 형성해 그들만의 안식처를 형성해서 그 속으로 들어가 버린 것을 확인했다. 안나는 두 손을 펼치고 책을 꺼냈다.

그 책 속에는 페로르아스 종족이 다시 이전의 신들로 돌아갔으며 그들의 땅이 ‘바탄’으로 불린다는 것과 다시는 이 세계에 간섭하지 않을 것이며 이 세계는 ‘포리세아’라는 이름으로 불릴 것이며 그 세계의 초대 왕은 안나 셜릿이라는 것이었다.

안나는 두꺼운 책을 닫으며 컬레인이 저 멀리 하늘에서 캐러썬을 태우고 날아오고 있는 것을 보았다. 안나는 그들이 도착하기 전에 『내면의 질서』를 이용해 페로르아스 종족이 사라지고 난 뒤의 이 세계의 부분들을 조정하기를 마쳤다. 컬레인이 땅에 내려앉았다.

컬레인과 캐러썬은 둘 다 평온해 보였다.

"그래서 편견과 좀 싸우서서 이기셨습니까?"

"난 무얼 암살했던 걸까?" 안나가 기운이 빠진 채 혼잣말 하듯 말했다.

"그들과 합의가 가능했던 것은 결국 안나 셜릿의 용기와 노력이겠지요. 그 누구와도 싸우신 게 아닙니다. 그들은 그들이 원했던 것을 결국 얻을 수 있었고 이제 이 세계를 감싸고 있던 서로에 대한 편견이 사라진 셈이지요."

"결국 편견과 싸워서 이긴 걸까?" 안나가 다시 말했다.

"왕이시여! 신도, 암살자도 아닌 포리세아의 왕 안나 셜릿이시여, 영광을 받으소서."

컬레인이 절을 하듯 몸을 숙이고 캐러썬도 기사가 왕에게 알현하듯 한쪽 무릎을 꿇고 고개를 숙였다.

안나는 피식 웃음이 나왔다. 화가 나서 암살자가 되려고 했던 것뿐인데 결국 안식처의 신들에게 좋은 조건만을 마련해준 셈이었다. 하지만 그것만으로는 부족했다는 것을 잘 안다. 안식처의 신들은 안나의 모든 면을 시험했다.

'바탄의 게임, 그러나 두 번 하고 싶지는 않아. 난 조용한 생활이 좋거든.'

안나는 피곤한지 컬레인 위에 올라탔고 캐러썬이 안나의 뒤에 앉았다. 컬레인은 하늘로 솟구쳐 공중에 있는 우윳빛 성으로 향했다. 성에 도착하자 수많은 사람들과 난장이들, 각종 요정들, 동물들이 성

아래에 집결해 있었다. 그들은 모두 안나 셜릿, 우리의 왕이시여, 를 외쳤다.

안나는 성 앞의 넓은 직사각형 테라스로 나와서 그들에게 손을 흔들어 주었다.

"포리세아의 존재들이여. 자신과 서로의 삶을 위해 언제라도 애쓰는 자들이 됩시다. 우리는 혼자이되 혼자가 아니며, 노력하되 쉴 수 있으며, 이루되 쓰러질 수도 있습니다. 자신과 타인의 실수에 용납하고 자신과 타인의 실수를 되풀이하지 않고 그리고 어제보다 조금 더 나은 오늘 하루의 성장을 느낄 수 있도록 합시다. 무엇보다 중요한 건 자신을 이루어가는 삶입니다. 포리세아의 왕으로서 나는 바탄의 게임을 실행했고 그로 인해 신들을 각성시켰으며 그들은 그들의 땅 '바탄'으로 돌아갔습니다. 다시는 이 세계를 간섭하지 않겠다는 굳은 약속을 했습니다. 우리도 새로 열린 우리의 세계 '포리세아'에서 새로운 삶을 시작합시다."

안나는 준비하지도 않고 그대로 그녀의 내면을 연설로 표현해냈다. 살아있는 불꽃같은 연설이었다. 안나는 다시 그들에게 손을 흔들어주고 홀로 들어왔다. 캐러썬이 식사 준비를 해놓았다고 했고 안나는 문득 식사가 필요한 것 같아서 여러 종류의 콩에 입을 댔다. 식사를 마치고 안나는 하얀색의 그녀의 새로운 성좌(聖座)에 앉았다.

"플루벳은?"

"보내지 않으셨습니까?"

컬레인이 대답했다.

"아참, 『질리벗의 옷장』을 떼어내어 버렸었지. 아까워."

"잘 살아갈 겁니다. 밀버리의 새끼들을 보러 갔을 겁니다."

"밀버리는 요즘도 온갖 걸 많이 먹고 새끼도 쳐?"

안나가 물었다.

"많이 먹는 건 사실인데, 남자 토끼들이 싫어해서 새끼는 치지 않
는 걸로 압니다."
컬레인이 별걸 다 묻는다는 말투로 대답을 시큰둥하게 했다.
"바탄의 게임을 하고 돌아왔는데, 이번 과정에서 포리세아에 대해
서도 제법 수정을 많이 했어. 먹을 것도 풍족할 거고, 집도 충분하고,
길도 잘 닦여 있고, 숲도 좋고, 모든 게 꽤 괜찮을 거야. 부분적으로
는 변형이 일어나는 건 계속될 테지만, 그건 좋은 현상이니까."
안나가 길게 말하고는 하품을 하고 꾸벅꾸벅 졸았다. 캐러썬은 마
실 걸 좀 가져오다가 그걸 탁자 위에 두고 안나를 안고는 침실로 올라
갔다. 안나는 그야말로 푹 자기 시작했다. 안나가 잠에서 깬 것은 사
흘만이었다.

# 악몽과 필벗들

안나가 깨어났을 때 포리세아의 존재들의 간절한 바람에 따라 대관식이 열렸다. 안나는 화이트 다이아몬드와 블루 다이아몬드로 장식된 하얀 드레스를 입고 황금 체인으로 장식된 검은 벨벳 망토를 걸치고 왕관을 썼다. 황금으로 되어있으며 윗부분의 황금 구(球)는 온갖 다이아몬드로 장식된 지팡이로 포리세아의 왕권을 상징하는 포리세아의 지팡이를 오른손에 들었다. 붉은색 레드 카펫을 밟고 성좌까지 가서 다시 모든 존재들이 내려다보이는 테라스로 나와 포리세아의 지팡이를 하늘 높이 들었다. 따로 연설은 없었지만 모인 존재들은 환호했다. 그리고 모인 존재들은 예고된 대로 각자의 종족들에 대한 일을 받고자 조용히 기다렸다.

안나는 사흘간의 잠에서 깨어나자마자 포리세아의 종족들에게 특별히 종족마다 할 일을 지시하겠다고 했고 그 일들은 특별히 대관식을 보기 위해 모인 종족들에게 하달될 예정이었다. 안나는 먼저 보구스 곰들에게 언어의 질서를 수호하는 데 노력해달라고 두루마리를 내렸고, 나오프 사자들에게는 컬레인을 제1기사로 섬기며 동시에 왕실 기사단으로서 봉사해달라고 했으며, 밀버리의 새끼들을 비롯한 토끼들은 먹는 식물을 기르는 데 노력해 달라고 두루마리를 내렸다.

대부분의 종족에게 할 일이 적힌 두루마리가 하달되고 대관식의 저녁, 안나가 내린 만찬으로 모두들 식사를 끝내고 밤이 되자 종족끼리 그들의 땅으로 이동하기 시작했다. 마침 인간계에 내려가 있던 필벗들이 밤 늦게서야 그들의 할 일을 받고자 왕의 성으로 도착했다. 수많은 필벗들을 테라스에서 만난 안나는 인간계에 어린이들이 위험한 상황이 많고 또 아이들의 꿈 세계 또한 혼란하다는 보고를 받았다.

안나는 바로 두루마리를 써서 필벗들에게 하사했다.

이제 나오프 사자를 깨우는 일은 하지 않겠지만 보이지 않는 영역에서 인간계의 어린이들을 위험으로부터 지켜주고 동시에 그들이 악몽을 꾸지 않도록 꿈 세계를 지켜달라는 내용으로서 원래 필벗들이 하던 일에 대해 거의 그대로 할 일을 지시한 것이었다.

필벗들은 일제히 인사를 드리고 물러갔다. 안나는 밤하늘을 올려다보았다. 여전히 수많은 별들, 그러나 그들도 하나의 종족으로서 운명을 매일 만들어가고 있었다. 이제는 신이 존재하지 않는 이 세계 포리세아를 다스릴 초대 왕으로서 시작한 게 그리 나쁘지 않다는 생각이 들었다. 이전 신들의 위협도 사라진 상황에서 각자가 각자의 자리에서 할 일을 하면 된다는 생각이 들었기 때문이다.

다음날 포리세아의 사람들이 성 밑으로 다시 모여들었다. 안나는 생각해보니 사람들에게는 두루마리를 내리지 않았다는 생각을 했다. 그저 알아서 하라는 것이었는데, 그것이 사람들을 더욱 혼란 속으로 빠뜨린 것 같았다. 안나는 사람들이 모인 의도를 읽어내고는 두루마리를 썼다.

'인간이 되는 길에 힘써 주십시오. 예술과 건축과 수학과 과학에 몰두해 결국 좋은 것을 만들어 주십시오. 그것이 인간으로서 살아가는 바에 가장 적합한 삶의 방식입니다.'

안나는 물론 그것이 자신의 편견이겠지만, 인간으로서 살아가는 것의 방향을 정해주기는 해야겠다고 생각해서 짧은 의견이 적힌 두루마리를 그들에게 내려주었다. 사람들은 두루마리를 몇 번이고 크게 읽었으며 크게 만족하며 물러갔다. 얼핏 생각했을 때 여기의 사람들과는 그렇게 친해질 기회가 없었다는 생각이 들었지만 그들은 의외로 안나 셜릿의 역사를 잘 알고 있어서 안나 셜릿을 존중하고 있었다.

안나가 성좌(聖座)에 앉아 두루마리를 써내려가고 있던 그날 저녁 예전에 캐러썬을 잠에서 깨우러 왔던 상급의 파란 필벗이 성좌 앞까지 날아왔다. 컬레인은 성 앞에서 그녀를 바로 통과시킨 모양이었다. 컬레인은 나오프 사자들의 훈련을 막 시작한 터라 그 자체로 바쁘기도 했지만 공중의 성(城)을 지키는 데 그 누구의 보고도 믿지 않고 스스로 통제하고 지켰다. 그럼에도 이 귀여운 상급의 필벗은 그대로 안나 앞으로 통과시켰던 것이다.

안나는 날갯짓을 심하게 하는 필벗을 흘끗 쳐다보았다. 그리고 쓰던 두루마리를 옆의 탁자 위에 놓았다.

"포리세아의 왕이시여!"

"말하라." 안나가 가볍게 말했다.

"인간계의 경험들이 보다 자극적이고 무서운 것이 되어감에 따라 아이들 또한 악몽에 시달리기를 예전보다 빈도수도 높고 강도 또한 큽니다. 어떻게 악몽을 줄일 수 있을까요?"

안나는 문득 인간계에 간여해서는 안 된다는 원칙을 떠올렸다. 그녀 자신이 인간계에 있을 때 경험한 가끔 무서운 사건들, 영상들, 다툼들이 떠올랐다. 그러한 경험들이 무의식 속에서 악몽으로 변환되는 것이다. 안나는 약이 필요한 시점이라는 판단이 들었다. 안나로서는 이마에 살짝 묻히는 연고 정도를 생각하고 있었다. 잠을 자는 시간만큼은 가끔 포리세아 속으로 들어오는 것 같은 느낌이 나도록 말이다. 안나는 그러한 생각을 마치고『내면의 질서』를 형성해내고 악몽과 싸울 수 있는 물질을 만들기에 주력했다.

그러나 안나는 실패했다. 안나는 그 자신으로서도 징거 랜드의 책방『돼지 도축장』에서의 악몽과 수상한 목소리의 두려움에서 완전히 자유롭지 못했다는 걸 파악했다.

'내 유년 시절에 쌓인 두려움에서도 자유롭지 못하군. 재미있는 걸.'

안나는 후훗, 하고 생각을 가다듬고는 어린이들이 느끼는 본능적인 두려움을 생각해냈다. 인간계의 어린이들은 보다 많은 악한 것들과 맞서며 살아가야 했다. 안나는 필벗에게 간단히 지시를 내렸다.

"악몽을 모두 해결하려고 하지는 마. 다만, 지독한 악몽일 경우 그 정도를 약하게 해줄 수는 있겠지?"

"그건 가능합니다. 그런데 왜 악몽을 모두 해결하지 않으시려는 것이죠?"

필벗이 머뭇거리며 물었다.

"인정하기 싫겠지만 그것도 삶의 일부야. 개인이 싸워나가야 하는 삶의 일부. 인간계에서는 어린이들은 더욱 강해져야 해. 자신의 무의식에서 시작되는 두려움, 무서움과도 싸울 수 있는 존재로 자라야 해."

필벗은 고개를 끄덕이고는 창밖으로 포르르 날아갔다.

며칠 후, 안나는 필벗들이 일하는 장면을『내면의 질서』로 보았는데 그들은 아이들의 꿈속에서 특별한 역할을 하고 있었다. 격려의 말을 해주는 나무라든가, 힘을 주는 새, 유령들이 돌아다니는 배경에서 뜨는 밝은 해의 모습 등 필벗들은 어린 아이들의 꿈에서 특별히 역할을 맡아 악몽 속에서 희망을 말하고 있었다. 안나는 바른 방향이라고 생각했다.

대관식 후, 캐러썬은 하루를 계획대로 살고 있었다. 검술과 무술 익히기, 독서와 글쓰기, 요리하기 등등 자신이 세운 계획대로 그야말로 인간답게 살고 있었다. 그럼에도 가끔 컬레인이 와서 은하수로 유영을 가자고 꼬드기면 거기에 바로 넘어가기도 했다. 은하수로 유영을 가더라도 예전의 사자 때의 모습 때처럼 즐길 수는 없었다. 안나는 그런 점이 안타깝기는 했지만 캐러썬이 선택한 모습은 바로 인간 남자의 모습이었고 또 그에 익숙해져야 한다는 것도 안나의 분명한 생각이었다.

컬레인은 왕실 기사단의 모습의 단일성을 실현하고자 안나에게 모든 나오프 사자들의 외모를 원래의 캐러썬의 그것과 같게 만들어 달라고 부탁했고, 안나는 이를 들어주었다. 제1기사인 검은 나오프 사자인 컬레인을 제외하고는 나머지 기사단 나오프 사자들은 황금색 갈기가 매력적인 흰 사자가 되었다. 컬레인이 기본 훈련을 마친 후 기사단은 싱의 안팎 곳곳에 배치되어 있있다. 수많은 하얀 사자들이 공중과 지상에 배치되어 있는 공중의 우윳빛 성은 그 모습을 보는 것만으로도 권위 그 자체였다. 그러나 안나는 권위에 대해서는 별로 신경 쓰지 않았다.

포리세아의 사람들 몇몇이 찾아왔다. 그들은 안나를 만나서 그들 자신들이 그동안의 신들 사이에 있었던 일들을 함께 겪으면서 불면과 악몽에 시달리고 있다고 말했다. 안나는 충분히 그럴 법도 하다며 조치를 취해주겠다며 그들을 돌려보냈다.

안나는 그날 저녁 몇몇 필벗들을 소환해 포리세아의 사람들의 꿈 속에서도 희망을 볼 수 있는 역할을 해달라고 부탁했다. 그들은 매우 바쁘긴 하지만 그렇게 하겠다고 공손하게 대답하고는 물러갔다.

'악몽, 왜 나타나는 걸까?'

안나는 그날 저녁부터 새벽까지 생각에 잠겼다. 안나로서도 악몽을 꿀 때가 있었다. 하지만 대부분은 그녀의 의지로 모든 두려움을 이겨내고 잠에서 깼다. 하지만 그러한 꿈을 꾸고 나서는 힘이 다 빠져버려서 그런 날의 하루는 견디기가 힘들었다.

언어의 신일 때 안나 자신은 언어에 대해 모든 것을 할 수 있었다. 그러나 한 세계의 왕이 되고 나니 타협과 지시, 그리고 때때로 불완전함을 감수하면서 걸어가야 하는 게 안타까웠다. 왜 이 세계에 서로 다른 영역의 네 명의 신이 있었는지 이해될 듯 했다. 만약 꿈의 신이라는 존재가 있었다면 악몽 따위는 가볍게 제거할 것이다. 그러나 악몽이 없는 꿈은 존재를 나약하게 할 것이다. 모든 것은 이면이 있다고 문득 생각하고는 새벽 두 시임을 확인하고 침실로 갔다.

캐러썬이 침실에서 책을 읽으며 안나를 기다리고 있었다.

"나를 보필하는 것에 지루함을 느끼지 않나요?"

안나가 문득 캐러썬을 걱정했다. 강한 나오프 사자로서 세계를 뛰어다니던 그였다.

"인간 남자의 모습이 내 모습이라는 걸 확인하고 난 뒤, 그리고 그대를 사랑하는 것만을 나의 일로 확인한 뒤, 그리고 그런 그대에게 적합한 남자가 되어야 한다는 것을 알게 된 뒤, 내게는 그런 일은 문제가 된 적이 없습니다. 피곤하시겠소. 어서 잠듭시다."

캐러썬에게 안겨 잠드는 중에 안나는 비명 소리를 들었던 그때가 문득 떠올랐고 그날 꿈에서 안나는 『돼지 도축장』이라는 책방에서 뚱뚱한 주인장으로부터 『수상한 목소리』라는 책을 건네받았다. 책을 쓴 이는 애쉬 데리만이라는 젊은 남자로 안나는 꿈속에서 그 책을 다 읽었다. 비명 소리가 점점 엷어지더니 안나는 잠에서 깼다.

'재미있는 책일 뿐이네.'

안나는 악몽 또한 스스로 이겨내야 하는 자신의 관념과의 싸움이며 동시에 그것을 극복해가는 과정에서 자신이 무엇을 해야 하는지 알게 해주는 어떤 것이 될 수도 있다고 생각했다. 자신이 두려워하는 것으로부터의 탈출을 의식 세계에서 해내는 것이 바로 그것이었다.

안나는 오전에 잠옷 차림으로 성좌(聖座)로 내려와 컬레인에게 『수상한 목소리』를 쓴 애쉬 데리만이라는 소설가를 데리고 올 것을 지시했다.

그러는 동안 안나는 왕으로서의 옷으로 갈아입고 그녀의 성좌에 앉아 모닝 커피를 마시며 두루마리를 쓰고 있었다.

키가 크고 갈색의 곱슬머리가 매력적인 남자가 들어서고 그가 한쪽 무릎을 꿇으며 안나에게 인사를 올렸다.

"애쉬 데리만입니다. 그는 책을 다 쓰기는 했지만 출판사를 구하지 못해 어려움을 겪고 있다고 말했습니다." 컬레인이 그렇게 말했다.

"『수상한 목소리』 원고는 가져왔습니까?"

그는 가슴팍에서 꽤 두터운 두루마리를 꺼냈다. 안나는 그걸 받아 읽어나갔다. 어젯밤 꿈속에서 읽었던 것과 같은 내용이었다. 느낀 점은 두려움을 이겨내는 방법은 두려움을 직시하고 그것을 이겨낼 의지를 가지는 것을 무의식 속에서도 단단하게 가지고 있어야 한다는 것과 그것이 악몽과 싸워서 이길 수 있는 방법이라는 것이었다. 굳이 악몽과 싸워서 이기지 않더라도 무엇을 하더라도 자신의 의지를 강하게 동여맬 수 있는 방법이라고 생각했다.

"애쉬 데리만, 무슨 의도로 이 책을 집필했는지 말해 주신다면, 내가 초판 오백 부를 당장 여기에서 찍어드리겠습니다."

그는 캐러썬이 가져다 준 의자에 황송해하며 앉았다. 그는 잠시 망설이다가 대답하기 시작했다.

"꿈속에서 자꾸 비명 소리가 들렸었고 안나 셜릿이 보이지 않는 누군가에게 끌려가고 있는 것을 보았습니다. 그래서 달려가 보면 안나 셜릿은 죽은 듯이 누워있고, 또 다시 비명 소리가 들리고 있었지요. 그러한 꿈을 반복해서 꿀 때마다 그러나 안나 셜릿은 이전보다 더 강해져 있었습니다. 그래서 생각했습니다. 외부의 두려움에 굴하지 않고 자신이 인식한 대로 그것을 믿고 앞으로 나아가는 의지가 인간을 앞으로 나아가게 하는 힘임을 알게 된 겁니다. 저는 꿈속의 비명 소리와 안나 셜릿의 삶을 비유적으로 구성해서 이 책을 썼습니다.”

안나는 고개를 끄덕이고는 다시 물었다.

“악몽의 경우에 있어 그것을 이겨내는 가장 탁월한 방법이 무엇이라고 생각합니까?”

“『수상한 목소리』도 악몽과 관련된 책입니다. 무의식 속에서 들려오는 비명에 대한 막연한 두려움이 이 소설의 전체를 흐르고 있지요. 하지만 무의식을 이겨내는 것은 오직 의식의 각성 외에는 없다고 볼 수 있습니다. 의식이 충분히 강하고 또 두려움이 일어나는 상황을 전체적으로 해석할 수 있는 시야가 갖추어 진다면 악몽에 질 필요가 없는 것이지요.”

안나는 부드럽게 미소를 지었고 그녀가 들고 있던 『수상한 목소리』 두루마리가 두려움이나 악몽의 상황을 해석하는 전체적인 시야를 갖추었다고 판단했다. 안나는 『내면의 질서』를 형성해 두루마리의 글자들을 모두 특수한 책 속으로 넣어 단숨에 오백 부의 책을 만들어냈다. 이를 지켜보고 있던 애쉬 데리만은 왕의 신적인 능력에 감탄할 뿐이었다. 안나는 왕이긴 했지만 그녀의 신적인 능력 또한 여전히 가지고 있었다.

애쉬 데리만은 오백 부의 책을 껴안고는 감격의 눈물을 흘렸다.

“나머지는 인간계의 어린이들을 위해 유통하겠으니 이에 대한 인세 비용으로 컬레인이 충분히 보상해드릴 겁니다.”

옆에서 듣고 있던 컬레인이 고개를 끄덕이고 안나는 컬레인의 등에 수레를 만들고는 거기에 오백 부의 책을 실었다.

“나오프 사자를 타보신 적 없으시죠?”

안나는 애쉬 데리만을 떠보았다.

"한 번도 없었습니다."

"지금 한 번 타보시지요. 댁까지 컬레인이 함께 갈 겁니다. 등에 올라 앉아 갈기를 세게 잡으면 됩니다."

애쉬 데리만은 망설이다가 컬레인이 몸을 낮추자 조심스럽게 컬레인의 등에 올라탔다. 컬레인이 순식간에 수레를 끌고 창밖으로 뛰어내리자 애쉬 데리만의 비명 소리가 성 전체에 울릴 뿐이었다.

잠시 후 돌아온 컬레인은 그에게 인세 값으로 황금을 지불했다고 말하고는 다시 안나의 성좌(聖座) 옆에 누워 두 눈을 번뜩였다.

안나는 필벗들을 불러 먼저『수상한 목소리』라는 책을 읽도록 시키고 두려움을 전체적으로 인지하도록 했다. 필벗들은 그들이 먼저 악몽이 발생하고 또 움직이는 과정을 이해하게 되자 인간계 어린이들의 악몽을 운용하는 그들의 힘 또한 더 강해지고 정교해진 것을 파악했다. 필벗들은 모두『수상한 목소리』를 몇 번씩 필독하고 또 악몽을 꾸는 포리세아의 사람들이 서점에서『수상한 목소리』를 사가면서 애쉬 데리만은 일약 인간의 내면을 탐구하는 분야에서의 베스트셀러 작가가 되었다.

그리고 필벗들은 인간계 어린이들의 악몽을 다스리는 것에 대해 더 이상 안나에게 묻지 않았다. 인간계에서『수상한 목소리』는 은둔하는 작가인 애쉬 데리만에 의해 씌어진 것으로 되어 유통되기 시작했다. 안나는 인간계에 이 정도의 티 나지 않는 관여에 대해서는 오히려 좋은 현상으로 생각했다.

# 스노우라이트 씨의 방문

블랙 고글을 끼고 커다란 스포츠백을 메고 온 사람이 수상하지도 않은지 컬레인은 그를 흘끗 쳐다보고는 성좌에 앉아서 두루마리에 뭔가를 적고 있는 안나를 한 번 쳐다보기만 할 뿐 그에게 관심을 보이지 않았다. 안나는 그가 계속 자리에 서 있자 그를 한 번 쳐다보기는 했다. 그는 여유 있게 미소를 지었고 곧 들어온 캐러썬과 그는 서로를 알아보고는 오른손을 서로 가볍게 부딪히고 껴안았다.

"여어, 오랜만이야. 내 모습이 바뀌었다는 건 소문을 들어서 알 테고."

캐러썬이 그 남자에게 말했다. 그는 그제야 스포츠백을 바닥에 내려놓고는 고글을 이마까지 올렸다. 갈색 머리칼에다 푸른 눈동자의 매력적인 남자였다. 그가 캐러썬과 아는 사이라는 걸 알게 된 안나가 문득 쓰던 두루마리를 접고 일어나서 그들에게로 다가갔다.

"이 분이 포리세아의 왕이신 안나 셜릿이시고 넌 그 분의 첫 번째 남자로군."

그의 건방진 말투에 컬레인이 털썩 하고 일어나서 다가오자 그가 뒷걸음을 쳤다.

“아니, 오해십니다. 하하하.”

컬레인은 그를 겁주고 나서 다시 제자리로 가서 누웠다.

“이 분은 누구서? 캐러썬?” 안나가 물었다.

“고귀한 신분에 있는 분들에게 물건을 판매하는 잡상인 스노우라이트 씨지. 오래 전부터 그래왔는데, 내가 자는 동안 쿠로벨 성에도 제법 많이 왔다 갔다 했지. 깼을 때 꼭 한 번 만난 적이 있으니까. 그러니까 폴라 이도넬 부인이 물건을 많이 사셨지.”

안나는 갑자기 그의 스포츠백에 흥미를 보였다.

“저에게는 뭘 팔러 오셨나요?”

“요즘 인간계에서 잘 나가는 물건들을 좀 가져와봤습니다.”

그가 씨익 웃었다.

안나는 스포츠백 앞으로 가서 지퍼를 지익 하고 열었다. 게임기며 게임 시디며 만화책, 잡다한 화장품에다 소설책, 콜롬비아 커피 원두가 든 병이며 안나는 지퍼를 닫으며 한숨을 내쉬었다.

“캐러썬, 폴라 이도넬 부인은 주로 어떤 걸 사셨죠?”

“액세서리나 딸기잼, 롱스커트, 이불 등을 주로 사신 걸로 알고 있습니다.”

안나가 다시 한숨을 내쉬었다.

안나의 반응에 스노우라이트 씨는 벌써부터 기가 죽었다. 안나는 문득 생각하다가 스포츠백을 다시 열어 보고는 이것저것을 하나씩 꺼냈다. 문득 다시 생각했을 때 괜찮은 것이 제법 있었던 것이다. 마이크로소프트 사(社)에서 제조한 게임기 엑스박스와 게임 시디 몇 장을 꺼내놓고, 해리 포터 소설책 한 권을 발견하고는 화장품과 원두커피 통 밑에 나머지 해리 포터 시리즈 전체가 있는 걸 발견하고 꽤 큰 수확이라고 생각했다. 안나는 인간계에 있을 때 해리 포터 시리즈의 첫 번째 권만 읽었기 때문에 그 뒷부분이 꽤 궁금했기 때문이다. 콜롬비아 원두커피 맛도 궁금했고, 만화책과 화장품은 스포츠백 속에 그냥 두었다.

"내가 구입할 건 꺼내놓은 것들이에요. 다 합해서 얼마죠?"

스노우라이트 씨는 어린애마냥 좋아하며 박수를 치면서 탁월한 선택이라고 안나를 연신 칭찬했다. 그런 칭찬에 좋아할 안나는 아니었지만 그저 이 사람의 성격이려니 하고 가만히 있었다.

"금으로 거래를 합니까?"

그가 가격에 대해 이야기를 하지 않자 안나가 물었다.

"소원 한 가지를 들어주십시오. 그러면 됩니다."

안나는 문득 이 사람이 돈을 벌려고 여기까지 온 건 아니라는 생각이 들었다. 그리고 그의 얼굴도 문득 진지해져 있었다. 안나는 얘기를 끝까지 들어보자고 생각했다.

"아주 오랜 시간 동안 나오프 사자의 성을 방문했었죠. 그리고 거의 대부분 그는 얼음 속에 잠들어있었고, 단 한 번 깼을 때 그가 공중을 뛰어다니는 걸 본 적이 있죠. 그 나오프 사자가 바로 캐러썬이었습니다. 그때의 감동은 잊을 수가 없습니다. 염치불구하고, 지금의 인간 형상의 캐러썬을 단 하루만 원래의 나오프 사자로 만들어주셔서 저와 함께 공중을 뛰어다닐 기회를 주신다면, 이 소원을 이루어주신다면, 제가 힘껏 구해온 저 물건들과 바꾸겠습니다."

안나는 그의 말이 시작될 때부터 그의 말이 어떻게 끝날 지 이미 알고 있었다. 그래서 말을 듣는 내내 뭉클했다. 안나가 포리세아의 왕이 되고 나서부터 캐러썬은 자신의 위용을 잃어버린 것처럼 안나를 위해서만 살기 위해 노력했고 또 인간으로서 완전해지기 위해 노력했다. 하지만 안나는 알고 있었다. 캐러썬은 당당한 나오프 사자라는 걸.

스노우라이트 씨의 말을 다 들은 캐러썬은 깜짝 놀라서 그럴 수는 없다고 딱 잘라 말했다. 그러나 안나는 알고 있었다. 캐러썬이 보다

행복해지는 길은 그가 나오프 사자로서 살 때라는 걸 말이다. 안나는 순식간에 중차대한 결정을 내렸다.

"단 하루만 그렇게 부탁하는 겁니까?"

안나가 스노우라이트 씨에게 말했다.

"네, 단 하루만 캐러썬과 공중에서 뛰어놀고 싶습니다."

"캐러썬은 그렇게 하기를 원하는 가요?"

안나는 캐러썬을 쳐다보았다. 캐러썬은 부정하려다가 입을 다물었다. 뭔가 그의 내부에서 뭉클했던 게 분명하다. 안나는 눈물이 날 뻔했지만 눈물을 삼키고 다시 스노우라이트 씨를 쳐다보았다.

안나는 캐러썬이 인간으로서 살아가는 것이 부적합하다고 생각하고 있었다. 그가 나오프 사자로서 살아갈 때와 지금의 그에게서 느껴지는 에너지의 차이는 확연했다. 말과 행동은 더욱 인간답게 신사적으로 하지만 안나는 그런 캐러썬을 원한 게 아니었다. 안나는 고개를 끄덕였다.

"나는 캐러썬이 영원히 나오프 사자의 모습으로 사는 걸 원하는 데도요? 단 하루만 캐러썬이 나오프 사자가 되는 걸 원한다니 할 수 없군요."

안나가 도도하게 말했다.

스노우라이트 씨는 두 손을 싹싹 빌며 뜻대로 해주십사하고 간청을 드렸다.

안나는 다시 성좌로 올라가서 앉고는 캐러썬에게 무릎을 꿇으라고 명령했다. 캐러썬은 안나가 무슨 일을 할 지 잘 알고 있었고 그래서 더욱 미안하고도 떨리는 순간이었다. 캐러썬은 기억에 나지도 않는 어린 시절에 인간이었던 것이 자신에게 중요한 것이 아니라 언어의 사자로서 살았던 시절이 더욱 자신의 모습이었다는 것을 외면할 수 없었던 것이다. 다만 안나에게 자신의 욕구에 대해 말할 수 없었던 것이다.

"나 포리세아의 왕 안나 셜릿은 명하노라. 나의 남편인 캐러썬을 지금부터 남편의 자리에서 해고하고 그를 컬레인 수하의 왕실 기사단의 기사로 임명하노라. 그는 지금부터 그의 원래의 몸을 가지게 될 것이라. 화이트 라이언, 골드 매인(갈기)!"

안나가 순간적으로 『내면의 질서』를 형성하고 인간 형상의 캐러썬을 원래의 나오프 사자의 형상대로 만들어놓자 캐러썬은 그의 몸에서 솟아오르는 힘을 주체할 수가 없어서 홀을 신나게 뛰어다녔다. 안나는 기분 좋게 그런 캐러썬을 보며 그가 그러다가 지쳐서 모두를 알아볼 수 있을 때까지 기다리기로 했다. 캐러썬은 혼자서 신나게 홀을 뛰어다니고는 이를 한심해하는 컬레인에게 주먹으로 한 대 얻어맞을 때까지 정신을 차리지 못했다.

물론, 정신을 차린 캐러썬은 안나 셜릿 앞에 무릎을 꿇고 컬레인 밑에서 충성을 다하겠노라고 맹세했다. 안나 셜릿은 무슨 이혼 통보가 저리도 좋을까 싶어서 약간은 기분이 상했다. 하지만 보다 많은 존재들을 그들이 존재하기로 원하는 방식대로 존재하도록 도와주는 것은 그녀가 존재하는 이유였다. 안나는 벌써 스노우라이트 씨를 등 위에 태우고 창밖으로 뛰쳐나간 캐러썬의 뒷모습을 잠시 지켜보고는 다음 대(代)의 포리세아의 왕을 찾아 교육하는 일을 해나가야겠다고 생각했다. 그리고는 그녀가 획득한 엑스박스 게임기와 게임 시디, 해리 포터 시리즈 전체와 콜롬비아 원두커피 통을 하나씩 그녀의 방에 가져다 두었다.

저녁이 되고 컬레인에게 캐러썬이 돌아왔냐고 물으니 컬레인은 고개를 저을 뿐이었다.

"신나서 제정신이 아니에요. 다른 기사단들이 캐러썬이 하도 과격하게 날아다녀서 날지를 못한답니다."

컬레인이 대답했다.

“내가 결혼을 잘못했어. 사자랑 하는 게 아니었어.”

안나는 웃으면서 컬레인에게 킥킥댔다.

“이제 다시 결혼은 하지 않으실 겁니까?”

컬레인이 문득 궁금한 듯 물었다.

“지금 나의 상태에서는 결혼이 필요하지 않아. 그래서 캐러썬이 좌절을 느낀 걸 수도 있어. 모든 걸 완전하게 해내는 존재 옆에서 그의 존재란 과연 무엇이었을까? 스노우라이트 씨가 소심하게 요청하긴 하셨지만 고마웠어. 나 혼자였더라면 과연 캐러썬을 원래대로 돌려놓을 수 있었을까 그런 생각이 들어.”

컬레인은 역시나 다음 대(代)의 포리세아의 왕의 존재에 대해 물었다.

“아직 시간이 많이 남았겠지만 천천히 적당한 인물을 찾아서 교육할 생각이야. 바탄의 신들과도 특별히 싸울 일이 없을 거고, 그저 인간으로서 인격을 형성한 자면 중분해. 내가 가진 신적인 힘을 가질 필요는 없어. 나는 포리세아가 왕이 있으면서도 불완전한 곳이길 바라고 있을 뿐이야.”

컬레인은 안나의 의도를 읽고는 고개를 끄덕였다.

“왕이 완전할 필요는 없지요.”

컬레인은 짧게 대답하고는 다시 안나의 성좌 옆에 누웠다.

안나는 문득 무언가를 느끼고는 과거로 시간을 돌려 수의 신, 언어의 신, 운명의 신, 죽음의 신이 있던 때의 이 세계에 보다 힘이 약한 신들도 존재했었다는 것을 기억해낸다. 그리고 그 스노우라이트 씨는 실로 ‘눈(雪)의 신’이었다는 것도 확인해냈다. 주요 신들 사이에 문제가 생기고 여기에 이르기까지 그들이 숨어있었다는 것도 확인해냈다.

안나는 창가 쪽으로 가서 별빛을 받으며 여전히 캐러썬이 눈의 신 스노우라이트와 함께 공중에서 뛰어노는 것을 지켜보았다.

‘저리도 좋아하는 것을.’

섭섭하지는 않았다. 안나는 캐러썬의 황금 갈기를 눈처럼 하얗게 만들었는데 그것은 이제 스노우라이트 씨에게 안나 셜릿이 그의 정체를 알았다는 것을 표현하기 위함이고 또 눈의 신에게 캐러썬을 그의 나오프 사자로 허락한다는 뜻이기도 한 것을 표현하기 위함이었다. 눈의 신은 모든 것을 깨달았으며 즉시 안나 셜릿에게로 내려왔다.

캐러썬은 밝은 곳에서 그의 고개를 세차게 흔들었을 때 그의 갈기가 새하얀 것임을 확인하고 놀라워했다. 캐러썬이 의아해 할 때 안나가 캐러썬의 목을 얌전히 껴안았다.

"아직 세상에는 놀라운 존재들이 많아. 비록 거대한 신들은 모두 사라졌지만. 자신을 드러내지는 않지만 나무의 신도 있고, 토양의 신도 있고, 비의 신도 있고 또 눈의 신도 있어. 그리고 캐러썬 네가 깨달아야 하는 건 너를 너무나도 가지고 싶어 하는 신이 있다는 사실이지. 바로 눈의 신 스노우라이트 씨야."

안나가 캐러썬의 귓가에 그렇게 조곤조곤 이야기하고는 캐러썬의 코에 가볍게 키스했다.

"포리세아의 왕으로서의 나에게는 컬레인이 있고 또 수많은 나오프 사자들이 왕실 기사단으로 지켜주고 있으니까 욕심내지 않아. 캐러썬, 눈의 신의 나오프 사자가 되어 줘. 그리고 언제라도 나에게 소식을 알려주고 또 오고 싶다면 언제든지 올 수 있어."

안나는 캐러썬의 눈을 응시하고 뒤로 물러났다.

임무에 있어서는 컬레인이 있어서 깨끗하게 돌아설 수 있었다. 그러나 그가 안나에게 품었던 감정이 지금에 이르러서는 말갛게 사라져버린 것에 대해 그가 자신은 그저 나오프 사자일 뿐이라는 자신에 대한 실망감은 감출 수 없었다. 캐러썬은 이제 물러설 때라는 것을 알았다. 아직 세계의 곳곳에 존재하는 작은 신들 중에서 눈의 신이 그를 직접 찾아왔고 그를 눈의 신의 나오프 사자로 만들어준 안나의 넓은 마음에 감동했다.

스노우라이트 씨는 자신의 마지막 소원까지 다 이루어진 지금 모든 것이 감동되어 포리세아 전체에 소복소복 눈을 뿌리기 시작했다. 안나는 창가로 가서 밤에 내리는 하얀 눈을 보면서 잠시 밖을 응시했다. 불이 켜진 땅 위의 집들과 들과 언덕들과 나무들, 눈을 맞고 보초를 서는 나오프 사자들, 그리고 어두운 밤하늘에서 끝없이 떨어지는 눈송이들, 그리고 돌아서서 보니 온 몸이 새하얀 캐러썬이 있었다.

캐러썬은 상황에 아직 적응을 하지 못한 듯 몸이 굳어 있는 듯 했으나 컬레인은 이러한 캐러썬에 대한 배려가 곧 자신의 위치에 대한 배려임도 포함된다는 것을 알고 안나의 선택이 역시 탁월함을 인정했다. 컬레인은 실제로도 첫 번째 나오프 사자로서 죽음의 신의 나오프 사자를 오랫동안 역임했으며, 죽음의 신과 운명의 신을 쫓아낸 장본인으로서, 나오프 사자들을 다스리는 수장으로서 그 의미가 유일했기 때문이다. 인간으로서 시작한 캐러썬이 따라오지 못할 시작과 힘을 가지고 있었다.

안나는 캐러썬과 컬레인이 동시에 한 공간에 있을 수 없다는 걸 인정해야 했고 결단을 내려야 할 순간이 조금 빨리 온 것일 수도 있다고 생각했다. 다시 창밖으로 눈을 돌리고 세상이 온통 하얗게 덮이는 걸 지켜보았다. 스노우라이트 씨가 고글을 벗고 안나에게로 다가왔다.

"변형 세계에서는 계절도 제각각이었습니다. 하지만 이제 세계가 어느 정도 안정이 된 만큼 계절도 가동시킬 것이고 때가 되면 눈이 세상을 덮을 것입니다. 그래도 된다면 말입니다."

안나는 스노우라이트 씨의 뜻에 고개를 끄덕였다.

"때가 되면 눈이 세상을 덮는 건 좋은 일이지요. 우리가 꿀 수 있는 꿈이 더 많아지니까요. 정결한 마음을 직접 보는 것 같은 축복을 때가 되면 가진다는 건 새로운 시작을 준비하는 마음을 또한 허락받는 것이지요."

안나가 눈의 신 스노우라이트에게 말했다.

"캐러썬을 놓지 마세요. 캐러썬이 눈의 신의 나오프 사자가 되길 진심으로 소원합니다."

안나가 덧붙였다.

"이 아름다운 포리세아에 때가 되면 눈이 뿌려질 겁니다. 그때 그리운 누군가를 기억하도록 해요."

스노우라이트가 말했다.

"그 말은?"

"캐러썬이 왕의 성으로 돌아올 일은 이제 없을 겁니다."

"음……." 안나는 잠시 생각에 잠겼다. "그것이 옳은 일이겠지요?"

"물론입니다." 스노우라이트가 손가락을 딱 하고 소리 내더니 천천히 소복소복 내리던 눈은 눈보라가 되어 날리기 시작했다. 크고 넓은 창문 때문에 창가에 서 있던 안나가 바람에 날려갈 듯 위태롭고 컬레인이 한 번에 뛰어와 커다란 창문을 닫았다.

안나는 눈을 딱 감고는 더는 캐러썬을 돌아보지 않고 침실 위로 올라갔다. 새벽에 홀로 내려왔을 때에는 홀 바닥에 놓여있던 스포츠백도 없고 캐러썬도 없고 오직 컬레인만이 그녀가 내려오는 것을 서서 쳐다보고 있었다.

"컬레인, 그들은 그들의 세계로 가버린 건가요?"

"저 때문에 캐러썬을 보내신 이유도 있다는 걸 압니다."

컬레인이 솔직하게 말했다.

"보다 큰 이유는 나 때문이에요. 신경 쓰지 말아요. 컬레인."

안나가 힘겹게 말하며 천천히 걸어 성좌에 앉았다. 그녀의 앞으로 컬레인이 와서 섰다.

"어떤 이유 때문에 그토록 아끼고 사랑하던 캐러썬을 눈의 신의 나오프 사자로 영원히 보내신 건가요?"

"신들은 약하든 강하든 자기의 것에 대해서는 소유권 주장이 강해서 이미 캐러썬을 보내기로 한 이상 나는 캐러썬을 만나지 못한다는 걸 알면서도 캐러썬을 보낸 건……. 두 가지 이유 때문이야. 하나는 나에 대한 것, 다른 하나는 그래, 컬레인 너에 대한 것 때문이지."

안나가 천천히 말했다.

"말해 주십시오."

컬레인이 이유 듣기를 청했다.

"캐러썬은 원래 언어의 신의 나오프 사자였는데, 그의 임무는 원래 언어의 신의 후임자를 교육하고 그리고는 잿빛 문으로 들어가서 얼음벽 속에서 자는 것 외엔 없었어. 그런 그가 나를 만나 갖은 고난을 겪고 또 감정을 느끼고 또 내가 더욱 완벽해지면서 그의 설 자리까지 잃게 된 거지. 내가 신으로서 최대한으로 강해지고 또 왕으로서 완전해지면서 그는 나의 그림자가 될 뿐인 존재로 전락한 거야. 인간의 형상으로는 뭘 해도 그저 그런 존재가 되고 만 거지.

하지만 그는 나오프 사자일 때 자신의 본성을 더욱 잘 실현할 수 있다는 걸 나는 예측했고 그것은 실로 눈의 신이 방문했을 때 현실화된 거야. 캐러썬은 더 좋은 주인을 만나 새로운 삶을 살게 된 거지.

여기까지가 나와 관련된 이유고, 나머지 한 이유는 캐러썬의 시작이 인간이라는 것과 또 수많은 나오프 사자를 통솔하는 위치가 이미 컬레인 네게 있다는 것이지. 컬레인 너는 첫 번째 나오프 사자로서의 정통성과 더불어 신들과 싸운 전설적인 존재고 게다가 캐러썬보다 강해. 그건 내가 인정하고 있는 바야. 그러니 캐러썬과 네가 동시에 한 공간에 있을 수는 없어. 언젠가 그건 내가 결정해야 하는 바지. 캐러썬은 눈의 신에게 선택되었고, 컬레인 너는 나의 나오프 사자로 선택되었어. 신이 아니라 인간으로서의 왕을 위해 선택된 나오프 사자야.

실망했니?"

안나의 말을 찬찬히 듣고 있던 컬레인이 고개를 숙이며 눈물을 뚝뚝 흘렸다.

"거두어 주셔서 감사합니다."

안나는 그런 말을 들으려던 게 아니었다. 자리에서 일어나 검은 사자의 은빛 갈기를 쓰다듬으며 그녀의 팔을 벌려 그의 목을 꼭 껴안아 주었다. 밖은 어느새 눈보라가 걷히고 하얀 들판들 위로 별들이 찬란하게 떠 있었다.

"한 가지 약속을 드려도 되겠습니까?"

컬레인이 안나의 팔을 가볍게 놓으며 말했다.

"무엇을?"

"언제라도 저에게 잿빛 문을 허락하실 수 있습니다."

컬레인이 안나를 쳐다보았다. 부드러운 눈빛이었다.

"언제라도 저는 언어의 신의 거룩한 사자이겠습니다."

안나가 그를 계속 쳐다보고 컬레인이 다시 말했다.

"당신은 인간으로서 포리세아의 왕이 아니라 언어의 신 안나 셜릿이고, 우리는 지금 이 순간부터 그 사실을 믿습니다. 당신은 완전한 언어의 신 안나 셜릿입니다. 제 눈은 정확합니다. 그러하니 이제 저를 언어의 신의 나오프 사자로 임명해 주시고, 언제라도 저는 저를 멈추게 할 잿빛 문을 가동할 권리를 오직 안나 셜릿 당신에게만 허락할 것입니다."

안나의 눈에 눈물이 차오르기 시작했다. 안나는 떠나간 캐러썬 때문에 그리고 새롭게 그의 나오프 사자가 된 컬레인 때문에 울기 시작했다. 컬레인이 안나를 꼭 안아주었다.

밤새 이 모든 사실이 온 포리세아와 바탄에 이르기까지 알려졌다. 그 모든 건 완전한 언어의 신이 탄생되는 과정이었다. 언어의 신이 바로 서자 음지에 있던 작은 신들도 모습을 드러내기 시작했다. 포리세아에서는 언제라도 새로운 신이 나타날 수 있는 것처럼 누구에게도 모든 길이 열려 있었다. 다만 당분간 언어의 신의 자리를 넘보는 자는 아무도 나타나지 않을 거라고 포리세아의 대부분의 이들이 동의했다. 수의 신이나 운명의 신 혹은 죽음의 신과 같은 굵직굵직한 신들은 누가 맡게 될까도 많은 이들이 궁금해 했다. 그러나 존재들은 그에 대해 쉽게 이야기할 수 없음도 알고 있었다.

컬레인이 언어의 신의 나오프 사자가 됨과 동시에 왕실 기사단이던 나오프 사자들은 모두 자신이 섬길 주인을 찾아 떠났다. 안나는 그들이 사방으로 멀어지는 모습을 보면서 각자가 결국 제자리를 찾아가는 과정은 쉽게 알 수도 없고 가끔은 아프기도 하다는 것을 알았다. 그리고 캐러썬은 마음에 그 자리에 묻기로 했다.

# 매직 크루

얼마의 시간이 지났을까, 안나는 공중에 떠 있는 우윳빛 성을 천천히 지상으로 끌어내렸다. 그 누구에게라도 쉽게 다가설 수 있는 존재가 되기 위함이었다. 언어의 신으로서 과제를 받았던 소녀 시절이 생각나고 두려움 속에서 노력하던 나날들도 떠올랐다. 자신과 관련해 기대하지 않던 컬레인이 막상 그녀와 가장 오랫동안 시간을 보낼 그녀의 나오프 사자가 된 것에 대해 운명의 신이 비어있는 동안 일어난 운명의 한 획이라고도 생각했다. 컬레인은 충성심이 강했고 힘도 셌으며 똑똑해서 안나가 생각하고 있는 것들을 거의 그의 머리에서 똑같이 생각할 수 있었다.

허영에 들뜬 수많은 존재들이 자신들이 무엇의 신이라고 주장하고 다니는 일이 허다했지만 자신들이 언어의 신이라고 주장하는 존재들은 결코 나타나지 않았다. 존재들은 신으로서의 안나의 완성된 힘을 경험했고 그런 안나를 보좌하는 컬레인을 두려워했기 때문이다. 수많은 나오프 사자들로부터 컬레인은 전설적인 최고의 나오프 사자로 인정받고 있었다. 캐러썬은 눈의 신의 나오프 사자로 인식되었고 컬레인이나 캐러썬이 그러하듯 나오프 사자들은 각자가 섬길 신을 찾아 나섰다.

안나가 바탄을 형성할 때의 원리가 객관화되어 기록되어 그것이 포리세아의 존재들에게 귀한 인식으로 학습되고 있을 때 그것을 재빨리 습득한 보구스 곰들이 각성을 마치고 각자가 사랑하는 개별 문자 하나씩의 신으로 성장하고 또한 사람들과 요정들도 어려운 공부를 해내며 신의 단계에 근접하기 시작했다.

안나는 외부 세계에서 일어나는 일들에 대해 매일 컬레인의 보고를 받고는 있었으나 그녀는 거의 모든 것에 관심이 없었다. 이미 지나온 과정에 대해 더 이상 돌아볼 것이 없었던 것이다. 안나는 의미든 무의미이든 그런 애매한 마음의 상태를 떨쳐버리고 다시 성좌(聖座)에 앉아 두루마리를 쓰기 시작했다. 안나가 쓰는 두루마리들은 컬레인이 모아서 책으로 만들어 안나의 서재에 꽂고 또 세계에 배포했다.

안나가 언어의 신으로서 세계를 위해 하는 일은 다시 책을 쓰는 것으로 한정되었다. 안나는 더 이상 그 누구와도 싸울 필요를 느끼지 못했고 또한 그 누구를 이끌 필요도 느끼지 못했다. 오직 그녀가 매 순간 인식한 것을 남기는 것만이 자신이 할 일이라고 생각했고 오직 그에만 자신의 의지가 끌렸을 뿐이다. 안나는 매일 두루마리를 손으로 써내려갔다.

컬레인의 생활도 단순했다. 그는 공중을 뛰어다니지도 않았으며 동족 나오프 사자를 만나지도 않았으며 그저 안나의 두루마리를 모아 책으로 만들기만 할 뿐이었다. 낮에는 안나의 성좌 아래에 앉아 두루마리를 쓰는 안나를 쳐다보기만 할 뿐이었다. 그리고 저녁 무렵이면 성 꼭대기에 올라가서 바람에 실려 오는 세상의 이야기를 듣고 내려와 안나에게 일러주곤 했다.

"보구스 곰들이 전부 각자의 성(城)을 가지게 되었다는 군요. 모두 초급 신으로서의 각성도 마쳤고요. 게다가 모습을 인간으로 바꾼 보구스 곰들도 여럿 되어서 세상에서 중요한 것이란 태생이 문제가 아니라 그 이후의 개인의 의지라는 게 더욱 분명해지는 것 같아요.”

컬레인이 창가에서 홀로 뛰어내리며 말했다.

안나는 저녁 무렵이어서인지 두루마리 집필을 마치고 성좌(聖座)에서 일어나며 컬레인이 가져다 준 소식에 관심을 기울인다.

“우리 보구스 곰들 대단하네. 그래도 나한테 실력을 겨루자고 오는 녀석은 하나도 없는 걸 보니 아직은 어린 듯 해.”

안나가 두루마리를 말면서 말했다.

“설마 안나 셜릿을 건드릴 신이 있을까요?”

컬레인이 진심이라는 듯 말했다.

“왜 그렇게 생각하지?”

안나 셜릿은 가볍게 물었다.

“바탄의 게임을 기억하시죠? 캐러썬과 저에게 끼어들지 말라고 하시고 안식처의 신들이 낸 시험과도 같은 일을 이루신 것. 그런 안나 셜릿에게 초보 신들이 과연 덤빌 수 있을까요? 그나마 강력하고 술수의 달인이었던 죽음의 신 필리코바 도리아스도 안나 셜릿이 형성한 바탄의 비밀을 매일 풀면서 놀라고 있을 뿐이라던데요. 그러면 할 말이 없는 거죠.”

안나는 어깨를 으쓱했을 뿐이었다. 안나가 컬레인에게 식사를 하자고 졸라대고 컬레인과 안나는 정원으로 나가 채소를 수집하고 토끼로부터 강낭콩 한 바구니를 받았다. 컬레인은 요리를 하기에는 너무 두터운 발을 가진 터라 안나가 싱긋 웃고는 주방에서 이것저것을 꺼내어 채소 요리와 콩 요리를 만들었고 둘은 함께 식사를 했다.

안나는 매일 식사를 하지 않아도 되었는데 가끔 생각났을 때 그리고 피곤할 때만 먹으면 되었다. 메뉴는 채소나 콩 종류면 충분했다. 안나의 몸은 『내면의 질서』에 의해 보존되고 있었기 때문에 식사는 그녀의 몸을 유지시키는 데 필수적인 요소는 아니었다.

안나는 부쩍 혼자 잠드는 걸 싫어해서 성좌 아래의 카펫에서 컬레인의 배를 베고 잠들곤 했다. 안나를 잘 재우는 것도 컬레인의 몫이어서 컬레인은 안나의 몸이 차가워지기라도 하면 그녀를 따뜻하게 감싸면서 밤새 안나를 지켰다.

다음 날 저녁 컬레인은 또 성 꼭대기에 올라가서 바람이 실어다 준 이야기를 안나에게 들려주었다.

"신들이 난립하는 걸 막기 위해 바탄에서 포리세아에 조건을 내걸었더군요. 필리코바 도리아스가 내는 시험에 합격한 자들만이 포리세아에서 일차적으로 『매직 크루』라는 존재가 되는 데 『매직 크루』만이 일정한 시간이 흐르고 난 뒤 신이 되기 위한 시험을 치를 수 있다는 거군요. 보구스 곰들이 지금 『매직 크루』 시험에 다들 응시했다고 합니다. 아, 눈의 신은 예외적으로 바로 『매직 크루』 시험과 신의 시험 모두를 통과해 정식 신이 되었습니다. 캐러썬의 도움이 컸다고 하는군요."

"바탄에서 가장 센 신이 바로 필리코바 도리아스인가봐?"

안나가 문득 물었다.

"네. 아예 다른 모든 신들을 다 휘어잡고 있답니다. 그래서 다른 존재들이 언어의 신을 건드리지 못하는 것일 수도 있고요. 필리코바 도리아스가 언어의 신을 가장 아끼니까요."

컬레인이 조곤조곤 이야기해 주었다.

"필리코바 도리아스가 날 아낀다고?"

안나 셜릿은 의외라는 듯 놀란다.

"제가 필리코바 도리아스였어도 똑같이 이러한 언어의 신을 아꼈을 겁니다. 결국을 위해 싸울 수 있는 용기 있는 언어의 신이었으니까요."

컬레인의 말에 안나가 웃는다.

"그건 맞아. 그렇게 행동했었고, 앞으로도 그렇게 살아갈 거야."

컬레인과 안나가 동시에 가볍게 웃는다.

"내 예상인데 보구스 곰들은 『매직 크루』는 되어도 정식 신이 되기에는 아직 멀었어. 어떻게 아냐고? 신은 인간의 형상에 익숙해져야 하는데, 캐러썬은 아주 노력해도 그게 잘 안 되는 것 같더라구. 보구스 곰들도 곰 모습으로 서로 모여서 보구스 노래를 부르는 걸 더 좋아할 거야. 그냥 내 느낌이야."

안나가 오랜만에 말을 많이 했다. 컬레인은 속으로 안도의 숨을 내쉬었다. 안나가 캐러썬을 보내고 우울해하지는 않을까 걱정을 많이 했던 것이다. 안나는 다시 정원에 나가 채소를 채취하고 다시 방문해 온 토끼로부터 콩 한 바구니를 받아와서는 그걸 직접 요리해 컬레인과 함께 먹었다.

며칠 후, 성 꼭대기에서 내려온 컬레인은 껄껄 웃으며 창가로 들어섰다.

"보구스 곰들이 전부 『매직 크루』가 되었다는 군요. 그리고 아무도 신이 되기 위한 시험은 준비하지 않는다고 했다네요. 필리코바 도리아스가 신이 되기 위해 통과해야 할 시험 문제를 가르쳐 주자마자 다들 포기했다고 하네요."

컬레인의 은빛 갈기를 쓰다듬으며 안나가 묻는다.

"그런데 『매직 크루』는 정확하게 어떤 단계야?"

"『중간자』를 일컫는 용어입니다. 포리세아에서 살아가기에 가장 적합한 능력을 가진 존재, 즉 중간자를 뜻하는 겁니다. 필리코바 도리아스의 시험에서 『매직 크루』로 인정을 받게 되면 이 세계에서 살아가는 능력이 강해집니다. 인격도 시험을 받는 거라서 성숙한 존재가 되었다는 것을 인정받는 것이기도 하고요. 그런 중간자들이 많아지면 포리세아는 더욱 풍성한 세계가 되는 겁니다. 필리코바 도리아스의 의도이지요. 그리고 신으로서 인정받기 위해서라면 지금부터는 솔직히 안나 셜릿으로서도 그 시험에서 통과할 수가 없어요. 하지만 당신은 이미 충분히 인정을 받는 언어의 신이니 그 시험에 대해 걱정할 필요가 없어요. 마치 예전의 시험이 지금은 충분히 이해가 되어 지금은 더 어려운 문제가 출제되는 것과 같으니까요. 참고로 아직 포리세아에서 스노우라이트 외에 신이 되는 시험에 통과한 자는 아무도 없어요. 보구스 곰들이 일제히 『매직 크루』가 됨으로써 중간자들이 많아진 셈이지요. 아마 많은 존재들이 『매직 크루』 시험에 응시할 거예요."

안나는 컬레인이 열심히 설명을 끝내자 그의 검은 코에 그녀의 코를 가져다대고는 싱긋 웃고는 돌아섰다. 컬레인은 심장이 뭉클해지는 걸 느꼈다.

"그런 혹녹한 시험을 지르기 전에 먼저 개적 성신으로 신이 되기를 더 잘한 것 같아."

안나가 장난을 치듯 말했다.

컬레인은 미소를 짓고는 자신이 이미 『매직 크루』 시험에 합격했다는 말을 하지 않았다. 그리고 필리코바 도리아스의 추천을 받기도 했지만 실제로 능력 면에서 죽음의 신 시험에 이미 합격해서 그가 포리세아에 유효한 죽음의 신이 되었다는 말도 하지 않았다. 그저 자연스럽게 그 사실이 알려질 때까지 안나에게 그는 그저 언어의 신의 나오프 사자이고 싶었다. 그리고 그에게는 죽음의 신으로서의 일보다 안나의 나오프 사자로서의 임무가 더 우선이었다.

며칠 후 바탄과 포리세아의 경계에서 필리코바 도리아스가 컬레인을 불렀다. 컬레인은 이미 그가 『매직 크루』에 관한 건과 다른 신들을 포리세아에 세우는 건을 완전히 자신에게 넘겨줄 거라고 예상하고 있었다. 필리코바 도리아스는 바탄으로 돌아가야 했기 때문에 오래 포리세아의 일에 관여할 수 없었다.

예상대로 필리코바 도리아스가 『매직 크루』에 관한 시험과 다른 신들에 대한 시험을 주관하는 자로서 죽음의 신인 컬레인이 적격자라고 말했다. 컬레인은 그저 고개를 끄덕일 뿐이었다. 그리고 자신은 이미 바탄에 속한 자로서 포리세아의 일은 포리세아의 신들이 알아서 하는 것이 정당할 뿐이라고도 그가 물러나는 것에 대한 이유를 밝혔다.

"아직 굵직굵직한 신으로서는 포리세아에 언어의 신과 죽음의 신 외엔 없소이다."

필리코바 도리아스가 말했다.

"수의 신과 운명의 신의 자격자에 대해서는 아주 철저하게 검증할 생각입니다. 물론 다른 영역의 신들에 대해서도요. 『매직 크루』가 되는 것도 좀 더 엄격하게 심사할 생각입니다. 안나는 이런 부분에 있어서는 마음이 약해서 잘 해내지 못할 테니 제가 좀 더 엄격해져야지요."

컬레인이 대답했다.

"죽음의 신의 성은 따로 없고 언어의 신의 성에서 생활할 겁니까? 얘기를 들어보니 여전히 언어의 신의 나오프 사자를 맡고 있다던데. 그건 사임해야하지 않겠습니까?"

필리코바 도리아스의 말에 컬레인이 희미하게 미소를 짓는다.

"제 일 중에 가장 큰 일이 언어의 신의 나오프 사자로서의 일이고 죽음의 신으로서의 일은 그 나머지에 속합니다. 물론, 죽음의 신으로서 해야 할 일도 완벽하게 해내겠지만 언어의 신을 보좌하는 건 저의 가장 거룩한 의무입니다. 그걸 저버릴 수는 없습니다."

컬레인의 말에 꽤 감동한 필리코바 도리아스다.

생각해보면 여기까지 올 수 있었던 것은 오직 언어의 신의 의지였다. 그런 그녀를 보필하는 것이 우선이라는 죽음의 신의 변함없는 충성심은 감히 거룩했다. 그리고 이제 언어의 신에게는 캐러썬도 없었고 다른 가족도 없었으며 컬레인 밖에 없었다. 필리코바 도리아스는 고개를 끄덕였다.

"그렇다 하더라도『매직 크루』의 관할 건과 신이 되는 것으로의 승격 시험을 치르는 것에 대한 권리는 죽음의 신 컬레인 당신에게 있으며 이 일을 또한 소홀히 할 수 없음도 알아야 할 겁니다. 그나저나 죽음의 인을 사용하실 겁니까?"

필리코바 도리아스는 강조할 사항을 강조하고 또한 궁금한 것을 물었다.

"필요하다면 사용하는 것에 대한 판단과 행동도 죽음의 신의 몫이지 않겠습니까?"

컬레인은 그의 질문은 문제도 되지 않는다는 듯 말했다. 즉, 컬레인은 필요한 상황에서는 죽음의 인을 사용하겠다는 대답이었다. 필리코바 도리아스가 고개를 끄덕였다. 세계가 예상치 못한 상황으로 흐르고 있기 때문에 필요하다면 그 누군가에게는 죽음의 인을 사용할 수도 있었다. 그리고 필리코바 도리아스는 죽음의 인 사용 후 뒤처리가 궁금해졌다.

"죽음의 인을 사용한 후 역대 죽음의 신들은 죽음의 상태를 다양한 범위로 조정해서 사용했습니다. 당신은 죽음의 범위를 어떻게 설정해서 사용할 생각이지요?"

"죽음의 세계를 만든다, 이런 걸 말씀하시는 겁니까?"

컬레인이 되물었다.

"이를테면 그것도 예가 될 수 있겠네요."

필리코바 도리아스가 고개를 끄덕였다.

"저는 제가 다시 생명을 허락할 때까지 존재 자체의 정지를 의미합니다. 저에게 있어서 죽음의 인이란."

필리코바 도리아스가 다시 고개를 끄덕인다.

"좋군요. 그럼 저는 이만 바탄으로 돌아가 봐야겠습니다. 매일 저녁 만찬이 열리지요. 진귀한 음식들과 술의 감미로움을 사랑하는 저로서는 바탄에서의 나날들을 사랑하지요. 이 모든 것이 안나 셜릿의 축복임을!"

필리코바 도리아스가 돌아가고 컬레인은 공중 도움닫기로 빠르게 언어의 신의 우윳빛 성으로 뛰어 들어왔다. 안나 셜릿은 창가에서 그를 기다리고 있었다. 너무나 조용한 성 전체에는 그녀 외에 다른 아무도 없었다. 그러나 컬레인은 그녀 곁에 다른 누군가를 하인으로서도 두기 싫었다. 그녀를 지키는 자는 오직 그 하나이길 바랄 뿐이었다. 그리고 안나 셜릿도 다른 누군가를 하인으로 더 들이는 걸 원하지 않았다. 그녀는 방해 없는 조용한 삶을 사랑하고 있었다.

컬레인이 창가를 통과해 홀로 가볍게 뛰어내리자 안나 셜릿이 그를 빤히 쳐다본다.

"뭐죠? 수많은 『매직 크루』 응시자들의 원서가 우편으로 배달되고 있어요. 게다가 재미있는 것도 발견했어요. 캐러썬이 수의 신의 자격시험에 응시하고, 바탄으로 넘어갔던 룸볼트가 다시 운명의 신으로의 자격시험에 응시하겠다는 원서를 보내오기도 했어요. 캐러썬을 증명사진으로 보는 건 너무 웃겨요. 이 모든 게 뭐죠, 컬레인?"

컬레인은 자신이 죽음의 신이라는 것까지 설명하기를 마친 후 울먹거리는 안나를 꼭 껴안아주었다.

"떠나는 거 아니니까 걱정하지 말아요. 나는 언어의 신의 나오프 사자니까. 언제라도 나를 잿빛 문 속으로 내칠 권한은 안나 셜릿 당신이 가지고 있을 뿐이니까."

안나는 그의 품에 파묻혀서도 고개를 세차게 저었다. 그리고 고개를 빼서 그를 빤히 쳐다보았다.

"컬레인, 나 좀 더 강해질게요. 다시 플루벳도 데리고 오고요. 당신은 죽음의 신의 성을 형성하고 거기에서 죽음의 신이 되어 주세요. 그리고 캐러썬과 룸볼트를 수의 신과 운명의 신으로 정당하게 심사할 수 있는 것도 당신뿐이라는 것도 알아요. 컬레인, 부탁이 있어요. 부탁 한 가지를 들어주세요."

안나는 컬레인의 품에서 나와 땀과 눈물이 범벅이 된 채를 그를 쳐다보았다. 그런 그녀의 모습은 매력적이었고 컬레인은 자신이 사자라는 사실마저 잊은 듯 그녀를 쳐다보았다.

"저를 사랑하지 마세요."

안나가 고개를 숙인 채 그렇게 말했다. 컬레인은 바닥을 응시하며 잠시 가만히 있었다. 잠시 후 고개를 든 컬레인도 안나에게 말했다.

"저를 사랑해 주세요. 제가 당신을 사랑할 권한이 없다면 당신이 저를 사랑해 주세요."

안나 셜릿은 고개를 저었다. 눈물이 후드득 떨어지고 그녀는 고개를 더욱 세차게 저었다.

"이제 사자를 사랑할 수 없어요. 정말이에요."

"캐러썬을 사랑한 건 진심이었군요. 하지만 사랑이 한 번만 있는 건 아닙니다."

컬레인은 야무지게 말했다. 컬레인은 『내면의 질서』를 형성하고 플루벳이 채소 농장에 있는 걸 보고 그를 당장 이리로 오도록 했다. 안나와 컬레인의 어색한 분위기에서 성 안으로 들어선 플루벳은 안나를 보고는 자신도 울먹였다.

"다시 돌아올게. 안나를 부탁해."

컬레인은 창가로 뛰어넘지 않고 터덜터덜 걸어서 성문으로 나갔다. 지금으로서는 그 어떤 결론을 내릴 수 있는 상황이 아니었다. 감정에 대해서는 꺼내지 않을 생각이었다. 그러나 그것이 나와 버린 것에 대해 지금 그는 언어의 신의 성에 머무를 수 없었다. 그는 언어의 신의 성과 걸어서 오갈 수 있는 장소에 죽음의 신의 성을 세우고『매직 크루』건과 캐러썬의 수의 신으로서의 시험, 룸볼트의 운명의 신으로서의 시험에 대해 몰두했다.

죽음의 신으로서 존재들의 승격에 대한 시험을 주관하는 업무를 맡게 되었지만 컬레인은 자주 플루벳을 불러 안나에게 여러 과일과 꽃을 보내주었다. 컬레인은 제법 오래 캐러썬과 룸볼트를 시험했다. 그리고 캐러썬의『내면의 질서』가 안나에게서 떠나 있는 동안 완전하게 성립된 것을 알았고 캐러썬은 결국 수의 신이 되었다. 룸볼트로서는 운명의 신에 대해 다시 제대로 해보고자 하는 열의가 강했고 또한 그가 형성한『내면의 질서』도 훌륭했기에 그도 운명의 신으로 인정되었다. 컬레인은 또한『매직 크루』에 대한 시험 문제를 출제하고 시험을 주관했다.

수의 신과 운명의 신에 대한 시험이 끝나고 캐러썬과 룸볼트가 함께 죽음의 신의 성으로 왔다. 그들은 그럼에도 컬레인을 두려워하고 있었다. 객관적으로 보았을 때 지금 포리세아에서 가장 강한 신은 언어의 신이 아니라 죽음의 신 컬레인이었다. 안나는 모든 것을 끝내고 다시 조용한 집필의 세계로 들어가 버렸고 또 그러한 안나의 일상을 지켜주는 것이 나머지 신들의 의무라고 생각하는 캐러썬과 룸볼트였다.

컬레인을 만난 캐러썬과 룸볼트는 서로 가볍게 인사를 하고는 홀의 카펫에 앉았다.

"『매직 크루』에 대한 시험은 수의 신 캐러썬이 맡아서 했으면 좋겠어. 그 시험까지는 내가 맡을 필요가 없다고 생각해."

컬레인이 업무 이야기부터 꺼냈다.

"그리고 포리세아에 이미 네 신이 성립했기 때문에 보다 범위가 작은 영역들에 대한 신들의 시험은 바로 룸볼트 자네가 맡아줬으면 좋겠어. 그들에 대한 시험을 맡아서 할 수 있는지도 내가 이미 자네의 상태를 확인해 보았고 자네는 충분히 맡아서 할 수 있네.”

컬레인이 룸볼트에 대해서도 업무 이전을 명령조로 남겼다.

수의 신 캐러썬과 운명의 신 룸볼트도 그리 맡아서 하겠다고 했다.

“그럼 컬레인은 어떤 일을 맡아서 하시겠습니까?”

룸볼트가 물었다.

“난 언어의 신의 나오프 사자로서 존재하겠네. 난 죽음의 인을 찍는 것 외에 다른 일은 하지 않을 테니 두 신이 자주 연락을 주고받으며 포리세아에 일어나는 일들에 대해 대부분 맡아주게. 언어의 신 안나 셜릿에게도 어떤 일을 해달라고 요청하지 말게나. 언어의 신과 죽음의 신은 침묵과 안식을 택할 터이니, 앞으로 남은 일은 수의 신과 운명의 신이 모두 맡아서 하게. 왜 거부하겠는가?”

컬레인이 캐러썬과 룸볼트를 차갑게 쳐다보았다.

신들에게도 죽음의 인을 칠 수 있는 컬레인이었다. 겁이 덜컥 난 두 사자는 둘이서 포리세아의 모든 일을 맡아서 하겠다고 입을 모아 말했다. 그리고 대답을 들은 컬레인은 천천히 걸어서 성문 밖으로 나갔으며 걸어서 안나의 성까지 도착했다. 플루벳이 낑낑대며 성문을 열어 주었다.

안나는 침실에서 잠들어 있었다. 컬레인도 안나의 침대 밑에서 몸을 웅크리고는 잠들었다. 컬레인이 빠져나가고 이어서 캐러썬과 룸볼트도 빠져나간 죽음의 신의 성은 희미해지더니 곧 사라져버렸다.

# 데시 잼슨의 여행기

컬레인이 눈을 떴을 때 안나는 침대에서 내려와 그의 품에서 잠들어 있었다. 눈가에 눈물 자국이 있고 그의 앞발을 꼭 잡고 있었다. 컬레인은 마음이 복잡해졌다. 안나가 깰 때까지 움직이지 않으려고 안나를 감싼 그의 몸을 더욱 웅크렸다.

저녁이 되고 안나가 컬레인을 흔들어 깨웠다. 컬레인은 이제 일어난 것처럼 하품을 크게 했다. 안나가 컬레인을 다시 안고는 컬레인의 가슴에 귀를 대고는 가만히 있었다.

"심장이 뛰고 있어요. 컬레인도 심장이 있네."

"물론이죠."

컬레인은 조심스럽게 일어나면서 안나를 그의 등에 태웠다. 컬레인은 안나를 등에 태운 채 언어의 신의 성의 넓은 정원으로 나가서 꽃들과 채소들, 나무들 사이로 걸어 다녔다. 이것저것 사소한 말들이 오가고 안나는 문득 궁금한 걸 물었다.

"왜 돌아온 거야? 죽음의 신으로서의 일을 시작하러 간 거 아니었어?"

"처리해야 할 일이 있어서 처리하고 다시 언어의 신의 나오프 사자의 자리로 돌아온 겁니다."

컬레인이 부드럽게 말했다.

"그럼에도 컬레인이 이제 죽음의 신이라는 건 누구나 다 아는 사실인데."

"그런데 제가 언어의 신의 나오프 사자의 일을 하는 것이 부당하다는 겁니까?"

"이를테면 그러해."

컬레인은 귀를 쫑긋하고는 귀를 흔들어댔다. 컬레인은 언어의 신의 성으로 접근하는 유쾌한 남자의 정보를 모두 확인하고는 성문 쪽으로 천천히 걸어갔다. 안나도 허밍하는 목소리를 꽤 가까이에서 들을 수 있었다. 성문을 두드리는 소리가 요란하고 컬레인이 성문을 열었다.

무지개색으로 염색한 긴 머리며 갈색의 커다란 배낭에 무늬가 요란한 흰 티셔즈에 찢어진 청바지를 입은 그는 컬레인과 안나의 계산에 의하면 포리세아를 자유롭게 여행하는 여행자 데시 잼슨이었다. 그는 어이없게도 언어의 신의 성을 방문해서 안나가 누구인지도 모르고 동시에 이 커다란 검은 사자가 재미있기도 한 모양이었다.

"이 주변에 밤을 지새울 곳이 없던데 이 커다랗고 멋진 우윳빛 성의 주인이 허락하신다면 제가 여행담을 풀어놓고 하룻밤을 보내고 싶은데요?"

안나가 컬레인의 귀에 속삭였다.

"하룻밤 재워 주자."

컬레인이 고개를 끄덕이고는 뒤로 물러나자 데시 잼슨은 배낭을 메고 재미있게 성문으로 들어섰다. 아기자기한 꽃들과 넝쿨식물이 얽힌 작은 장소들, 나무로 연결된 길들하며 넓은 정원에 꽤 놀란 그는 카메라를 꺼내 정원의 여기저기를 찍었다. 데시 잼슨은 천천히 그의 뒤에서 따라오는 검은 사자가 오늘밤 그를 잡아먹을지도 모른다는 데 생각이 미쳤다. 왜냐하면 이렇게 좋은 성에 특별한 대가 없이 그를 들인 데에는 그를 먹잇감으로 삼을 지도 모르겠다는 생각을 한 것이다. 물론, 데시 잼슨의 생각을 읽고 있는 안나와 컬레인은 쿡쿡 웃었다.

"저, 주로 식사는 무엇으로 하십니까?"

데시 잼슨이 두려움을 느끼며 물었다.

"채소밭이 곧 나올 거예요. 채소와 콩으로 하지요. 대접할 게 별로 없을 거예요. 채소밭에서 채취한 것으로 저녁을 드시면 될 겁니다."

"사자는 고기를 먹지 않나요? 그것도 신선한 여행자 고기는 탐이 날 텐데요?"

데시 잼슨이 영 안나와 컬레인을 믿지 못하자 안나는 컬레인의 등에서 내려서 그들의 정체를 밝혔다.

그들이 언어의 신과 죽음의 신이라는 사실을 알게 된 데시 잼슨이 화들짝 놀라기는 했지만 포리세아에서 그들을 만났다는 것은 완전히 인간 세계에서 복권에 당첨된 것과 같았다. 평범한 사람들은 주요 네 신을 만나기란 어려웠기 때문이었다. 그것도 두 신을 동시에 만났다는 것에 데시 잼슨은 말을 더듬으며 땅바닥에 누워 절을 했다.

데시 잼슨의 얼굴이 모래 범벅이 되자 안나는 손수건을 꺼내 그의 얼굴을 닦아주었고, 그 유명한 언어의 신 안나 셜릿을 만나고 또 그렇게 강한 죽음의 신까지 만나게 되자 데시 잼슨은 말을 더듬거렸다.

"들어가요. 분명 포리세아의 재미있는 장소들에 대해 이야기해주셔야 합니다."

안나 셜릿이 강조했다.

안나는 채소밭에서 채소와 콩을 채취하고 데시 잼슨은 매끈하면서 검은색으로 빛나는 컬레인의 털을 한 번 만져보려다 생각을 접었다. 안나가 저녁 식사를 준비하고 플루벳, 안나, 컬레인, 데시 잼슨은 채소 요리와 콩 요리로 저녁 식사를 함께 했다. 플루벳은 이 무지개 머리의 사내에게는 관심이 없어서 일치감치 자러가고 안나는 홀의 카펫에 앉고 컬레인도 카펫에 가볍게 앉았다.

"……어, 언어의 신과 주, 죽음의 신이시여!"

데시 잼슨이 말을 더듬거렸다.

"편하게 해. 우리는 많은 일을 끝낸 상태여서 지금은 조금 쉬는 중이야."

안나 셜릿이 말했다.

데시 잼슨은 휴우, 하고 한숨을 내쉬고는 자신의 포리세아 여행을 기억 속에서 더듬었다.

"수많은 작은 나라들이 있었습니다. 그런데 나라마다 하나씩의 조건이 부족했죠. 프라이 랜드에는 동물이 없었고, 시스터 랜드에는 남자가 없었죠. 애니멀 랜드에는 사람이 없기도 했고 페어리 랜드에는 키가 큰 존재가 없있어요. 그런데 저는 어떻게 그들의 나라를 여행힐 수 있었냐하면요. 프라이 랜드에서는 별 문제가 없었어요. 그리고 시스터 랜드에서는 긴 머리를 풀고 다니며 여자 행세를 했고요. 애니멀 랜드에서는 신종 동물 행세를 했지요. 페어리 랜드에서는 키를 낮추어 무릎을 잡고 뛰어다녔어요. 특별한 요정 행세를 한 셈이죠. 그래서 그 나라들을 여행할 수 있었답니다.

하지만 그들은 그들의 세계에서 잘 살아가고 있었어요. 외부의 더 많은 조건들로 그들을 채울 수 있다는 걸 알면서도 그들의 세계에서 잘 살아가고 있었어요. 그들은 그들의 빈 조건을 굳이 채워야 하는 걸로 생각하지 않고 동시에 그들이 살아가는 조건이 부족하다고 생각하지 않는 것 같았어요.

동시에 그들은 네 신으로부터 축복을 받고 그들이 살아가기에 충분한 조건을 얻었다고 생각하고 있었어요. 그 네 신이란 전통적으로 수의 신, 언어의 신, 운명의 신, 죽음의 신이고 이 네 신들에게 각별한 감사의 마음을 가지고 있었고 동시에 그들보다는 능력이 부족하지만 보다 작은 영역에서 힘을 발휘하는 잡다한 작은 신들에게도 감사하고 있었어요.”

“셀 수 없이 많은 집단과 나라가 있어. 하지만 부족한 조건이 분명히 있으면서도 그 안에서 만족하고 살아가는 걸 보니 대단하긴 해.”

안나가 대답했다. 데시 잼슨은 이야기를 계속했다.

“그러다가 필벗 요정들의 숲으로 들어갔는데, 그들이 인간 세계에서 거두어 온 악몽을 담아둔 주머니를 훔쳤다가 거의 한달 동안 고생한 적도 있었죠. 지금은 그 주머니를 필벗 요정들의 숲에 다시 던져놓고 온 상태입니다. 뭘 모르고 요정의 물건을 건드리면 안 된다는 걸 배웠죠.”

데시 잼슨은 몸을 부르르 떨었고 안나와 컬레인은 가볍게 웃었다.

“『나무 회오라기』라는 걸 통해 먼 곳의 장소를 이동하기도 했는데, 나무 구멍으로 들어가 먼 곳에 있는 다른 나무 구멍으로 나와서 전혀 새로운 장소들을 탐험하기도 했죠. 새로운 과일을 맛보거나 새로운 꽃과 나무를 보는 것의 재미를 『나무 회오라기』 이동 통로로 경험하기도 했죠.”

안나는 캐러썬으로부터 그가 폴라 이도넬 부인을 안나가 있어야 할 안나의 부모가 있는 가정에 데려다 준 이야기를 들었을 때 『부피의 나무』와 그녀의 집 앞 참나무도 『나무 회오라기』라는 통로로 연결되어 있었다는 걸 문득 기억해냈다.

“버려진 자동차도 구했는데, 그건 천만뜻밖에도 유명한 캐러썬이 제작한 것이더라구요. 길이 끊어질 때까지 오랫동안 타고 다녔는데 아주 재미있었습니다.”

안나는 캐러썬이 자동차를 만들고는 도로 교통 어쩌구저쩌구 하던 시절이 떠올라 괜히 유쾌해졌다. 밤이 늦도록 데시 잼슨의 이야기는 계속되었고 안나는 데시 잼슨을 위해 채소밭에서 당근을 캐내 주스를 만들어 그에게 가져다주었다.

데시 잼슨은 당근 주스를 다 마시고는 또 새로운 이야기를 시작했다.

"넓은 평원에서 채소를 관리하는 토끼떼를 만나기도 했는데, 다들 형제자매라고 하더라구요. 자기네들의 엄마가 아주 새끼를 잘 낳는데다 이 모든 채소들을 자기네들의 엄마를 위해 재배하는 거라며. 엄마의 먹성이 너무 좋아서 신선한 채소를 제때 갖다 바치지 않으면 물어뜯기는 건 다반사라며 한숨을 내쉬며 말하던 데요. 그 엄마 토끼의 이름이 뭐였더라……."

"밀버리야."

안나가 말했다.

"맞아요. 그 토끼의 이름이 밀버리였어요."

"채소 관리를 하라고 숙제를 내줬는데 결국 밀버리 자신이 다 먹었구나. 그러고 보니 채소를 가져다 바친 적이 없기도 했네. 내가 확인을 안 해서 말이지."

안나가 곰곰이 생각하더니 말했다.

데시 잼슨은 안나와 컬레인을 문득 빤히 쳐다보았다.

"네 신들 사이에 있었던 그 일들은 소문대로 모두 사실인가요?"

"어디까지 알고 있지?" 컬레인이 물었다.

"지금 여기까지 걸어오다가 포리세아가 세워지고 나서 기본 네 신들의 질서가 다시 세워졌다는 것까지 알아요. 네 신들의 이름은 잘 모르겠지만."

안나는 고개를 끄덕였다.

"네가 알고 있는 것까지가 맞아. 예전에는 이 세계가 신들이 자의적으로 변형하는 변형 세계였지만 지금은 나름대로 질서가 짜여 있고 소규모로 변형이 일어날 뿐인 '포리세아'라는 곳으로 바뀌었고 새롭게 네 신의 질서가 시작된 게 맞아.”

안나가 친절하게 데시 잼슨에게 설명해 주었다.

“그리고 그 모든 과정 특히 바탄의 게임 이야기도 사실이고요?”

“음. 사실이야. 바탄을 정리해야 포리세아의 질서도 세울 수 있으니까.”

“와우, 그런 안나 셜릿이 당신이라니!”

컬레인이 데시 잼슨을 노려보자 데시 잼슨이 화들짝 놀란다.

“주, 죽음의 신이시여, 그저 덜렁대는 여행자의 느낌표를 그저 사소한 것으로 여겨주소서.”

컬레인이 데시 잼슨의 말에 껄껄 웃었다.

“오랫동안 여행을 한 것 같은데 가장 기억에 남는 장소나 에피소드가 있다면?”

컬레인이 데시 잼슨에게 물었다.

“가장 오랫동안 살았던 나무인『부피의 나무』터에 도착했을 때였습니다. 조그만 나무싹이 돋아있었지요. 땅도 부드럽고 주변의 다른 나무들이 그 나무싹을 보호하고 있는 것처럼 적당한 거리를 두고 그 나무싹 주변을 감싸고 있었지요. 나무싹을 한 번 톡 하고 건드렸을 때 들었던 이야기예요. 나무싹에서 할아버지의 목소리가 흘러나왔죠. 깜짝 놀랐지만 듣기 시작했어요.”

안나와 컬레인은 데시 잼슨의 이야기에 몰두하고 있었다.

“나는 내 딸의 삶이 새롭게 시작되는 걸 알게 되었고 나 또한 새로운 삶을 시작한다. 그대, 여행자여. 운명이란 알 수 없고 또 우리는 운명 앞에서 어리석어진다. 진정하고 영원한 건 진정하고 영원한 걸 지킬 수 있는 자에 의해서만 허락될 뿐이고 그런 자만이 자신의 운명을 가지고 있는 법이다. 곧 죽음의 신이 자신의 운명을 쟁취할 것이다. 누구도 그 운명을 흔들지 못할 것이다.”

데시 잼슨은 이야기에 집중해서 숨죽인 안나와 컬레인의 표정을 보고는 미소를 짓고는 이야기를 이어나갔다.

"그는 그렇게 이야기하고는 다시 평범한 나무싹으로 돌아갔죠. 그가 말한 바가 무슨 의미죠? 죽음의 신이시여?"

데시 잼슨이 컬레인을 쳐다보았다.

"운명은 자신의 운명을 가진 자에게만 있는 거란 뜻이야."

컬레인은 가볍게 대답하는 듯했지만 그의 안나에 대한 생각이 이로써 더욱 굳혀졌다는 건 안나와 데시 잼슨이 모르는 바였다. 컬레인은 자신의 운명을 자신이 만들어갈 생각이었다. 그리고 물러설 생각이 없었다. 컬레인은 하품을 하는 안나를 안고는 등에 실어서 안나의 침실로 올라갔다. 안나를 침대에 뉘여서 재운 컬레인은 낯선 남자를 안나와 한 공간에서 재울 수 없다는 판단을 하고는 그에게 자기 등에 타라고 했다.

"감히 죽음의 신의 등에 타라고요?"

"네 여행에서 가장 재미있는 일이지 않을까?"

"네네, 타겠습니다."

데시 잼슨은 서둘러 배낭을 메고 컬레인의 등에 올랐다. 컬레인은 창문을 넓게 열고는 별빛이 이미 어두워진 밤 속으로 뛰어올랐다. 컬레인이 도착한 곳은 운명의 신의 성이었다. 홀에서 잠들어 있던 룸볼트가 기적을 느끼고 창문을 열어 주었고 홀에 가볍게 내린 컬레인은 데시 잼슨을 룸볼트의 카펫 위에 내리게 했다.

"룸볼트, 여행자인데, 하룻밤만 재워줘. 낯선 남자를 안나가 자는 성(城)에서 재울 수는 없어서."

"우와, 운명의 신이다!"

데시 잼슨은 깜짝 놀란 듯 주변을 두리번거리다가 홀의 중앙에 있는 운명을 짜는 별판을 보고 감동을 받은 듯 했다. 그런 데시 잼슨에게 컬레인도 룸볼트도 관심이 없었다.

"알았어. 하룻밤을 재우고 다음날 냉큼 내보내도록 하지. 안나는 좀 괜찮아?" 룸볼트가 말했다.

"안나의 별은 어때?" 컬레인이 걱정하며 물었다.

룸볼트가 귓속말로 컬레인에게 몇 마디 건넸다. 컬레인은 고개를 끄덕이고는 다시 창밖으로 뛰어올라 언어의 신의 성으로 돌아왔다. 안나는 침실에서 쌔근쌔근 자고 있었다. 그도 침대 밑의 바닥에서 몸을 웅크리고는 잠들었다.

# 거룩한 사자와 잿빛 문

밤새 내내 깨어있던 컬레인은 새벽이 밝아오자 창가로 가서 여명에 비친 안나의 얼굴을 바라보았다. 창백한 얼굴이다. 그동안의 고생이 비쳐 있어서 마음이 아프다. 컬레인은 침실 벽을 소리 없이 모두 제거하고 안나의 침대를 공중으로 띄운다. 공중에 붕붕 떠 있는 침대 위로 가볍게 뛰어오른 컬레인은 침대와 함께 하늘 위로 천천히 이동한다. 아침 해가 밝아왔을 때 안나는 문득 눈을 뜬다.

상쾌한 바람과 그녀의 발치에 위태롭게 앉아있는 컬레인을 보고 깜짝 놀라는 안나다.

"캐러썬, 여기가 어디예요?"

컬레인은 문득 캐러썬의 모습으로 바뀌어 있다.

안나는 뭔가가 이상하다는 생각을 한다. 주변을 둘러보자 침대 저 밑으로 흐르는 강과 아래에 펼쳐진 싱그러운 숲, 그리고 예쁜 집들 때문에 안나는 잠시 어질어질하다.

"캐러썬, 흰 갈기로 바뀌지 않았나요? 컬레인은 어디에 간 거죠? 캐러썬, 다시 황금 갈기를 가지게 되신 거예요? 게다가 여긴 공중이잖아요. 컬레인에게 말하고 나서 날 데리고 나온 건가요?"

안나는 연거푸 묻다가『내면의 질서』를 가동시킨다. 앞에 앉아 있는 하얀 얼굴에 하얀 몸을 가진 황금 갈기의 사자는 캐러썬이 아니라 컬레인이었다. 컬레인 자신이 되기를 원하는 모습으로 바뀐 거라는 걸 안나는 알아챘다. 안나는 약하게 고개를 저었다.

"그럴 필요까진……, 없어요, 컬레인."

컬레인은 안나의 앞으로 다가가 그의 등을 낮췄다. 안나는 조심스럽게 하얀 컬레인의 등에 올랐다. 황금 갈기를 꽉 잡으니 캐러썬을 처음 타던 때의 설렘이 그대로 살아나는 것 같다. 컬레인은 공중에 떠 있는 침대를 박차고 공중 도움닫기를 하며 하늘 위를 뛰어 달렸다. 컬레인의 속도가 빠르고 안나는 왜 컬레인이 캐러썬의 원래 모습을 자신의 모습으로 선택했는지 내내 생각했지만 답을 떠올리지 못했다.

마침 공중에서 날아다니는 침대를 발견한 필벗들이 시끄럽게 떠들며 온 힘을 다해 침대를 끌고 갔다. 컬레인은 이미 그 침대를 날아다니는 침대로 만들어둔 터라 발견한 존재가 날아다니는 침대의 주인인 셈이었다.

컬레인은 안나를 태우고 자신의 마음이 정리될 때까지 하늘을 뛰어다녔다. 안나가 지쳤을 거라고 생각한 컬레인은 이제 목적지로 발걸음을 옮기기 시작했다. 룸볼트로부터 알게 된 사실 즉,『부피의 나무』가 원래의 크기대로 다시 자라났다는 것을 알게 된 컬레인은『부피의 나무』로부터 안나와 그의 운명에 대해 축복을 받을 생각이었다. 자신은 물론 상관없지만 안나에게는 그것이 의미가 있을 거라고 생각했던 것이다.

『부피의 나무』는 이미 주변의 나무들에 이르기까지 두텁게 자라있었다. 물론, 새로운 잎들은 푸르게 나무를 덮고 있었다. 컬레인이『부피의 나무』아래에 가볍게 내리고 안나도 컬레인의 등에서 내려와『부피의 나무』를 만졌다.

"폴라 이도넬 부인은요? 우리 부모님은요?"

"폴라 이도넬은 나의 딸이자 그대의 부모님의 딸입니다. 안나 셜릿, 그대가 만들어온 운명에 이 세계의 모두의 운명이 뒤바뀌었으며 그 후 모든 것은 제자리로 돌아왔습니다. 그대 자신의 운명도 수차례의 회전 결과 이제 분명해졌습니다. 그대여! 그대가 한 일은 보통의 언어의 신들이 몇 백 년에서 몇 천 년에 걸쳐서 한 일보다도 위대한 일이었습니다. 그대는 이미 지쳤습니다. 아무 것도 더 할 수 없습니다. 아니, 포리세아의 모든 존재들이 당신이 쉬기만을 바라고 있습니다. 수의 신 캐러썬은 이미 언어의 신의 후임자를 결정했고 또한 그 후임자를 직접 언어의 신으로 교육하겠다고 했습니다."

안나는 약간은 창백한 얼굴로 『부피의 나무』를 꼭 쥐었다.

"그래서, 저의 언어의 신의 역할은 여기까지입니까?"

안나는 만감이 교차하는지 울 것 같은 표정을 지었다.

"그대가 그대를 영원히 사랑할 수 있는 존재의 곁에서 쉴 수 있도록 운명의 신이 최종적으로 그대의 운명을 결정했습니다."

안나는 눈물을 흘리며 『부피의 나무』 밑동에 걸터앉았다. 안나의 울음을 컬레인은 멈추게 할 수가 없었다. 컬레인은 캐러썬의 결정을 오늘 처음 듣긴 했지만 안나를 위해 내린 바른 결정이었고 그도 그것을 수용할 생각이었다. 안나는 지쳐 있었다. 『부피의 나무』가 계속해서 말했다.

"안나 셜릿, 그대는 그대가 사랑하는 존재에 대해 편견을 가지고 있지 않습니다. 그것이 그대가 바탄과 포리세아, 그리고 인간계에 걸쳐서까지 가장 아름다운 여인인 이유입니다. 그대의 사랑은 바로 우연히 만나서 알게 되었지만 결국 그대의 운명이 된 컬레인입니다. 이제 모든 운명의 고리를 맞출 수 있는 지금 우리는 그대를 가장 사랑할 수 있는 존재를 알 수 있습니다. 컬레인이 어떤 모습이든지 사랑할 수 있겠습니까?”

안나는 눈물을 흘리기를 멈추고 천천히 일어섰다. 어느새 컬레인은 다시 검은 털에 은빛 갈기의 원래의 컬레인의 모습으로 돌아와 있었다.

“이 모습 그대로 사랑해요. 떠나지 말아요, 제발.”

안나는 컬레인에게로 뛰어가 그에게 안겼다. 안나가 얼마나 울었는지 『부피의 나무』가 나뭇가지를 내려 그녀와 컬레인의 포옹을 감추어 주었다. 또한 컬레인이 얼마나 울었는지 『부피의 나무』는 사자의 울음소리를 들으며 눈을 지그시 감았다.

다시 저녁이 되어 『부피의 나무』는 그의 나뭇가지를 들어올렸다. 잠이 든 안나를 안고 있는 컬레인은 『부피의 나무』를 올려다보았다.

“죽음의 신이시여! 그 자리에서 놓여나실 때까지 자신의 신으로서의 임무를 다하십시오. 그 일을 하시는 것이 당신의 자존감을 지켜줄 것이며 동시에 안나를 지키는 힘이 된다는 것을 기억하십시오. 죽음의 신이시여! 더욱 강해지십시오. 안나를 그대만의 집에 두되 그대는 때때로 포리세아로 내려와 그대의 일을 해내셔야 합니다. 그대가 강하게 서지 않으면 안나가 애써 이룩한 포리세아의 네 신의 자유와 엄격함은 다음 대(代)로 이어지기가 어려울 겁니다. 포리세아의 네 신의 리더이자 바탄과의 연결자로서 그대의 역할이 중요시됩니다. 그것을 기억하시고 죽음의 신으로서 더 강해지십시오. 이것이 제가 드릴 수 있는 말의 전부입니다.”

컬레인은 고개를 끄덕였다.

안나가 눈을 살며시 떴다. 컬레인은 사자의 모습으로 안나에게 가볍게 키스했다. 안나의 두 팔이 컬레인의 두터운 목둘레를 살짝 감쌌다. 안나의 두 팔에는 힘이 들어갔지만 컬레인이 느끼기에는 그건 그저 가벼운 터치에 불과했다. 하지만 그것만으로도 컬레인은 모든 걸 느낄 수 있었다.

컬레인이 『부피의 나무』를 올려다보았다. 『부피의 나무』는 나뭇가지를 뻗어 컬레인의 등을 톡톡 두드렸다.

"거룩한 사자여! 오직 컬레인에게 부여하는 포리세아의 모든 존재들이 내리는 칭호이자 포리세아의 모든 존재들의 운명을 형성한 안나 셜릿의 보호자여! 이제 그대 스스로 새로운 잿빛 문을 열 수 있으니 안나 셜릿을 안전한 잿빛 문 속의 그대들만의 성(城)에서 쉬도록 하고 그대는 잿빛 문과 포리세아를 오가며 역사상 가장 강력한 죽음의 신이 될 지어다."

『부피의 나무』는 곧 눈을 감고 원래의 나무의 모습으로 돌아갔다.

밤이 오기 전에 컬레인은 다시 잠든 안나를 안고 『내면의 질서』를 형성하고는 조그마한 성(城)을 아무도 찾을 수 없는 장소에 만들었고 그리로 통하는 잿빛 문을 자신의 앞에 형성했다. 잿빛 문으로 들어서기 전에 컬레인은 안나를 가볍게 흔들어 깨웠다.

"우리가 함께 잿빛 문으로 들어갈 겁니다. 우리들만의 성(城)으로 통하는 잿빛 문으로요. 함께 가시기를 원하십니까? 한 번 그 성(城)으로 그대가 들어가면 영원히 나에게서 놓여나지 못할 텐데도요?"

"감금하시는 거예요? 컬레인?"

안나가 방긋 웃었다.

"절대 그럴 리가 있겠습니까? 우리들의 성(城)은 우리들의 집일 뿐이며 당신은 언제라도 원할 때마다 포리세아의 곳곳을 단, 저와 함께 다닐 수 있습니다."

안나가 하아, 하며 숨을 크게 내쉬었다.

"컬레인, 우리들의 성(城)이 있는 곳에서 나오지 못하고 살아도 그러나 당신만 언제나 내 곁에 있다면 나는 잿빛 문으로 들어가요. 그만큼 사랑해요, 컬레인."

안나는 다시 컬레인에게 안기고 두 눈을 감았다. 컬레인은 잿빛 문을 열고 그 속으로 돌진했다. 컬레인은 어두운 공간 속을 도움닫기하며 달리고 있었다. 컬레인은 앞발 하나로 안나를 안고 있었고 위태하게 매달려 있으면서도 안나는 두 눈을 감고 컬레인을 믿으며 그 공간을 통과하고 있었다.

물기를 머금은 잔디밭에 컬레인의 발이 닿았다. 안나는 눈을 떴다. 안나는 잠시 잔디밭에 발을 디디고 그곳의 공기를 호흡했다. 편안했다. 약간 어두운 하늘이었지만 그들의 성(城)은 그곳에 자리를 잡고 있었다. 다시 컬레인은 안나를 한쪽 앞발로 안아서 성으로 걸어 들어갔다. 홀에는 성좌(聖座) 같은 건 없고 아늑한 벽난로와 함께 바닥에는 두툼한 카펫이 깔려 있고 그 위에 푹신한 소파가 넓게 자리 잡고 있었다. 안나는 그들만의 성(城)에 도착했다는 것을 알고는 마음을 놓고 잠들어 버렸다.

컬레인은 안나를 2층의 침실까지 안고 가서 침대에 누이고는 캐러썬과 룸볼트와 함께 앞으로의 포리세아의 일에 대해 의논하기 위해 다시 잿빛 문을 통과해야 했다. 컬레인은 오직 그만이 형성할 수 있는 잿빛 문을 이용해 안나가 쉬고 있는 그들의 보금자리와 그의 일터인 포리세아 사이를 왔다 갔다 할 것이다.

곧 안나는 잠에서 깨서는 컬레인에 관한 모든 것을 이해하고 채소밭에 가서 채소를 채취하고 콩을 따서 요리를 해먹고는 컬레인이 언제 돌아올지 기다릴 것이다. 그리고 가끔 그녀의 오래된 습관인 두루마리에 글을 쓰는 일을 이어갈 것이다. 우리는 안나에 대해 그 정도는 알 수 있다.

# 거룩한 사자와 잿빛 문

The Holy Lion and the Grey Door

초판 1쇄  2013년 9월 7일

지은이  장현정
발행인  김재홍
책임편집  권다원, 이은주
디자인  김태수
마케팅  이연실

발행처  도서출판 지식공감
등록번호  제396-2012-000018호
주소  경기도 고양시 일산동구 견달산로225번길 112
전화  031-901-9300
팩스  031-902-0089
홈페이지  www.bookdaum.com

가격  13,000원
ISBN  978-89-97955-88-6  03810

CIP제어번호  CIP2013016328
이 도서의 국립중앙도서관 출판시 도서목록(CIP)은 e-CIP 홈페이지(http://www.nl.go.kr/ecip)에서 이용하실 수 있습니다.